I coralli

www.einaudi.it

ISBN 978-88-06-24707-2

ROSSELLA
e MIMMA

3 LUGLIO 2021
FRANCAVILLA F.

Martina Merletti

Ciò che nel silenzio non tace

Einaudi

a Maria, per esserci sempre stata
e aver sorriso, quella mattina,
in una mansarda del Quadrilatero

Ciò che nel silenzio non tace

Mi interessa, è chiaro, la battaglia di Austerlitz, ma mi interesserebbe molto di piú conoscere le piccole storie che sono derivate come conseguenza di questa Storia dal formato grande, raggiungere una comprensione reale delle innumerevoli e infime storie personali, di quel tempo angosciosamente perduto e informe, il tempo che non abbiamo trattenuto, il tempo che non abbiamo imparato a trattenere, l'essenza mentale, spirituale e ideologica di cui in definitiva siamo fatti.

JOSÉ SARAMAGO, *Quaderni di Lanzarote*

0

1944, agosto

Il rosso del vino sulla pezza bianca.

Guarda la madre, le chiede, Posso? La donna le porge il neonato.

Ha negli occhi, alla luce scarna che pende dal soffitto, una riconoscenza nei confronti della quale la suora prova vergogna, forse pudore, sicuramente rabbia: qualcosa di cui non vuole essere oggetto, che non ha cercato, e che non cercherà.

Vuoi farlo tu?, chiede. La donna solleva a mezz'aria la mano magra, poi si ferma. Allora la suora avvicina il fazzoletto alle labbra grigie, piccine. E preme. Preme con la delicatezza di chi ha deciso di dedicarsi al mestiere della cura, con la decisione di chi, suo malgrado, ha dovuto imparare a non esitare. Non guarda la madre, tende l'orecchio.

La cella è stretta. Dalle mura del carcere trasuda il freddo notturno, sotterraneo, impietoso. Un freddo che tutti ricorderanno. Fuori le guardie – stivali alti – strizzano gli occhi per frugare il deserto scuro di corso Vittorio, le fronde degli alberi immobili contro i palazzi spenti. Si accendono una sigaretta, battono i talloni uno contro l'altro nel tentativo stanco di tenersi svegli. Di giorno, i loro passi penetrano nei cortili. Salgono come un'onda per poi, verso sera, ritirarsi, portando via gemiti, lamenti soffocati e mugugni, tonfi di corpi contro le superfici. Corpi, i corpi sono una faccenda scabrosa in quel luogo.

La suora tiene la pezza premuta e la donna osserva. Entrambe mute, entrambe immobili, si ritrovano inaspettatamente libere, in quel momento necessario, dalla paura dei tedeschi e dal trascorrere del tempo.

Nella segretezza la donna indugia sui capelli fini che rigano la testolina del neonato, sui rigonfiamenti delle piccole mani sotto le fasce strette, e sulla macchia scura che si allarga sulla stoffa bianca. Attendono, le due donne, il silenzio del freddo premuto contro le orecchie e giú, in fondo alla gola. Quello, sí, dev'essere il rumore della guerra, pensa la suora, e quando sente le membra del bambino rilassarsi solleva la pezza e con un angolo bianco gli asciuga il viso, poi, faticando a trovare la giusta quantità di carne sotto la pelle, gli pizzica un braccio. Nessun vagito, nessun movimento. Dà un'occhiata all'orologio da polso. Dovrebbe passare di lí a poco. Cosí è stabilito. Cosí tenteranno.

La donna le porge un foglio ripiegato che lei infila nella tasca cucita all'interno del saio. Sta accarezzando il neonato sulla guancia quando lo sferragliare del carrello invade il corridoio. Tre tocchi sulla porta. La donna cerca il suo sguardo; la suora, il neonato tra le braccia, si stacca dall'ombra.

Fatti coraggio figliola, dice. Loro hanno i giorni contati.

1
Bicchieri screpolati, 1999

Tra i fumi della cena, in cucina, Teresa prese un respiro impercettibile, si guardò le mani, rugose, e senza alzare lo sguardo disse: – Dovresti lasciarlo stare.

Agnese si girò verso di lei. – Come scusa?

Lo chiese con delicatezza, senza sforzare la voce, il cucchiaio di legno alzato sopra ai fornelli.

– Dovresti lasciarlo stare, – ripeté Teresa. – Se non vuole andarci, alla tomba, che non ci vada. Va bene cosí.

Ci mancava solo che quell'impicciona venuta dalla città lo incontrasse e si mettesse a far domande. Quali domande? Non aveva importanza.

Questo però non lo disse, si limitò a pensarlo.

Avrebbe potuto andare avanti, dire che lei stessa ci era andata poco a questa tomba, che conosceva a memoria quella di suo marito, Domenico, mentre quest'altra c'era tempo per impararla. Teresa però se ne stette muta, cacciò giú la saliva, ringraziò, date le circostanze, che il marito fosse morto, e subito se ne pentí – non si poteva stare in pace un secondo. Era sempre stato cosí, d'altronde: lei l'aveva sempre vissuta, l'estraneità alla pace.

Agnese la guardò, una bolla del minestrone esplose in corpuscoli contro le pareti della pentola; decise di non rispondere. Sono mesi difficili per tutti, pensò.

Teresa, nella sua sedia di fòrmica addossata al muro, evitò di incrociare lo sguardo della nuora. Era cosí che funzionava; discussione finita. Si parlava quando voleva lei, come voleva lei, di cosa voleva lei: tutti, con il tempo, ci si erano abituati.

– Polenta, – chiamò, e la gatta, magra, le saltò sulle cosce. Aveva i peli divisi in ciocche aguzze, un orecchio tagliato. – Questa bestia passa troppo tempo a far a botte in campagna, – borbottò. E dopo averle elargito poche carezze sgarbate, la restituí al pavimento gelido, guardò fuori.

Il freddo, in generale, si addiceva a Teresa; le teneva in ordine i sentimenti. *'Arda lí*, l'autunno, pensò: venuto a trasformare i grossi cumuli di umidità estiva nella nebbiolina lattiginosa che si ammassa agli angoli dei campi, l'asfalto che inizia a ricoprirsi di quella patina pronta a farsi ghiaccio, e allora addio passeggiate e occhio ai femori, che lei a gennaio avrebbe compiuto ottant'anni e si sa che a quell'età le ossa si rompono pure da sole, figurarsi con il ghiaccio. Ad ogni modo, sarà stato che si sentiva vecchia da sempre, quella faccenda dell'anzianità non le faceva alcuna impressione.

Domenico glielo diceva spesso – aveva iniziato da subito, quando lei alla balera se ne stava seduta a bordopista a farsi tirare per le braccia ogni volta che partiva un foxtrot, Sei nata vecchia, le ripeteva, *Le sane scrusíe a duro pí che j'autre*, rispondeva lei, i bicchieri screpolati durano piú degli altri. E cosí era stato. Si erano sposati giovani, inaspettatamente felici, e lei allora già sapeva, sapeva che sarebbe morto prima di lei. Cosí va il mondo, no? Ma con i figli, be', con i figli è diverso.

Teresa lisciò la veste da casa che la gatta aveva scomposto. Lo fece con gesti lenti e regolari, come se le braccia non le appartenessero. Il tessuto, in certi punti, era piú logoro che in altri. Dal salotto la tv accesa mandava echi del notiziario della sera.

... la ricerca dei dispersi tra le macerie del terremoto di magnitudo 7.2 che due giorni fa ha sconvolto la Turchia...

Il punto era che negli ultimi mesi aveva voglia di litigare. Avrebbe litigato con chiunque per qualsiasi motivo, salvo poi fermarsi sul precipizio e chiudersi in un silenzio piccato, a salvaguardia della buona creanza.

... ma torniamo in Italia, dove continua la polemica riguardo la partecipazione di Silvio Berlusconi a «L'ultimo Valzer», la trasmissione condotta su Rai 2 da Fabio Fazio. Enzo Cheli, presidente dell'Authority per le Telecomunicazioni, ha ribadito...

– Non insistere con Fulvio, – ripeté Teresa. – Li porto io i fiori nuovi sulla tomba.

Agnese, questa volta senza girare le spalle ai fornelli, si propose di accompagnarla: inizia a fare freddo, il viale non è ben pulito, e poi il ghiaccio.

– Hai ragione, – tagliò corto lei. – Vedremo, – e tornò a scrutare gli infissi che incorniciavano il buio delle otto.

2

30001

– Aila Trabotti!

– Presente.

– In piedi.

Nella fretta ansiosa di cui è preda, le gambe della sedia raspano rumorosamente contro il pavimento. Merda. Ora è dritta davanti al banco.

Perentoria la maestra sentenzia: – Di nuovo.

Aila deglutisce, si siede, si rialza, questa volta senza far rumore.

– Data di nascita? – continua la maestra.

Tre zero zero zero uno.

– Ho detto data di nascita.

Tre zero zero zero uno.

– Trabotti, data di nascita!

A questo punto le guance della maestra sono rosse di rabbia, ma Aila non può farci niente, le vengono in mente solo quei numeri, quelli che ha visto sul braccio di sua madre – faceva caldo, le maniche corte, il sole sui fili d'erba, A-30001.

– Trabotti! – la maestra inizia a sporgere pericolosamente il busto nella sua direzione.

Data di nascita, data di nascita, data di…

– TRE ZERO ZERO ZERO UNO, – grida Aila. – TRE ZERO ZERO ZE…

Di solito è a questo punto che i contorni della classe si fanno sfocati, la sagoma della maestra, mastodontica, comincia ad appannarsi.

– Aila, svegliati.

Spalancò gli occhi nel buio.

La federa del cuscino era fradicia, come se riemergesse da una lunga apnea. I capelli appiccicati dietro la nuca. Ancora quel sogno, ancora quei numeri.

Giulia, al suo fianco, nel letto, la guardava preoccupata. – Posso fare qualcosa? Accendo la luce?

– No, grazie, – si tirò su a sedere.

Andò in bagno, si sciacquò la bocca, allungò le mani nel box doccia per sistemare l'erogatore in modo che non le bagnasse i capelli, impostò la temperatura e lasciò che il getto di acqua calda le scorresse sulla pelle, lavasse via il sudore. Poi per un po' rimase davanti allo specchio con lo sguardo basso, reggendosi al lavandino. Tirò un respiro profondo e quando lo rialzò non si riconobbe: la pelle ai bordi delle guance e sotto gli zigomi era stanca, la fronte segnata, gli occhi smarriti. Cristo, bisbigliò. Aveva sperato – forse sí, si era illusa – di essere piú forte. Piú forte di cosí. Piú forte di quel sogno, piú forte di ciò che era stato e, a ben pensarci, di molte altre cose. D'altra parte tutti, fin da quando era piccola, non avevano fatto altro che ripeterle quanto larghe avesse le spalle, proprio come sua madre, ma il volto che la osservava dal riflesso non era forte, le spalle non erano larghe, non combattivo lo sguardo; tutto, nello specchio, aveva l'aria di essere logoro, stravolto. Spense la luce e tornò in camera. Girò il cuscino dall'altra parte.

– Stai meglio? – mugugnò Giulia, il piumone tirato fin sopra le guance.

– Credo di non aver digerito l'indiano.

Lei l'abbracciò e Aila attese che si addormentasse di nuovo. Lo capiva da quel sibilo che iniziava a emettere dalla gola, attraverso la bocca mezza aperta contro le lenzuola. Poi scivolò di nuovo fuori dal letto. Aprí il frigo e si versò un bicchiere d'acqua, ci aggiunse un goccio di sciroppo alla menta e si sedette al tavolo. Cristo, ripeté.

Rischiarati dal bagliore gelido del cielo, i tetti di Torino, con le loro tegole disordinate e i camini storti, si ammucchiavano uno sull'altro fuori dalla finestra della cucina. Per un attimo provò a contare i coppi. A quarantaquattro si fermò. *Mi manchi, lo sai?*

In lontananza, il faticosissimo avanzare della prima corsa del pullman sull'asfalto ghiacciato di novembre. Gli sbuffi delle porte, gli sforzi del motore. La fatica, ecco cosa le ricordavano quei suoni, la sua fatica, ma non solo, anche quella degli altri, quella che era stata.

Rimise a fuoco la parete e tutto d'un tratto, nella penombra, i tre 9 che campeggiavano sul calendario e il tempo suddiviso in blocchetti identici, segnati dalla triade cromatica – in verde i suoi impegni, in blu quelli di Giulia, in rosso le faccende comuni – le apparvero tristi e ridicoli nella pretesa di rendere un giorno uguale all'altro, mettere ordine al susseguirsi degli eventi.

Chissà cosa sarebbe successo quattro anni prima se invece di lasciarci Xabier, nella casa di sua madre, avesse deciso di occuparsi subito del trasloco. Perché quando Elda era morta in quella maniera frettolosa e indisciplinata, in dipartimento era appena arrivato un borsista basco in cerca di casa, e lei e Giulia avevano pensato che, se lui fosse stato disposto a convivere con tutto il mobilio e l'eccentrico ciarpame che sua madre adorava accumulare, affittargli la casa per un prezzo stracciato poteva essere un'ottima soluzione per dilazionare le incombenze che la gente lascia dietro di sé a confondere il lutto.

Ritornava spesso a quel momento. Probabilmente non sarebbe cambiato nulla; quella storia sarebbe saltata fuori prima, tutto lí. O forse, nella fretta di liberare l'appartamento, quel libro sarebbe andato perduto, e allora sí, le cose sarebbero andate diversamente. Nel senso che avrebbero continuato ad andare come erano sempre andate.

3
Quaranta minuti

Che tipo era Gilberto? Se gliel'avessero chiesto non avrebbe saputo rispondere. Si sarebbe limitato a dire: mio fratello. Questo perché anche Fulvio, per motivi diversi da quelli di sua madre, avrebbe voluto essere lasciato in pace. Tozzo e taciturno, fondamentalmente buono, pratico come suo padre, ma non altrettanto incisivo, come tutte le sere infilò le chiavi nella serratura e: – Sono a casa, – disse.

Nonostante Fulvio fosse abitudinario, legato in modo indissolubile alle geometrie dei campi, al ripetersi delle pioppaie lungo le bialere, da qualche tempo il ritorno a casa non aveva piú nulla di rassicurante. Al contrario, nell'aprire la porta sentiva venire meno l'aria.

Entrato in cucina si voltò verso Teresa, cauto. – Come va, mamma?

In coda a quella domanda istanti di silenzio rimasero sospesi nello spazio che li separava.

– *La foma andé*, – rispose lei alla fine, gli occhi fissi alla finestra.

Lui sospirò.

Una settimana dopo l'incidente, cosí lo chiamavano in paese, Fulvio aveva staccato dalla serranda del bar il cartello *Chiuso per lutto*, era tornato a casa dopo le sei, sotto il sole pallido delle prime nebbie, e aveva trovato Teresa sprofondata nella stessa poltrona in cui l'aveva lasciata quando era uscito, a torcersi le mani secche e nodose vicino alla stufa di ghisa.

Glielo dicevo sempre, io, che quell'affare non era una buona idea, cosí gli aveva ripetuto – per l'ennesima volta – e lui allora si era sorpreso nel risponderle in maniera brusca, con parole dure: Non voglio piú sentir parlare di questa storia della moto. Un *arciamp* infernale, ecco cos'è, aveva ribattuto sua madre dalla poltrona. Mamma, basta. Teresa aveva continuato a fissare un angolo del televisore spento. Me lo ha fatto morire da solo, tuo fratello. E lui era rimasto zitto. Se n'era andato, e per tutta la sera non le aveva piú rivolto la parola. Non tanto per rabbia, quanto per una forma di smarrimento: quando Gilberto era in vita lei aveva manifestato nei suoi confronti tanta insofferenza che ora Fulvio non riusciva a capacitarsi di tutto quello struggimento.

Era passato un mese, ma da lí in avanti i rapporti tra loro erano andati peggiorando. Se era vero che Teresa non aveva piú fatto parola della morte di Gilberto, si era ben guardata dal sostituire quel tema con altri argomenti di conversazione. Il risultato, dunque, era stato un mutismo assorto e assente allo stesso tempo, una combinazione incomprensibile, fonte di affanno per quell'unico figlio che le rimaneva. Lui, d'altra parte, si barcamenava in quel gelo come meglio poteva, distogliendo lo sguardo o provando a riscaldarlo con gesti impacciati che puntualmente venivano respinti. Faticava Fulvio, e si vedeva. Lo sapeva sua moglie, lo percepiva suo figlio Giacomo, era lampante agli avventori del bar – chi gli dava una pacca sulla spalla, chi gli diceva di prendersi un giorno di riposo per farsi passare quelle brutte occhiaie. L'unica che sembrava non vederlo, l'unica alla quale sembrava non importare, rimaneva sua madre.

– Tutti cerchiamo di farla andare, – le rispose Fulvio, poi chiese al figlio di aiutarlo a preparare la tavola.

Da quando Teresa era venuta a vivere con loro, la sera non si mangiava piú in cucina: ognuno aveva il suo posto intorno al tavolo in salotto, ognuno il suo tovagliolo arrotolato nell'anello di plastica consumato dal tempo. Il posto di Fulvio era di fronte al muro cosparso di ricordi incorniciati, Agnese, invece, si sedeva alla sua destra, come nella foto piú grande, appesa al centro della parete: era l'estate del '68 e il campo di girasoli era cosí piccolo da riuscire a vederne la fine, proprio lí, nell'angolo piú lontano dell'inquadratura, sfocato. Era stata scattata prima del bar, prima di tutto, perché a differenza del fratello maggiore – che aveva frequentato la bottega da falegname a Chivasso – Fulvio aveva seguito, diligente, le orme del padre, convinto che tale docilità sarebbe stata sufficiente a tenerlo al riparo dagli imprevisti del mondo. Si sbagliava? A volte pensava di sí.

Finito di apparecchiare mangiarono veloci. Il collo piegato sui cucchiai e il risucchio delle labbra, la fluorescenza livida della televisione che a intermittenza illuminava le pareti. Lui chiese di spegnerla, ma il telecomando era in camera di Teresa. Presto si ritirarono ognuno nella propria stanza.

Fu lí, nel letto, che lui sentí la preoccupazione arrampicarsi sotto le coperte pesanti. – Ha portato il telecomando in camera, – disse.

Agnese, che stava leggendo, lo guardò da sopra gli occhiali sottili: – Chi?

– Mia madre.

– Fulvio…

– Mia madre non ha la televisione in camera, perché avrebbe dovuto portarlo lí?

– Non è grave –. Agnese chiuse il libro. – Sarà stata sovrappensiero.

– Sta perdendo colpi, te lo dico io.

– Siamo tutti un po' stanchi, è solo questo.

– Non lo so.

– Fidati, lo so io, e in ogni caso tua madre è piú lucida di quanto pensi, – disse, e c'era qualcosa nell'inflessione di quell'ultima frase che lo fece irrigidire. – Mi ha chiesto di non insistere –. Questa volta Agnese si tolse anche gli occhiali, le parole le uscivano di bocca lente, ammonitrici. – Dice che glieli porterà lei i fiori al cimitero.

Fulvio fissava un punto del muro in cui la pittura era saltata molti anni prima. – Bene.

– Bene?

– Sí, cos'altro dovrei dire?

– Quanti anni hai, Fulvio?

– Quarantanove.

– Cristo santo, da quando è morto tuo fratello mi sa che sei tu che stai perdendo colpi.

Questa volta fu lui a girarsi verso di lei. – Mi sono occupato di tutte le sue cose: della successione, della moto, di tutto. Ci siamo riempiti la casa di *rumenta*, delle sue baggianate… Che altro dovrei fare? Spiegamelo.

– Nessuno ti ha mai chiesto di riempire la casa di niente –. Agnese l'aveva osservato mentre, un giorno dopo l'altro, stipava le stanze con gli oggetti appartenuti al fratello. Aveva costruito un reliquiario, disseminato per casa una ventina di statuette di legno lavorate a mano da Gilberto, tutte le piante che gli erano appartenute e la boccia di vetro dove nuotavano pigri due pesci rossi, Thelma e Louise, cosí le aveva chiamate suo fratello. Come fai a sapere che sono femmine?, gli aveva chiesto, Non ho bisogno di saperlo, mi basta credere che lo siano, aveva risposto Gilberto.

– Io ti sto parlando d'altro, – continuò Agnese. – E lo sai.

Questo era un colpo basso.

– Neanche della successione nessuno mi ha chiesto qualcosa. Eppure mi sembra di esserci stato dietro, mi sembra di aver fatto il mio dovere.

– Però ti ostini a non andare al cimitero.

Fulvio abbassò lo sguardo, poi allargò le braccia: – Perché avete tutti questa fissa?

– Perché si fa cosí, Fulvio. Quando ti muore un parente vai a tenergli pulita la tomba.

Rimase in silenzio.

– Ti sembra un buon esempio per tuo figlio? Quante volte ti ha già chiesto di accompagnarlo al cimitero?

– Se vuoi che Giacomo diventi una vedova addolorata, che vada al cimitero piú spesso di madama Clari, prego, accomodati, portacelo tu. Zio Gil di qua, zio Gil di là, ogni tanto penso che se fossi morto io avrebbe sofferto meno.

A quel punto Agnese gli tirò uno schiaffo. – Non dire mai piú una stronzata del genere. Non ti permettere.

Dopodiché si girò dall'altro lato del letto, spense la luce e non disse piú una parola. Fulvio rimase sveglio a lungo, rigido, gli occhi spalancati nel buio, l'aria come trafitta da centinaia di spilli. La guancia continuava a bruciare e sentiva nelle orecchie il rumore dell'impatto, della vergogna.

Tutte le donne della sua vita gli erano, in fondo, incomprensibili, a questo pensava quando alla fine decise di puntare la sveglia quaranta minuti prima del solito.

Quaranta minuti, sí. Sarebbero bastati.

4
Bulè

Il viale che portava al cimitero era dritto e squadrato, costeggiato da grossi tigli capitozzati. In fondo, dietro un largo spiazzo di ghiaia chiara, il cancello nero – ancora socchiuso – si ammantava di un sottile strato di brina. Oltre le sbarre, appesi a lunghi ganci di metallo, bottiglioni di detersivi e ammorbidenti ciondolavano nel gelo. Quando gli annaffiatoi avevano cominciato a rompersi o a scomparire, la prima a presentarsi con un contenitore di Vernel sotto il braccio era stata Gina Amodio, la bidella delle scuole elementari. In un paio d'anni i maxi flaconi avevano preso possesso della rastrelliera e ora se ne stavano lí con aria triste, sotto il cielo cupo delle sei e quarantadue di una mattina in cui il frastuono della ventola dell'aria calda non riusciva a scacciare il solletichio di neve che a Fulvio pizzicava le narici. I fari del Defender illuminavano l'aria immobile, le ruote erano ferme e il motore borbottava su se stesso mentre il tubo di scappamento rilasciava imponenti masse di fumo bianco contro il lunotto posteriore.

Come con tutto ciò che era improvviso, violento e sgarbato, Fulvio Sellaci – anche se mai lo avrebbe ammesso – aveva, come tanti, evidenti problemi a rapportarsi con la morte. Si ripeteva che il problema stesse nella totale mancanza di prevedibilità, nella violenza con cui le cose accadevano. Era convinto, ad esempio, che la serenità con la quale aveva accolto la scomparsa di suo padre fosse legata alla naturalezza con cui lui aveva iniziato ad andarsene gradualmente, perdendo una funzione vitale dopo l'altra, prima la memoria e dietro il resto. Non c'era stato nulla di improvviso o sgarbato nel modo in cui la sua testa aveva preso una strada diversa dalla principale, una di quelle strade di campagna chiuse da una sbarra, che passano tortuose tra un campo di mais, un boschetto di betulle e, senza fretta, non arrivano da nessuna parte.

Al contrario, c'era stato qualcosa di terribilmente scorretto e feroce nel rivolo di sangue che a ottobre gocciolava sotto il casco allacciato di suo fratello. Qualcosa che gli faceva rivoltare lo stomaco e girare la testa dall'altra parte. Guardando il volto di Gilberto, pallido nel feretro aperto, mentre le lacrime gli risalivano agli occhi, una parte di lui aveva pensato a chi, tra loro due, era toccato mandare avanti le terre, chi si era preso la madre in casa, chi, sempre accondiscendente, aveva passato tutte le domeniche a pranzo in famiglia. Te lo meriti, aveva pensato, e quel giudizio lo aveva spaventato al punto da costringerlo a uscire di corsa dalla camera ardente per vomitare dietro una siepe di bosso.

Da quando suo fratello era scivolato sull'asfalto fradicio, o forse da quando aveva formulato quel pensiero, Fulvio si alzava mezz'ora prima, si faceva una doccia e scendeva di sotto.

Tra le sei e le sei e mezza, in gran silenzio e dopo essersi sbarbato, prendeva tra le mani tozze una statuetta per volta e dopo averla spolverata la osservava per qualche secondo, ne ripercorreva le forme e infilava le dita negli incavi. Poi passava in rassegna le piante. Era ossessionato dall'idea di far morire quelle grasse, piene di spine, e gli informi cespugli da vaso, i pothos e l'orchidea. Da bravo figlio di contadini era convinto di non avere il pollice verde del vivaista. Per quanto lo riguardava, aveva senso prendersi cura delle radici libere di spaziare nella terra, dei robusti gambi dei girasoli, non certo delle radichette che si attorcigliavano addosso alla plastica per soddisfare dubbie esigenze estetiche. Anche quella mattina, prima di arrivare lí, aveva provveduto alle sue incombenze, ma nessuno lo aveva visto.

All'inizio, quando Agnese si alzava e lui non aveva ancora finito il suo giro di cure, lei gli lanciava uno sguardo tenero, pieno di apprensione. E anche se Fulvio continuava a sgranare il mangime dei pesci con attenzione fino all'ultimo foglietto colorato, se lo sentiva sulla pelle, quello sguardo, e tutte le volte si riprometteva che sarebbe passato a trovare suo fratello al cimitero, che l'avrebbe piantata con quella storia.

Avrebbe voluto saperlo spiegare, ad Agnese; l'idea di vedere la foto ovale di Gilberto accanto a quella del padre faceva ai suoi polmoni l'effetto di una sega arrugginita.

Ma le parole non erano mai state il suo forte, e cosí ora, dopo essersi preso uno schiaffo da sua moglie e aver puntato la sveglia prima del previsto, se ne stava lí, senza alba, in mezzo a due file di tigli capitozzati, con i loro esili rami spogli puntati verso il cielo, incapace di scendere dal Defender. Guardò ancora una volta il cancello, i contenitori dei detersivi che ciondolavano e lo spiazzo di ghiaia deserto. Controllò di avere le chiavi del bar nella tasca del giubbotto, ingranò la retro e fece inversione.

Le serrande del locale che ormai tutti chiamavano «da Fulvio», ma che a suo tempo era stato il Bar Sport, erano pesanti e polverose. Nel muoversi faticosamente verso l'alto squarciavano il silenzio della mattina; con un rumore assordante di ferraglia aprivano ogni giorno il sipario sulla vita e quella cominciava a scorrere, lenta e sonnacchiosa come da quelle parti le piaceva fare.

Le gambe delle sedie, capovolte sui tavoli, tagliavano la penombra della sala. I pavimenti erano puliti e il bastone rosso del mocio se ne stava appoggiato in un angolo, il secchio pieno dell'acqua sporca della sera passata.

Prima di accendere la luce, Fulvio mise a posto le sedie. Il campanaccio della capra nana, che il padre aveva comprato a lui e Gilberto quando erano piccoli, era appeso sopra lo stipite della porta, ad accogliere i clienti.

Le cose andavano cosí da un po' di tempo, tutte le mattine, sei giorni a settimana. Fulvio guardò la foto del campo di girasoli appesa dietro il bancone e pensò che in fondo andava bene *parèj*, che quel lavoro, anche rispetto alla campagna, non gli dispiaceva, e che suo padre, passando dalla ferrovia ai campi, a suo tempo aveva fatto lo stesso.

Dopo aver acceso la macchina del caffè vide Pinin e Franco darsi di gomito sul piazzale e quello sí, era il segnale, mise da parte i suoi pensieri e la giornata ebbe inizio.

Pinin spalancò la porta e il campanaccio sbatacchiò nell'aria, dietro di lui Franco, che ad alta voce diceva: – No. Voglio dire, pensaci.

– Sí, ci penso, ci penso.

– Tutto il giorno a portare l'acqua cosí.

Pinin si appropriò di uno sgabello: – Fulvio, a Francuccio qua s'è rotta la radio. Digli qualcosa, va'. Una parola di conforto.

Franco alzò gli occhi al cielo e appoggiò entrambi gli avambracci sul bancone: – Lascialo perdere –. Aveva la faccia larga, scolpita dalle notti passate nel retro di un camion, una tendina ricamata dalla moglie a separare il materasso dalla cabina di guida. Da qualche anno aveva abbandonato le lunghe tratte europee, i container e le autostrade per dedicarsi al trasporto dell'acqua su scala regionale. Aveva due figli, uno medico, a Torino, e l'altro in gelateria a Chivasso, vicino al negozio di scarpe dove lavorava Agnese.

– Un caffè, per favore.

Nessuno dei due si tolse la giacca. La luce calda che usciva a ventaglio dalle lampade si opponeva tremula al buio di quelle mattine di novembre.

Pinin tirò su con il naso: – Per me una Ceres.

Franco batté un pugno sul tavolo: – Pinin, Cristo. Sono le sette di mattina.

– Tu inizi a lavorare e io non ho ancora finito di bere da ieri sera. Che ti fa? Invidia?

– Mèj fé invidia che pietà.

Fulvio si buttò lo straccio a quadretti su una spalla e guardò Franco che, prima di aprirla, sbatteva la bustina di zucchero in aria. – Dovrei regalarla a te, una cassetta d'acqua.

– Quella sí che sarebbe pietà, Francuccio mio.

Fulvio stappò la birra e la fece scivolare sul banco, dove le unghie sporche di terra di Pinin tamburellavano contro il legno.

– Sei andato a *bulè*? – gli chiese.

– Poca roba.

Il campanaccio suonò di nuovo e insieme al freddo entrò una donna bassa e corpulenta, con le labbra allegre e le guance rosse di freddo. Gina Amodio, la bidella che aveva appreso la risoluzione e l'arte dell'arrangiarsi in Veneto, raccogliendo il rame dei lasciti alpini della Grande Guerra. – Buongiorno a tutti, – disse.

– Caffè? – chiese Fulvio.

– Corretto.

– Sambuca?

– Altroché.

– Alla salute, – le fece Pinin sollevando la Ceres piena a metà.

– Cincin, – rispose lei, e un polso grassoccio le uscí dal paltò scoprendo la pelle chiara di chi non si espone mai al sole.

Franco sfregò le mani sui jeans da lavoro. – *'Ndoma a travajé, va'*.

– Bravo, Francuccio, vai a lavorare va'. E canta forte, mi raccomando.

Frugò nella tasca dei pantaloni e lasciò una manciata di spiccioli vicino alla cassa.

– Ma il carrozziere giú a Chivasso, non te l'aggiusta 'sta radio? – gli chiese Fulvio.

Lui alzò le spalle e sbatté gli scarponi, uscí e mise in moto il camioncino. Le bottiglie di vetro tintinnarono una contro l'altra.

5
Macchie di fango

Il pulmino sobbalzò sulle rotaie del treno, superò le sbarre alzate del passaggio a livello e proseguí sulla provinciale. Le molle dei sedili cigolavano. Da entrambi i lati la pianura si estendeva monotona e infinita, sfumata da una densa foschia.

Giacomo osservò l'erba fradicia allungarsi ai lati della carreggiata. La signorina del meteo aveva ragione: aveva smesso di piovere e la terra sembrava fumare nel disperato tentativo di restituire un po' d'acqua al cielo. Il sedile era scomodo, la stoffa indurita dalla sporcizia e dal tempo, ruvida contro i vestiti. Era una sensazione a cui non riusciva a fare l'abitudine, quel grattare di tessuti. Anche i finestrini erano lerci, segnati dalle ditate e dai disegni tracciati nella condensa qualche ora prima, quando la nebbia si aggrappava spessa alle stoppie di granoturco ai bordi della provinciale e gli occhi degli studenti si chiudevano contro il freddo scomodo della prima mattina.

Chiacchiericcio diffuso, interrogazioni, compiti a casa e pettegolezzi. Giacomo teneva le cuffie del walkman calcate sopra la testa. Aveva piovuto per giorni. Allungò il collo, appoggiò la fronte contro il finestrino umido a osservare l'acqua alta che correva via veloce, marrone e grumosa, litigando con se stessa in vortici fangosi. Si chiese dove fossero finite le pantegane, le anatre. Poi il ponte e i suoi tralicci metallici, con un sobbalzo, scomparvero. Si strinse nella giacca e sprofondò piú a fondo nel sedile. Il velluto logoro sprigionò uno sgradevole odore di muffa umida e in quello stesso istante arrivò il dolore. Acuto, stridulo. Cazzo. Di nuovo. Si strinse le dita con la mano buona e aspettò che la fitta passasse. Scaldare l'arto e avere pazienza, cosí gli aveva detto il medico.

Il pullman si lasciò alle spalle gli angoli arrugginiti del cartello con il nome del paese. La casupola del bar. I parafanghi incrostati del Defender di suo padre. La vetrina del barbiere. L'edicola. A Montevicino non c'era una piazza: il centro si sviluppava intorno a una strada a due corsie, un rivolo secondario della provinciale che proseguiva per qualche chilometro oltre il centro abitato, costeggiava i terreni delle cascine, un allevamento di struzzi e finiva a pochi passi dal bosco. Di gente a piedi, in paese, d'inverno, se ne vedeva poca. Era come se la desolazione dello spazio da percorrere, per quanto breve, obbligasse gli abitanti a rompere l'inerzia con l'accensione rauca dei motorini di avviamento.

L'autobus si fermò con uno strattone davanti al salumiere. Lo stantuffo si richiuse alle sue spalle emettendo un sibilo esausto. La cartella era pesante. Giacomo aprí e chiuse le dita della mano. Mignolo, medio e anulare rimasero incastrati in una posizione innaturale, senza toccare il palmo. Cacciò le mani in tasca e prese la prima via sulla destra, poi svoltò a sinistra.

Quando entrò in casa la conserva di pomodoro bolliva nel pentolino di acciaio. Strofinò i piedi sullo zerbino. La porta d'ingresso, richiudendosi, cigolò, e un pettirosso volò via dal cespuglio di lauro davanti alla veranda.

– Nonna, ciao.

Teresa indossava un abito verde chiaro e un golf rosa, i bottoncini color perla pendevano fuori dalle asole. Dall'orlo liso della veste spuntavano due gambe nodose, coperte da un paio di calze di nylon trasparente. Ai piedi indossava le scarpe della domenica, quelle per le occasioni speciali, laccate di nero. Tirò fuori le presine e impugnò i manici della pentola.

– Lavati le mani e vieni subito a tavola, ché la pasta è pronta.

Giacomo salí al piano di sopra e chiuse a chiave la porta del bagno. Passò il sapone negli incavi delle dita e lasciò che l'acqua calda vi scorresse sopra per qualche secondo, poi andò a sedersi al tavolo in cucina.

– Dove sei stata?

Teresa seguí lo sguardo del nipote e vide le incrostazioni di fango sulle scarpe di vernice scura. Avrebbe dovuto lasciarle ad asciugare nella veranda all'ingresso, spazzolarle e riporle prima che qualcuno tornasse a casa ma, *dësdeuita*, non lo aveva fatto.

– Oh, da nessuna parte, – rispose. Ma dietro la montatura, l'azzurro sbiadito degli occhi sembrava lontano.

– Com'è andata a scuola?

– Bene.

L'incerta staticità del silenzio, il ticchettio dalla lancetta contro il quadrante dell'orologio. Il metallo della forchetta sulla ceramica.

Giacomo, curvo sul piatto, la guardò. – Ascolta, se ci vai tu a portare i fiori nuovi allo zio Gil, posso venire con te?

Teresa ebbe un impercettibile sussulto. Si voltò a guardarlo. – Non dovresti spiare quando gli adulti parlano.

– Non ho spiato.

– Non sono affari che ti riguardano.

Giacomo tornò a guardare le macchie di fango sulle scarpe di Teresa. – Sei andata lí oggi?

6
Sono io

L'aria gelida delle montagne che incorniciavano la città iniziava a soffiare per le strade. Le colonne dei portici di via Cernaia sembravano congelate, l'acciottolato era scivoloso e l'erba che cresceva tra le lose scricchiolava sotto gli stivali. Aila camminava a passo svelto, le spalle strette, le mani in tasca. Rabbrividí. Svoltò a destra.

Il Quadrilatero era buio, e le vie strette, con la pavimentazione sconnessa, davano l'impressione di tremolare nella penombra. Il portone di legno antico era spesso e quadrato: dopo aver infilato la chiave Aila ci si appoggiò con tutto il peso del corpo e l'androne si riempí di cigolii rugginosi.

Entrò in casa. La giacca e i pantaloni eleganti erano asciutti e la pila degli esoneri da correggere se ne stava immobile sul bordo del tavolo, accanto a un calice sporco di vino. Giulia non era ancora rientrata. Guardò l'orologio. Prese una scatola di cartone e ci infilò la coroncina appesa al chiodo. Era una di quelle composizioni di fiori secchi che aveva imparato a intrecciare in Slovenia, da una vecchietta incontrata al mercato di Lubiana. Era stata la prima vacanza che lei e Giulia avevano fatto insieme: tante ore di macchina, un sacco di alberi e il lago di Cerkina che si ritirava sottoterra lasciando le carcasse dei pesci a seccarsi sul fondale. Al ritorno a sua madre avevano portato un mazzo di quei fiori. Si cambiò le scarpe, optò per un paio da ginnastica piú comodo per camminare, poi infilò la scatola e le chiavi di casa in una borsa di tela, sospirò.

La strada per il cimitero era lunga, costeggiata da alberi spogli. Il viale era cosparso di foglie gracchianti. Chiese alla fioraia un girasole piccolo e una rosa rossa, entrambi fuori stagione. Prima che sua madre morisse si era sempre chiesta chi comprasse i fiori in quei baracchini, come facessero a essercene tanti attorno a un solo cimitero. Dopo aver salutato la ragazza che potava i cipressi, cambiò l'acqua della vaschetta, tagliò il gambo del girasole.

Aila Trabotti non assomigliava a sua madre. Dalla foto del loculo – Elda Trabotti 22 novembre 1923 - 10 febbraio 1995 –, le sorrideva una donna vigorosa e allegra, forte, dagli occhi scuri e tondi, le labbra carnose e i capelli del colore della neve pasticciata. Lei, invece, in quarant'anni non aveva fatto altro che avvicinarsi alla fisionomia ossuta del padre, un musicista messicano che Elda aveva conosciuto alla fine degli anni Cinquanta. Come lui Aila aveva capelli neri e lucidi, riottosi, piccoli occhi verdi e una minuteria tagliente in ogni lineamento del viso. Era alta ed elusiva. Quando andava a pagare l'affitto alla signora Ovazza scompariva nelle poltrone imbottite del suo salotto, reggendo la tazza di tè con polsi inesistenti.

Eppure c'era qualcosa, nel modo in cui Aila occupava e osservava lo spazio, che riverberava la possenza leonina della madre. I suoi allievi ne erano affascinati e per questo la rispettavano. Dopo le lezioni, prima di tornare a casa, spesso passava in ufficio a leggere le ultime review sul biorisanamento degli idrocarburi, prendeva appunti su una grossa Moleskine nera, controllava il calendario del laboratorio per i giorni successivi e, ultimamente, mandava mail di coordinamento a un gruppo di ricerca internazionale.

Quel pomeriggio, al cimitero monumentale, parlò a sua madre dei dubbi e delle ansie del nuovo ruolo di responsabile del progetto di ricerca a Oil Springs, Ontario, da cui era da poco rientrata dopo un mese di trasferta sul campo: – Ti ricordi quel documentario sui ricercatori in Antartide che mi facevi vedere da piccola al posto dei cartoni? Facciamo piú o meno cosí, solo che invece del ghiaccio c'è il petrolio –. Il cimitero in settimana era semivuoto. – È strano sai, stare cosí lontano da casa, pensare solo al lavoro, parlare una lingua diversa. È un insieme di cose per cui la gente di solito si sente grande, arrivata. Io invece non mi sono mai sentita cosí piccola. Appena partita.

Infilò una mano a toccare la lettera piegata nella tasca del giubbotto, sentí la testa farsi leggera, la vista appannarsi. La dispiegò.

– Non te la leggo solo perché è venuta a noia anche a me. Prima o poi dovrò dirlo a qualcuno, sai? Almeno a Giulia.

Appoggiò la coroncina alla lapide e passò le dita sulla foto, a togliere un sottile strato di polvere.

– Davvero credevi che non sarei mai venuta a saperlo? Oppure pensavi di parlarmene? E quando? Se sapessi che prima o poi me l'avresti detto, forse mi sentirei meglio.

La ragazza che potava i cipressi le passò accanto. Aveva le cuffie, fece un cenno con il capo.

Aila abbassò la voce. – No ma', non ci sta provando con me, te lo assicuro. È troppo giovane. E non c'entra che anche Giulia lo sia.

Sbuffò.

– Sei sempre stata troppo invadente, lo sai? È sempre stato tutto un casino.

Trascorse ancora qualche minuto seduta a gambe incrociate davanti al pezzo di marmo.

Diede un ultimo colpetto di assestamento ai fiori.

– Ora vado, ok? Stammi bene, mi raccomando.

Ripercorse l'ampio viale deserto che culminava con il cancello principale spalancato sul piazzale vuoto. Poco piú in là, lontano dal silenzio mansueto dei cipressi, il traffico del rientro gorgogliava su corso Novara. Prima di tornare a casa si fermò in un bar cremeria, dove una signora anziana truccata in maniera sgargiante le preparò l'unica varietà di tè che aveva da offrirle. Il locale era rivestito da stecche di legno. Seduto a un tavolo un pensionato in bretelle, la sigaretta accesa in bilico sul posacenere, se ne stava chino sulle parole crociate della settimana con accanto un mezzo fondo di liquido dorato.

Aila indicò un angolo buio oltre il bancone. – Posso usare il telefono?

Da sotto la schiena curva e l'ombretto azzurro, piegata sul lavello, l'anziana signora la guardò stupita. – Caspita, è lí per quello.

Aila infilò la scheda telefonica e digitò il numero che aveva segnato in agenda. – Suor Emma sono io, Aila Trabotti.

Qualche secondo di silenzio. Il pensionato seccò il bicchiere piegando la testa all'indietro.

– Sono riuscita ad avere le fotocopie della relazione.

7
Nervosa?

Suor Emma attaccò la cornetta. Sospirò. Un'occhiata alla pendola: era ancora in tempo. Non si diede la pena di cambiarsi. Infilò il cappotto e uscí.

Al bar a quell'ora c'era solo chi non aveva voglia di tornare a casa.

– Il solito, – disse.

Pinin ciondolava le gambe davanti alla birra vuota. – Tutto bene, sorella?

Lei tamburellò le unghie sul bancone. Non si girò.

– Nervosa?

– Può darsi.

– È il tempo. C'è l'elettricità nell'aria. Vedrà che domani vien giú come Dio la manda –. Poi fece una pausa. – Con rispetto parlando.

A settantatre anni suor Emma aveva deciso di tornare a casa. Aveva trascorso gran parte della vita a Roma, dove le consorelle dell'ospedale civile ed ecclesiastico di cui era vicedirettrice le avevano chiesto di restare. Le piú ardite l'avevano fermata sullo scalone di marmo: Sorella, è vero quello che ho sentito dire, le chiedevano. Dipende da cosa ha sentito, cara, rispondeva lei.

Lo stesso direttore dell'ospedale l'aveva convocata per dirle che la domenica arriva per tutti, e per lei era giunto il momento di trascorrerla con le sue consorelle, qui a Roma, al convento di Sant'Agata. Ma suor Emma aveva ringraziato e rifiutato ogni proposta. Ne avevano discusso a lungo. Il direttore temeva la solitudine a cui sarebbe andata incontro, e tuttavia, non senza apprensione, le aveva infine concesso di disporre dell'immobile lasciatole in eredità, creando quella sottile e temporanea congiuntura tra diritto canonico e diritto civile grazie alla quale, alla morte di suor Emma, la Chiesa avrebbe rilevato la casa dei suoi genitori. Fino ad allora, però, lei ne avrebbe mantenuto l'usufrutto.

Al momento della partenza don Stefano, l'abito talare profumato di incenso e cannella, l'aveva salutata con un'affettuosa stretta di mano: Buona fortuna. È ora che torni da dove vengo, aveva detto lei. Dove non sono mai stata.

Strappò una cuticola dalle dita. Bruciava. Bevve tutto d'un sorso quel che rimaneva del punch. Si girò verso Pinin: – Ti va di offrirmi una sigaretta?

– Una sigaretta?

– Sí.

Lui si drizzò sullo sgabello e chiuse la zip del piumino. Fuori, i lampioni illuminavano la ghiaia dura sotto le scarpe.

– Inizia a far *frèid*, – disse.

La fiammella dell'accendino sbatacchiò incerta prima di spegnersi, suor Emma lasciò uscire il fumo dalle labbra socchiuse. Scampoli di luce resistevano bluastri all'orizzonte.

Pinin spostò il peso da un piede all'altro. – È da tanto che fuma?

– Sigarette? Non ne fumo mai.

Il colore della brace, tuttavia, l'aveva sempre fatta sentire a casa. Le ricordava le domeniche pomeriggio in cui il padre la portava a prendere il gelato in piazza, quando il caldo iniziava a mollare e loro si sedevano ai tavoli attorno all'orchestrina. Lei abbarbicata sulle sue gambe, lui che, picchiettando sul pacchetto, tirava fuori una Tre Stelle e per un attimo, accendendola, la stringeva tra le braccia. Il movimento del petto che tornava ad appoggiarsi allo schienale per poi, un secondo dopo, gonfiarsi rassicurante sotto la camicia inamidata, gli sguardi dei figli degli impiegati che, dietro i loro bicchieri di aranciata, le invidiavano la coppetta in peltro: Tre palline, grazie. Suor Emma lo ricordava bene. *Cerea dotor*, lo salutava la gente, e lui rispondeva, accennando un sorriso assente. Si sentiva fiera, ordinata, padrona di sé mentre mangiava il gelato con scrupolo, attenta a non farne cadere nemmeno una goccia sui pantaloni del *dotor*.

Suo padre, quei pomeriggi, era ancora invincibile.

Pinin inclinò la testa: – Mai?

Suor Emma scostò la sigaretta dalla bocca. La esaminò. La madre, invece, fumava solo in casa, Mentola infilate in un bocchino d'argento.

– No, mai –. Il filtro era morbido tra le dita. – Comunque preferisco i sigari.

– Troppo impegnativi, – disse Pinin con una smorfia. Sfregò tra loro le mani, poi anche lui si accese una Marlboro.

La suora guardò il cielo. – E cosí dici che pioverà.

– Altroché.

Lui si passò una mano dietro al collo, in cerca di un argomento. Da quando era tornata a Montevicino, suor Emma non smetteva di sorprendersi di quanto la gente trovasse insopportabile il silenzio. Sospirò.

– Non viene piú *la sitadin-a*? – chiese lui dopo qualche secondo. Non piú di qualche secondo, ecco quanto valeva la quiete fuori dalle mura ecclesiastiche.

Aspirò l'ultima boccata, ma questa volta mandò giú il fumo. – Tornerà, – tossí.

– È una bella donna, – commentò lui.

– Può essere.

– Lasci giudicare gli esperti.

Suor Emma tirò fuori dalla tasca le chiavi della macchina e si avvicinò al posacenere.

– Torna a casa?

Lei guardò l'ora, annuí. Pinin finí la sigaretta e allungò un braccio a stringerle la mano. – È stato un piacere, – disse, dopodiché rientrò nel bar. Suor Emma invece stava per dirigersi alla macchina, quando lo sentí esclamare: – *La sitadin-a* torna.

Si accostò alla finestra, studiò il fumo che si sollevava dal posacenere, la carta che bruciava a esaurire il tabacco. Il suono arrivava attutito attraverso i vetri sottili.

– È per quello che non hai nessuno Pinin, *'t piason dròle le fomne*, – disse Fulvio scuotendo la testa.

– *A mi 'm piason tute*: *dròle*, straniere, basta che portino un po' di novità.

Suor Emma voltò le spalle alla finestra e aprí la portiera.

Parcheggiando davanti a casa si accorse di aver lasciato una luce accesa in cucina. Entrò, la spense.

Fuori, un gatto scuro tagliò i campi con la coda gonfia di paura.

8
Quella lí

Quella lí, quella con i capelli corti e neri come i cinesi, che si faticava a capire se il Signore l'avesse fatta uomo o donna, era arrivata per la prima volta in paese qualche tempo prima. Aveva parcheggiato la Vespa nello sterrato davanti al bar ed era entrata. Tutti si erano girati a guardarla e si erano percepite, come fosse un rumore, le occhiate meccaniche pronte a salutare l'ennesima persona conosciuta mutare in pigli inquisitori, pieni di punti di domanda. Lei, titubante, si era avvicinata al bancone. Aveva chiesto un decaffeinato – decaffeinato? ma che roba è? – ed era rimasta in piedi vicino agli sgabelli. Tutt'attorno era calato quel silenzio attonito e sospetto dei luoghi dove ognuno sa cosa aspettarsi dalla quotidianità, quando il divorzio di gente di cui a nessuno interessa davvero alimenta il fuoco del chiacchiericcio per giorni.

Fulvio era stato cortese, ma di una cortesia guardinga, diffidente.

– Prego, – aveva detto facendo scivolare il caffè sul bancone. – Lo zucchero è lí.

Lei aveva girato il cucchiaino e sollevato la tazzina. Pian piano ognuno era tornato alla sua attività.

– Posso chiederle un'informazione? – aveva domandato quella a Fulvio una volta finito il caffè. E allora tutti a girarsi di nuovo.

– Come scusi?

Si era sporta in avanti. – Un'informazione.

– Sí, certo. Mi dica.

Aveva tirato fuori dalla tasca del giubbotto una cartina sgualcita, forzatamente piegata a mostrare un quadrato. – Per la frazione Laietto, qui, – aveva indicato. – Da che parte devo andare?

Fulvio aveva rigirato il foglio, poi si era voltato verso la cassa a prendere una matita.

– Noi siamo qua –. Aveva tracciato una «x» lungo una strada sottile. – Non so da dove arriva lei, ma una volta che esce, con il bar alle spalle, prenda verso sinistra. Al primo incrocio giri a destra, la via che curva, questa qui, la vede? Questa attraversa Laietto e torna indietro verso Pratoregio.

– Grazie, – aveva risposto lei.

– Cerca qualcuno lí? – aveva chiesto Fulvio.

– Suor Emma Favino.

– Sí, dovrebbe trovarla in casa a quest'ora.

– La conosce?

– Sarebbe strano il contrario.

La donna aveva poi lasciato gli spiccioli sul bancone, aveva ringraziato ed era uscita.

– Quella viene dalla città sicuro, – aveva detto qualcuno.

9
Canadese

Agnese non aveva sempre lavorato al negozio di scarpe di Chivasso. A dirla tutta, anzi, era stata la prima ad andarsene. Fulvio se lo ricordava bene.

Presa la terza media aveva fatto domanda per il supermarket di viale Regina Giovanna, di cui c'era stato un gran parlare a Milano – «Piatti già pronti per la donna che ha fretta» – e subito era stata assunta. Da allora si era fatta vedere di rado in paese, quando tornava indossava camicette alla moda e pantaloni a zampa che ai mercati di zona nessuno aveva mai visto.

Fulvio sapeva come erano andate le cose: aveva iniziato a notarla quando era sparita da Montevicino. La sua assenza aveva prodotto in lui un'impressione profonda che lo induceva, ogni volta in cui Agnese tornava, ad alzare gli occhi da terra per salutarla e seguirla con lo sguardo fino a quando non era piú in vista, dimentico, per interi minuti, della terra da lavorare.

È plausibile che chi sia transitato lungo la statale in quel periodo non ricordi di essersi lasciato alle spalle il pilone sbrecciato della madonnina, dove un ragazzotto ben piantato seguiva con occhi sognanti la ragazza di Milano allontanarsi nei viottoli tra i coltivi, ma per Fulvio era lí che le cose avevano avuto inizio. Quando poi, finite le ferie, Agnese ripartiva, suo fratello, di solito, tornava. Gli erano sempre sembrati, quei due, stendardi issati nella calura a ricordargli una vitalità dolorosamente estranea. Lui, giovane e inesperto come credeva di essere, con le chiavi del vecchio trattore Fiat 415 che ballonzolavano nella tasca davanti dei pantaloni, non si era mai posto troppe domande su cosa il mondo potesse avere in serbo altrove. Era andato regolarmente agli incontri della Coldiretti e mentre Gilberto spadellava spigole croate in barca a vela, Fulvio, chino sulla vecchia scrivania illuminata appena per non disturbare il sonno dei genitori, aveva studiato.

Una mattina, dopo aver passato l'intera notte senza chiudere occhio, davanti a un'abbondante tazza di caffè aveva spiegato al padre che, in qualità di pianta miglioratrice del terreno, la semina del girasole in successione al frumento avrebbe portato un notevole incremento della produzione. Gli aveva proposto di interrompere la monosuccessione di cereali, sottoponendogli vari documenti di politica agricola per ottenere degli incentivi e quadruplicare la produzione di semi. Nessuno però sembrava essersi accorto di quel suo guizzo di volontà: l'eccentrico in famiglia rimaneva Gilberto che, quando c'era, vendeva manufatti in legno al mercato delle pulci di Torino. Di modo che si riusciva ad averli tutti intorno al tavolo quando? una volta al mese se va bene, e mai la domenica, commentava sempre sua madre. Cosí, mentre il fratello scopriva la passione per le moto, Fulvio sviluppava un vero e proprio amore per le *Asteracee*, per quel loro bottone al centro, con decine di fiori tubulari fertili che si gonfiano lentamente trasformandosi in semi, e quel disco giallo che la gente chiama petali, ma che in realtà sono fiori sterili disposti radialmente al solo scopo di attirare insetti impollinatori. Ai girasoli non bisognava spiegare nulla, e il fatto che si prendessero da soli la briga di essere belli, che il risultato fossero quelle ligule gialle commuoveva Fulvio, ormai giunto alla certezza che fossero, se non gli unici, i migliori fiori che una donna potesse ricevere in dono. Dopo un paio di grappe o qualche San Simone, era pronto a difendere questa sua teoria con amici, conoscenti e sconosciuti di passaggio – tutti, sempre, grandi difensori delle rose.

A conti fatti, dunque, Agnese e Gilberto, come due facce della stessa medaglia. Gli unici a essersene andati da Montevicino, chi in un modo chi in un altro. Eppure non si erano mai incontrati. Non che lei non ci avesse pensato – era impossibile, Fulvio lo sapeva bene: tutte lo avevano fatto – ma suo fratello non era mai stato interessato a nessuna. Del paese gli stavano a cuore i boschi e le strade che portavano lontano, mentre le donne – la vita, in generale – erano faccende che aveva sempre cercato altrove. Cosí, volenti o nolenti, ciascuna di loro aveva prima o poi dovuto ripiegare i propri pensieri, e allora la semplice solidità, la dedizione e la costanza che Fulvio aveva ereditato dal padre avevano finito per stuzzicare l'attenzione di Agnese che, dopo cinque anni, di Milano aveva preso a patire la ripetitività della solitudine e la rapidità con cui tutto sembrava scivolare veloce, senza lasciare traccia. Dopo i primi lunghi entusiasmi la libertà della metropoli mostrava il risvolto dell'isolamento, e anche il tempo, che da principio si era riempito di feste, alcol, i Beatles al Vigorelli nel giugno del '65, hashish, amori sfuggenti con uomini a vario titolo piú grandi di lei, era diventato sempre piú stanco, trapanato dalla monotonia del lavoro. A proposito di uomini c'era poi da dire, e questo Fulvio se lo era ripetuto regolarmente, che fin da quando era piccola – in provincia, come molto altro, erano questioni facili da dimostrare – Agnese aveva palesato una predilezione per il tipo mediterraneo, scuro e poco slanciato, muscoloso; quanto di piú lontano ci fosse dalla pelle diafana e dall'andatura dinoccolata di suo fratello.

Sovente, tuttavia, si era chiesto come sarebbero andate le cose se quel pomeriggio d'estate lei non si fosse fermata al campo ad ascoltare la sua voce raccontarle dell'eliotropismo dei girasoli, dei tessuti vegetali che si allungavano in una direzione e nell'altra per poi mischiarsi al ronzio delle api fino a quando il sole non era scomparso dietro i pennacchi di frumento che si perdevano lontani all'orizzonte.

Ogni tanto, piú spesso da quando Gilberto era morto, si chiedeva come sarebbe andata se lei fosse rimasta a Milano.

E invece, dopo il primo anno di matrimonio, Agnese aveva lasciato il supermarket per accettare un posto da commessa all'alimentari sulla statale tra Chivasso e Montevicino, e lui aveva tirato un sospiro di sollievo perché la città la odiava, il mare da sempre lo metteva in soggezione e la montagna, cosí spigolosa, con i cieli che si richiudevano all'improvviso, lo riempiva di inquietudine. Si era convinto, insomma, di non star bene da nessun'altra parte se non lí, da dove, con i campi e tutto il resto, non poteva andarsene.

In rapporto alla luccicante e immensa asetticità della grande distribuzione, però, quella realtà pettegola e stantia, la polvere sugli scaffali e i prezzi scritti a mano sotto un'unica marca di biscotti, ad Agnese avevano ripreso a togliere il respiro. In capo a qualche anno si era messa a cercare un altro impiego, qualcosa che le permettesse di inserirsi in una dimensione piú ampia, e proprio mentre Fulvio iniziava a preoccuparsi di perderla di nuovo Gilberto aveva parlato di quel posto al negozio di scarpe di Chivasso, dove nessuno ancora la conosceva. Perché non le dici di provare a chiedere lí. La padrona era una vedova di guerra senza figli, discreta e gentile, e con Agnese si erano trovate subito bene, al punto che Fulvio si chiedeva se – quando il pettegolezzo di Montevicino era arrivato fin lí – lei fosse rimasta piú per affezione alla proprietaria che per rimanergli accanto. Cosí da ventotto anni sua moglie alzava e abbassava la stessa serranda – ecco un'altra faccenda che ora li accomunava. Ormai anziana, la proprietaria lavorava solo un pomeriggio a settimana e per il resto, quando a casa le prendeva la malinconia, trascorreva qualche ora seduta sulla sedia imbottita accanto alla cassa, a respirare l'odore dei tempi andati. D'accordo con Agnese avevano da poco assunto una ragazza, la figlia del meccanico, cosí che lei potesse staccare prima e non lasciare Giacomo da solo tutto il pomeriggio.

Era da lí che tornava, pensò Fulvio, quando Agnese si fermò al bar. La televisione ronzava a basso volume in un angolo e lui stava pulendo il bancone.

Lei entrò guardinga e chiese: – Non c'è nessuno?

Lui scosse la testa.

– Hai ancora qualcosa da mangiare?

Agnese aveva l'aria stanca.

– Se è per ieri sera non importa, – disse lui, e mentre lo diceva gli sembrò di tornare a sentire il bruciore sulla guancia.

– È che sono preoccupata per Giacomo.

Fulvio prese un piattino dalla pila pulita accanto al lavandino e rimase in silenzio.

– Tu non vai al cimitero, Giacomo disegna tutto il giorno, la casa è piena di cose di tuo fratello, tua madre è strana. Dovremmo cercare di parlarne come persone civili, non come ieri sera. Se riuscissi a dire qualcosa a tuo figlio, se riusciste a comunicare… Non voglio che cresca pensando che suo padre ha paura della morte. Magari è per quello che dorme ancora lí dentro.

– In tenda?

– Sí, non è un po' sinistro che Giacomo preferisca dormire in una canadese piuttosto che nel suo letto? Quella reliquia occupa tutta la stanza, pulire sta diventando impossibile. Io ci provo, ma tu devi fare la tua parte.

– La tenda non è una reliquia, – si limitò a rispondere.

– Ci andava in montagna con tuo fratello.

– Be', questo non fa di lei una reliquia. Anzi, tra tutte le cose è l'unica che ha una sua utilità.

– Se lo dici tu –. Agnese addentò la crostatina.

Fulvio grattò via con l'unghia una macchia di calcare dall'acciaio del lavandino. – Senti, mi dispiace per quello che ho detto ieri. Non avrei dovuto.

– No, non avresti dovuto, – Agnese si pulí la bocca. – E poi sinceramente non capisco. Non sei tu che mi hai detto che non vuoi che Giacomo diventi una vedova addolorata? A me sembra piú sano riconoscere che una persona non c'è piú e andare a trovarla al cimitero, piuttosto che riempirsi la casa della sua roba.

– Ho portato via le cose di cui volevo prendermi cura. È il mio modo di affrontare la cosa.

– La canadese potevi lasciarla dov'era.

– L'ha voluta Giacomo.

– Non importa, – sospirò Agnese. – Sei andato al cimitero?

– E quando?

– Non so, questa mattina. Sei uscito presto.

Fulvio si buttò lo straccio a quadretti su una spalla. – L'hai detto tu, siamo solo stanchi.

Spazzò via le briciole dal bancone e posò la mano grande e scura su quella minuta e diafana di lei. La carnagione, anche quella, era una cosa che accomunava lei e Gilberto.

– Anche a me piaceva dormire in tenda a quindici anni. Volevo che mio padre mi costruisse una casa sull'albero e tutte quelle menate lí. Quando non ne avrà piú voglia vedrai che la smonterà da solo.

– Pensavo solo che potreste fare qualcosa insieme.

– Qualcosa?

– Sí.

– Gli ho proposto di andare alla fiera, – disse lui.

– Questa è un'ottima idea, ma potrebbe anche darti una mano qui, nel fine settimana. Non so, potresti insegnargli a fare il caffè, servire ai tavoli. Magari a marzo riuscirete già a mettere qualche sedia fuori, – si strinse nelle spalle. – Potrebbe perfino tornarti utile.

Fulvio la guardò. Si passò le dita tra la barba. – Credi che gli piacerebbe?

– Potresti provare. Da quando Gil è morto Giacomo non fa piú nulla il fine settimana. E lo so che non puoi portarlo in montagna, non ti chiedo questo. A me fa piacere che disegni, però…

– Ho capito. Proverò a chiederglielo.

– Grazie.

– Potrei anche dargli qualcosa, una specie di paghetta.

– Sarebbe magnifico.

Agnese infilò le chiavi della macchina in borsa, gli prese la testa tra le mani e lo baciò, prima sulle labbra, poi sul naso. Era ormai sulla porta quando si girò: – Oggi al lavoro è passata la moglie di Franco. Dice che venendo a Chivasso ha visto tua madre alla stazione.

– Lo so, me l'ha detto anche Pinin.

– Ah sí?

– Sí, credo ci vada da un po'…

– Pensavo non lo sapessi.

– Non ho idea di cosa ci va a fare. Te l'ho detto, ho paura che stia perdendo colpi.

– Ok, forse non è niente di cui preoccuparsi. Magari fa solo due passi, cosí, per distrarsi un po'.

– Speriamo.

Agnese lo baciò di nuovo, questa volta da lontano. – Ci vediamo a casa.

Il campanaccio suonò. Lei salí in macchina, fece retromarcia poi proseguí in direzione nord-ovest. Superò le vetrine dei negozi e parcheggiò oltre le case, davanti al civico 59 di via Del Confine. Di sei stanze e due piani, l'unica finestra illuminata era quella del salotto. Il sole tramontava basso sul bosco e dopo tanta pioggia, incorniciata da una striscia di luce livida all'orizzonte, la campagna sembrava appisolarsi.

10
Uova

Il 4 ottobre del 1999 Gilberto Sellaci era morto nel canale di scolo della provinciale 65, alle porte del paese. Questi erano i fatti. Nessuno aveva sentito lo schianto. La strada era vuota. Il corpo era rimasto lí fino a quando un camion carico di pollame non aveva accostato per chiamare i soccorsi.

A Montevicino non si era parlato d'altro, gonfiando ottobre di voci sommesse: il figlio dei Sellaci, il piú grande sí, quello solo, ah ma un bell'uomo però, che disgrazia, e che strano che non si sia mai sposato, *lassé perde* che per come sono andate le cose è meglio cosí, anche lui però, a mettersi in moto con questo tempo, *fortunà* come i cani in chiesa.

Il funerale era stato discretamente partecipato, il brusio era durato un paio di settimane. Poi tutto era tornato come prima: il paese aveva ripreso a rigurgitare pettegolezzi piú frivoli, a nutrirsi di drammi minori. E Teresa si era sentita sollevata perché una come lei, che aveva speso gran parte delle proprie energie nella faticosa manutenzione delle apparenze, temeva che tutto quel vociare mandasse a monte il meticoloso lavoro di una vita: essere sulla bocca di qualcuno da che mondo è mondo non porta che guai.

A quasi un mese dal funerale, seduta sulla sedia di fòrmica davanti alla teiera fumante Teresa sperava che il Signore, o chi per lui, si fosse degnato di scendere su quel ciglio della strada fradicia di ottobre, ma ne dubitava. E ne aveva timore, perché non riusciva a capire se il dubbio fosse diventato risentimento, o se lo fosse sempre stato.

Fatto sta che quella, la rabbia, ogni tanto avrebbe voluto urlarla, ma il paese era piccolo e le orecchie grandi; gridare? roba da lasciare ai matti. E mentre lei si torceva le dita, il campanello era suonato e i pensieri avevano iniziato a sfuggirle di mano come pesci umidi nella presa bagnata dei pescatori. Non li aveva inseguiti; si era alzata per aprire la porta.

Da anni madama Clari veniva due volte alla settimana, in bici, a lasciare le uova. Ai tempi in cui Teresa abitava da sola o prima ancora, quando era vivo Domenico, passava nel pomeriggio. Dopo che si era trasferita a casa del figlio, invece, madama Clari aveva preso l'abitudine di venire la mattina, subito finita messa, di modo che in casa non ci fosse nessuno. Scendeva con prudenza i gradini del sagrato, recuperava la Graziella blu appoggiata al muro e pedalava svelta fino al portoncino scrostato. Era estate e la mattina faceva meno caldo, diceva. Ma la verità è che cosí, loro due sole, sembrava che il tempo non fosse passato. Teresa metteva su il tè, preparava il bricco del latte e, anche se alla fine mangiavano sempre e solo fette biscottate – un cuneese al rhum nei festivi –, metteva in bella mostra sulla tovaglia ricamata le paste di meliga e la scatola rossa, di latta, dei krumiri.

Quel mattino aveva portato piú uova del solito.

– Come sta, madama Sellaci? – le aveva chiesto.

– *Tiroma anans*, madama Clari, – aveva risposto lei. Poi avevano parlato d'altro. Non un accenno a Gilberto, e di questo Teresa le era stata grata, perché entrambe avevano visto settantenni resi inabili dalla scomparsa delle mogli, rimasti lí, nei primi banchi della parrocchia inebetiti. Ma le vedove, mai. Mai si erano permesse, loro, di fermarsi. Mai avevano avuto bisogno di chi le aiutasse a lavare, stirare, prepararsi da mangiare, e questo madama Clari lo sapeva bene. A loro era riservata la sobria repressione del dolore. Stoiche, stringevano mani e scortavano il feretro dei mariti. Dei mariti, però. Non dei figli. Madama Clari aveva perso entrambi e questo la rendeva capace di stare in silenzio.

– Come va la gamba? – le aveva chiesto Teresa.

Solo la primavera passata, mentre tornava a casa, si era rotta il femore cadendo dalla bici, ma non aveva fatto in tempo ad arrivare il caldo che era già tornata in sella.

– Qualche dolore, ogni tanto, che prima non c'era. Ma in bici niente, *neh*, sono come nuova.

Le briciole delle fette biscottate gonfiavano sul fondo delle tazze da tè, sopra ai piattini bianchi. Madama Clari le aveva raccontato di aver messo su una rete per le galline: questo inverno voglio vederla, la volpe, a mangiarmele. E poi le aveva chiesto se avesse sentito della figlia del *dotor*, la Favino.

– Quella che si è fatta suora durante la guerra?

– Sí, lei.

– E allora?

– Dicono sia venuta a cercarla una donna, da Torino.

– Lo so.

– Pare che la suora sia un pezzo grosso, che abbia fatto carriera giú, a Roma, tra vescovi e cardinali. Dove sta il santo papa.

A Teresa del santo papa, da molto tempo a questa parte, non interessava granché. Era conscia di nutrire – al contrario di madama Clari – il peccato del dubbio, di una fede vacillante e di facciata. Tutto era iniziato molto tempo prima, quando le sue mani ancora non erano macchiate degli aloni che regala l'età. Lo sentiva, quel dubbio, e no, non le piaceva per niente. Il traballare delle certezze, l'incrinarsi della fiducia nel disegno divino. Certo, non lo avrebbe mai ammesso davanti a nessuno, e quando passava davanti alla chiesa, alla messa della domenica o di fronte al parroco, si limitava a esprimere con un lampo di severità il suo disappunto, come a voler redarguire qualcuno.

Dunque, sospettosa, aveva domandato: – E chi lo dice?

– Suo figlio.

– Mio figlio? – Istintivamente le era venuto da chiedere quale, poi si era corretta. – E che ne sa lui?

– La suora avrà voglia di raccontare, si siede lí e chiacchiera. Ha preso ad andare al bar la domenica mattina.

– E ha anche detto come ci è arrivata lassú, tra vescovi e cardinali?

– Io questo non lo so, ma era a Torino. Durante la guerra.

– Ah sí?

Teresa aveva iniziato a sparecchiare la tavola.

– Durante la guerra. Che orrori deve aver visto, giovinetta com'era. Avrà avuto diciassette anni.

– Gli orrori, *chi pí chi men*, li abbiamo visti tutti in quegli anni.

Che non venissero a raccontarli proprio a lei, gli orrori della guerra.

– Sí ma a Torino, madama Sellaci.

– A Torino, a Roma, qui o a Chivasso. Che differenza fa?

– Dicono che la donna sia venuta a chiedere di un carcere. Quello preso dai tedeschi.

Allora la mano con cui Teresa teneva le stoviglie aveva tremato, la tazza aveva tintinnato contro il piattino e lei si era dovuta appoggiare al bordo del lavello prima di metterli in salvo sul ripiano della cucina.

Con tono duro era riuscita a dire: – Ne è sicura, madama Clari?

– *Ël sicur a l'é mòrt,* madama Sellaci.

Da quel momento Teresa non era riuscita a far altro che aspettare che madama Clari se ne tornasse a casa. E quando lei aveva finalmente detto: – Vado, che devo ancora passare a comperare una pagnotta per il pranzo, – subito Teresa si era profusa in convenevoli, saluti distanti sulla porta. Si era accasciata sulla sedia, in quella casa non sua. I fiori infilati nell'acqua torbida sopra al davanzale erano stanchi, le corolle flosce e il polline giallo sgranato sui petali. Si era alzata, era andata in camera e lí aveva infilato le scarpe della domenica, il paltò, il cappello, poi era uscita. Aveva percorso un bel pezzo di via Del Confine, fino al bar di suo figlio: sulla saracinesca abbassata il cartello CHIUSO PER LUTTO scritto a pennarello nero, in stampatello maiuscolo – rapida, era passata oltre.

Teresa aveva camminato con passo spedito fino all'ingresso della stazione, attraversato il piccolo atrio e poi rallentato l'andatura. Il marciapiede non era piú lungo di qualche metro. Aveva raggiunto l'ultima panchina, sufficientemente lontana da eventuali passeggeri, capistazione e curiosi di passaggio. Si era seduta laggiú, distante, dove l'erbaccia minacciava la pavimentazione crepata. Le mani in grembo, le labbra avevano cominciato a muoversi, mute: – *Signore pietà*.

Era rimasta cosí per un quarto d'ora. Avrebbe dovuto farlo prima, aveva pensato, perché pregando in quel luogo aveva sentito qualcosa di inedito. Poi, lentamente, aiutandosi con una mano, si era alzata, aveva dato le spalle ai binari ed era uscita dalla stazione. Lungo la strada, controllando che nessuno la vedesse, aveva portato agli occhi un quadrato di stoffa tirato fuori dalla tasca del paltò.

Da allora le scarpe della domenica le aveva utilizzate solo per arrivare fin lí.

11

11 giugno 1940

Con il collo piegato all'insú, erano usciti in strada. Centinaia, gli occhi puntati contro il cielo.

Fuochi d'artificio, aveva pensato qualcuno. Forse per festeggiare la mobilitazione, diceva qualcun altro. Forse.

11 giugno 1940: erano bombe.

I vetri delle case di via Vanchiglia, Torino, all'ultimo piano del civico 25, tintinnavano come cristalleria. Donne e uomini sui balconi e poi giú in strada, nelle cantine, sotto i tavoli, davano il benvenuto alla guerra.

Se se lo ricorda? Certo che se lo ricorda.

E dopo qualche tempo erano fuggiti, lei e Domenico, su treni pieni di gente che svuotavano le città. Sfollati, dicevano. E che sfollassero, di corsa anche, il piú lontano possibile da quel frastuono, con la paura alle calcagna e l'incertezza della fuga all'orizzonte. Quaranta lire, mezza dozzina di uova alla borsa nera. Ecco come stavano le cose.

Erano scappati, sí, senza sapere che la guerra, con la sua inclemente questua di partecipanti, di lí a poco, sarebbe tornata a bussare alla loro porta.

Toc, toc.

Se se lo ricorda? Questo ha cercato di dimenticarlo.

12
Indizi trascurabili

Non erano sfollati subito. Lei piú di lui aveva voluto aspettare; ed effettivamente, nei primi tempi, gli attacchi aerei erano stati contenuti. Teresa non voleva che Domenico perdesse il lavoro, non avevano ancora figli da mantenere e con il suo *travaj da sartòira*, sebbene si potesse chiedere sempre meno e al denaro si sostituissero sempre piú frequentemente scatolame e beni di prima necessità, quasi tutte le sere riusciva a mettere insieme la cena. Dal lunedí al venerdí si dava da fare in uno dei laboratori delle sartine intorno a via Po; nel fine settimana, invece, si dedicava alle commesse private. La maggior parte dei lavori a domicilio ormai arrivava da Anna, la merciaia da cui comperava il filo e che le mandava per lo piú gonne da stringere e indumenti frusti da riammodernare.

– Vorrà mica che la gente possa permettersi di sostituirli, – borbottava mentre Teresa si riforniva di *poussoir*, passamaneria e taffettà.

Erano ancora i tempi in cui, quando era in casa, al primo vibrar di pareti Teresa si fermava a pregare. Poi, qualsiasi lavoro stesse facendo, lo riprendeva a testa bassa, come se nulla fosse accaduto. C'era stato un periodo in cui gli allarmi diurni e notturni si erano intensificati, e tutto il condominio si era ritrovato in cantina, o nei rifugi antiaerei. Ma ai primi di ottobre del '42 le cose sembravano migliorate. La guerra faceva timide incursioni nella vita di tutti i giorni, piccoli indizi; avvisaglie trascurabili. Come quel sabato in cui andando in chiesa, Teresa aveva visto gli spazzini indaffarati a raccogliere le castagne d'India cadute dalle alberate lungo i viali del corso, e le sarebbe di certo sembrato solo pittoresco se qualche tempo prima non avesse sentito dire dal ciabattino che se ne poteva ricavare una specie di sapone, da quegli affari. *Ròba da mat.* Sempre quel giorno, il parroco aveva letto dal pulpito una lettera firmata dal cardinale. Era uno scritto diramato in via ufficiale a proposito delle campane delle chiese e di tutte le campane religiose: il regime chiedeva di consegnarle per sopperire alla mancanza di materie prime necessarie alla costruzione delle bocche da fuoco. Il parroco, impettito, si univa alle dichiarazioni del cardinale inchinandosi alle dure necessità dei tempi.

Teresa era uscita dalla messa accompagnata da un vago senso di stordimento e, mentre aspettava sulle strisce pedonali, non aveva pensato al suono delle campane che presto avrebbe abbandonato le città per trasformarsi in rombo di cannone. A dire la verità non aveva prestato tutta questa attenzione alla lettera del cardinale, aveva piuttosto pensato alla cena, e alle commesse per il pomeriggio. Si era appuntata mentalmente di passare da Elvira a comperare la margarina, sí, la margarina, rendiamo grazie a Dio, rumore di fedeli che si alzavano. Per le strade pareti di sacchi di iuta riempiti di sabbia se ne stavano ammonticchiati contro i muri, nel cielo i disegni dei proiettili traccianti della difesa antiaerea, donne sedute sui bauli e circoli di vecchie intente a rammendare della biancheria; la vita continuava e la giornata era nuvolosa, ma ancora calda. Nessuno sembrava aver tirato fuori la vestimenta invernale e Teresa non era da meno.

Passata la tranvia aveva attraversato la strada e camminato a passo svelto fino alla porta dell'alimentari. *Cerea.* Dopodiché, le gambe leste, si era arrampicata al quarto piano del civico 25 di via Vanchiglia.

Una fetta di pane spalmata di margarina e una tazza di caffè, poi, ditale alla mano, si era messa al lavoro. A metà pomeriggio una pausa veloce, un uovo sbattuto con lo zucchero e piú tardi, per cena, aveva messo sul fuoco una zuppa di porri e le ultime due patate rimaste in dispensa.

Domenico era rincasato alle sette con le mani sporche di grasso e carbone. Era un ragazzo robusto, le spalle larghe e i fianchi stretti. Aveva il collo insolitamente lungo e quando stava in piedi a Teresa piaceva il modo in cui sembrava occupare la stanza per intero. Aveva appeso il berretto da ferroviere dietro la porta d'ingresso, si era sfilato la divisa e dopo averle schioccato un bacio sulla guancia era andato in bagno a sciacquarsi con l'acqua fredda della brocca. Ripulitosi dalla giornata di lavoro, era venuto a tavola.

Quando Domenico le parlava delle tradotte cariche di giovani mandati al fronte, le viscere di Teresa si scaldavano di sollievo e imbarazzo al pensiero che al suo sposo quella sorte, almeno per il momento, non fosse toccata. Il Duce aveva considerato che far andare i treni come si deve fosse una priorità a cui non poter rinunciare: era di fondamentale importanza che i soldati al fronte ci arrivassero in tempo, e possibilmente con il sorriso. Come e quando sarebbero tornati, be', quello era un altro paio di maniche, e le volte in cui Domenico le raccontava dei convogli macilenti che tornavano carichi di feriti, del puzzo che veniva dai vagoni zeppi di bende, moncherini e ferite purulente, Teresa gli chiedeva di smettere.

– Ho sentito dire che le patate sembrano scomparse, – aveva detto Domenico giocherellando con le posate. – Non se ne trova piú una *gnanca a meuire*.

– E chi lo dice? – aveva domandato lei mettendo i piatti caldi in tavola.

– Un tenente che veniva da Trofarello. Pare che all'ammasso non sia arrivato quasi nulla. E pensa che ad Asti i contadini hanno consegnato meno patate di quelle che avevano distribuito per la semina.

– Allora gustale per bene queste qui, – aveva risposto lei.

Domenico, dopo aver sorbito un lungo sorso dal cucchiaio, si era passato il tovagliolo sulla bocca.

– Il signor Rubatto, il capostazione, dice che i contadini le vendono alla macchia a cinquecento lire al quintale.

– *Dincinato*, – aveva esclamato lei.

Qualche giorno piú tardi si era recata all'Ufficio Annonario per prenotarle, le patate, e vedere se tra Rubatto e il tenente di Trofarello qualcuno aveva parlato con criterio o se erano solo voci che, annoiate, giravano di stazione in stazione.

L'impiegata le aveva risposto che non prendevano piú prenotazioni: di patate non ce n'erano abbastanza nemmanco per quelli che le avevano riservate in precedenza, figurarsi per lei. Nel frattempo, una signora in coda si era messa di buzzo buono per montare su un quarantotto. – Pensavo di essere all'Ufficio Annonario, non al botteghino di teatro, – aveva detto. Certo che a mettere a confronto le sue dita con quelle della signora, lei sapeva dei botteghini del teatro quanto quell'altra del pelar patate. Sarà venuta a ordinarle perché della serva non si fida, aveva pensato, sarà una di quelle che esagera con la cresta. Teresa era uscita di cattivo umore, pensando a quante commesse avrebbe dovuto consegnare per poter comprare un chilo di patate alla borsa nera.

Ogni tanto, però, la guerra sembrava piú dura per i ricchi, delicati com'erano dal non essersi mai sentiti dir di no, che per loro, abituati a spaccarsi la schiena come i muli. Domenico era avvisato: di patate non ne avrebbe viste per un po', mentre il marito e i figli della signora del teatro, invece, chissà che trombe.

13
Gin

– Sei stata da tua madre?

Aila si tolse le scarpe. – Sí.

– E come stava?

– Sempre in forma. I fiori sono in ordine e la foto luccica che è un piacere.

Giulia era di spalle, in cucina, affaccendata a preparare la cena. – Mi sembrano ottime notizie.

– Lo sono.

I compiti da correggere erano stati spostati su una sedia. Aila li portò in camera. Si tolse i vestiti, mise la tuta e si sedette sul bordo del letto.

– Ho preso del pesce per cena.

– Posso darti una mano?

– Apri del vino?

Aila stappò una bottiglia, mise i bicchieri in tavola. – Sono stanca morta.

– Secondo me devi ancora riprenderti dal jet-lag.

– Può essere, – appoggiò i piedi sulla sedia. Fece uno sforzo per rimanere su argomenti futili. Aveva paura che tutto quel parlare di sua madre avrebbe finito con l'insospettire Giulia, ma alla fine disse: – Sai una cosa? Tornando a casa pensavo che dovrei portarle del gin.

– A chi?

– A mia madre. Quello che teneva nella fiaschetta.

– Perché?

– Per versargliene una goccia tutte le volte che vado a trovarla. Per terra, accanto alla lapide.

Giulia ci pensò su, poi disse: – Credo le farebbe piacere. Aprí il forno e un alito di calore le appannò gli occhiali.

– Aspetta, appoggialo qui.

Si sedettero a tavola. Aila sbuffò. Giocherellò con il braccialetto legato al polso. Non le piaceva mentire.

– Questo week-end ho un altro convegno, – disse.

– Questo week-end? Dove?

– A Milano.

– Bene, credo che non ci sarò neanch'io.

– Come mai?

– Novanta su cento mi mandano a Londra per mettere una pezza al progetto.

Aila si rilassò, versò altro vino nei bicchieri. – Ti va se accendo la tv?

Mangiarono commentando una partita di basket, poi lei lavò i piatti e Giulia si stese sul divano a leggere. Si fermò a guardarla. Se l'amava? Certo. E prima di allora non le aveva mai mentito. Almeno non sulle cose che contano. Giulia aveva imparato a comprendere e mettere a sistema gli aspetti piú inconsueti dei suoi modi di fare, e questa era una faccenda di estremo valore per Aila, perché spesso aveva bisogno di una solitudine profonda, difficile da spiegare o condividere. Non arrivava mai, come faceva sua madre, a chiudersi per giorni in camera al buio, senza parlare, ma poteva aver bisogno di spazio, molto spazio, e forse proprio il fatto di essere sua figlia aveva portato lei e Giulia a costruire un equilibrio di silenzi congiunti e gesti quotidiani. C'erano stati momenti burrascosi, incomprensioni, ritorni di fiamma, ripensamenti, ma insieme avevano costruito e deciso di abitare il fragile edificio della fiducia. Quella che la aveva travolta, però, era una faccenda molto piú grande. Una faccenda che dalle parole era sempre fuggita, e fin dall'inizio Aila aveva saputo che prima di parlarne avrebbe dovuto cercare dentro di sé i suoni, i gesti che sua madre non era riuscita a trovare.

Finito di lavare i piatti si asciugò le mani, ripose lo strofinaccio. – Quanto starai a Londra?

– Non lo so, spero poco. Al massimo un paio di giorni. Questi clienti ci stanno facendo diventare pazzi.

Andò a sedersi sul divano. Le statuette di *Star Wars* se ne stavano in fila sulla mensola, accanto alle coccarde del primo maggio. – Hai idea di dove possa aver messo la fiaschetta?

– Prova a guardare nello stipetto in alto, sopra i vasi.

La prima volta si erano incontrate per le scale, a casa di un vecchio amico di Aila. Lui l'aveva salutata come si salutano i condòmini, con educata assenza. Loro due invece avevano rallentato l'andatura. Giulia aveva capelli ricci, ramati, e una giacca di pelle aperta su una t-shirt bianca. Si erano girate a guardarsi, poi Aila aveva proseguito e Giulia era scesa lasciandosi alle spalle, a mescolarsi sui gradini sporchi, una scia di profumo e tensione elettrica.

Prima di cena si era presentata alla porta. – Sono la nuova inquilina del terzo piano. Vi va di bere qualcosa qui sotto?

Gli andava. Erano scesi al Covo, un locale poco luminoso all'angolo tra via Reggio e Lungo Dora, non distante dal fiume. La nuova inquilina beveva solo pastis. Faceva la copywriter ed era stata appena assunta in un grosso studio di grafica indipendente, un colpo che le aveva permesso di lasciare l'appartamento condiviso e sobbarcarsi un affitto da sola.

– Domani tengo una specie di conferenza sul rapporto tra parola e immagine. Se vi va di fare un salto mi farebbe piacere. Lo studio è qui dietro.

Aveva usato il plurale, ma guardava lei. Ci erano andati entrambi, Aila e Tommaso. A fine serata si erano ritrovati attorno a un tavolo a discutere delle opere d'arte di Jenny Holzer e Barbara Kruger. Al terzo giro di birra – pastis per Giulia – i toni si erano fatti concitati. Non erano d'accordo su nulla: le intenzioni, l'impatto, i risvolti commerciali. Stampare gli slogan delle installazioni sulle magliette, ad esempio, era da considerarsi parte dell'operazione o significava svendere l'opera, assuefacendo la gente alla sua carica sovversiva? Giulia si faceva portavoce di una contestualizzazione piú complessa, parlava del mercato dell'arte, di quello pubblicitario, del mestiere dell'artista. Aila, dalla sua, rilanciava sul tema dell'etica professionale.

– Polemogeno, – era intervenuto a un certo punto Tommaso.

Aila, stizzita, si era girata a guardarlo. – Eh?

– Significa incline a creare conflitto. Ne parlavo oggi in facoltà con un tesista. Mi sembra una definizione calzante.

– Io non sono incline a creare un bel niente, dico solo la mia.

– Per carità, – aveva risposto Giulia, – può darsi che sia io la... com'è che hai detto?

Lui si era alzato. – Polemogena.

Giulia si era stretta nelle spalle. – Chi lo sa. Può essere –. Si era accesa una sigaretta; quelle a cui poi, stando con Aila, avrebbe imparato a rinunciare.

– Bevete ancora qualcosa?

– Io no, – aveva detto lui. – Sarà meglio che vada –. Era stata una giornata lunga, domani avrebbe avuto lezione alle otto, ma che loro stessero lí tranquille. Cosí erano rimaste sole, e nell'istante in cui Tommaso si era alzato Aila aveva saputo che gestire il doppio sentimento di attrazione e repulsione che ora la legava a quell'estranea non sarebbe stato facile. Se prima di scendere dal palco la copywriter non era che un'entità astratta, la nuova inquilina del terzo piano, ora, oltre ad avere una massa di capelli aggrovigliati sopra la testa, una camicetta nera dalla scollatura a V e una gran sfacciataggine, aveva acquisito un nome, dei gusti in fatto di alcol e le movenze di una superficiale ed ebbra confidenza che Aila non riusciva a decifrare. Avrebbe potuto seguire l'amico, andarsene con una scusa qualunque, invece era rimasta a studiarla mentre seccava il terzo pastis con una disinvoltura e una tenuta ammirevoli: aveva le unghie corte, del colore dell'argilla, e chiudeva con naturalezza le dita abbronzate intorno ai bicchieri di vetro stretti su cui lasciava un'impercettibile impronta delle labbra. Beveva senza mai distogliere lo sguardo dal suo.

A un certo punto, senza nessun preavviso: – Posso farti una domanda? – le aveva chiesto.

Aila aveva annuito, finendo in una golata il bicchiere.

– Siete mai andati a letto voi due?

– Come scusa?

– Tra te e Tommaso. C'è mai stato qualcosa?

Aila si era stretta nelle spalle: – Anni fa.

– Ah ecco.

– Ecco cosa?

– Niente.

Giulia si era alzata per ordinare il quarto giro, e quando era tornata al tavolo si erano ritrovate piú vicine. Prima di andarsene avevano bevuto ancora parecchio. Che ore erano? Non avrebbe saputo dirlo, ma per quel tempo gli schiamazzi avevano smesso di coprire il rombare del fiume che ininterrottamente, qualche metro piú in là, si gettava oltre la diga.

– Da che parte vai?

– Di qua, – aveva risposto Aila. – Tu?

– Ti accompagno un pezzo.

Dopo qualche passo, lasciatesi il ponte alle spalle, il freddo e l'umidità si erano fatti piú sopportabili. Era stata una settimana particolarmente limpida e le notti sembravano fatte per passeggiare e rincorrersi per le strade, attaccarsi agli steli dei lampioni e ridere, chiacchierando senza fretta – quello che avevano fatto loro, in quella notte giusta, evidentemente, per accompagnarsi a casa camminando con il passo notturno di chi ha smesso di calcolare le distanze tra i luoghi per concentrare tutti i propri sensi su ciò che accade nello spazio tra due corpi.

Intervalli elastici sempre piú concisi le avevano accompagnate lungo il tratto pedonale di via Garibaldi, fino a trovarsi sotto il portone di Aila, in via dei Mercanti. In giro non c'era anima viva.

La voce di Giulia era vibrata in quel silenzio blu notte con un'inflessione ambigua, a metà tra il perentorio e l'interrogativo: – Allora?

– Sesto piano senza ascensore. Te la senti?

– Come sarebbe a dire che non c'è l'ascensore?

Prima di aprire la porta Aila aveva pensato alla radice della parola «polemogeno».

Il letto aveva le lenzuola spaiate. Le sue labbra erano morbide. Sottili.

14
Ottobre 1999

Gilberto aveva accelerato. Il vento freddo graffiava le guance, i vestiti gli si gonfiavano sulla strada che s'inerpicava stretta su per la valle, a destra le rocce, a sinistra la scarpata di pini – l'asfalto crepato dalle gelate dell'anno precedente. Non era la prima volta che saliva al pianoro.

Quando era partito la gente ancora dormiva. Era una sensazione piacevole attraversare paesi vuoti alla luce dell'alba, mentre il silenzio spettrale della notte lasciava posto alla transitoria morbidezza del giorno e lui, pur senza appartenere a quei luoghi, non vi si sentiva estraneo. C'era un senso di pace nel chiudersi la porta alle spalle e osservare la campagna sonnolenta, fare un primo passo nella giornata, mettere in moto ed essere l'unico in strada per chilometri, incrociare di tanto in tanto solo un guidatore solitario.

Mano a mano che proseguiva, la carreggiata si era fatta piú stretta, il bosco piú fitto e, superato Crissolo, aveva rallentato. Il piazzale era deserto, aveva parcheggiato la moto. Le dita tra i capelli schiacciati dal casco, Gilberto si era fermato a osservare il pianoro. Era lí, sempre lí, custodita nella mattina timida che si affacciava dietro le montagne, la serenità che andava cercando. L'acqua della sorgente, fresca e limpida, le rocce e l'erba ingiallita che si preparava al gelo. Aveva immerso le mani nella fonte e bevuto a lungo, poi, dopo essersi sciacquato il viso, aveva disteso le gambe e chiuso gli occhi, respirando a fondo.

A svegliarlo era stato il motore di un'auto famigliare da cui erano scesi due bambini e un cane, correndo. Il padre lo aveva salutato come ci si saluta tra escursionisti e mentre tiravano fuori dal bagagliaio un tavolo da picnic, Gilberto aveva cominciato a salire a piedi. Il sentiero, dapprincipio largo e sinuoso, si stringeva verso la cima e nei tratti piú esposti. Lui camminava con passo elastico, mantenendo un'andatura costante; l'attrito degli scarponcini, il pietrisco che rotolava giú per il fianco della montagna. Avrebbe potuto farlo bendato, quel percorso. Sulla striscia di terra nuda che passava a mezza costa si era fermato a guardare le miniature che si muovevano sotto di lui: il cane che infilava il muso nelle tane delle marmotte e la madre dei bambini che, avvolta in una giacca tecnica fluorescente, si passava da un piede all'altro un pallone da calcio. Nel tunnel del Buco di Viso il rigagnolo d'acqua gli era passato sopra le scarpe impermeabili senza inzupparle.

Era tornato allo spiazzo prima di pranzo, si era messo in sella e aveva mangiato un panino lungo la strada. Seduto sulle panche fuori dalla locanda non c'era nessuno. D'un tratto il sole era scomparso dietro nuvole che si erano fatte via via piú scure e Gilberto si era affacciato ad ascoltare il rombo del fiume, un solco nella valle, come una ferita. Avrebbe voluto immergercisi ma si era levato un vento freddo e le cime delle montagne erano tutte coperte, cosí, dopo aver tirato su la zip aveva messo in moto e dato gas.

Mentre tornava una pioggerella leggera aveva preso a scendere, fine, dal cielo.

15
«La Stampa»

All'una Daniela Gineprini aveva chiuso l'agenzia immobiliare ed era andata al bar, dove aveva ordinato un panino e una spremuta d'arancia. Il caffè dopo, grazie.

Era stata una mattinata grandiosa. Una giovane coppia sembrava interessata a un appartamento messo in vendita il giorno prima, e se fosse andata in porto lei avrebbe raggiunto il suo record di vendita.

Sovrappensiero, aveva scelto il tavolo su cui, piegata a metà, era appoggiata una copia de «La Stampa». Fuori le auto scorrevano con i finestrini chiusi. Si era seduta e aveva iniziato a sfogliarla. Era il 5 ottobre del 1999.

In prima pagina campeggiava una miscela di notizie politiche riunite in un unico articolo. *D'Alema: chiarimento sí, rimpasto no. Il premier: non c'è motivo di intervenire su Telecom. Ciampi: possiamo battere il crimine.* Un trafiletto intitolato TELEFONI, scritta bianca su striscia nera, informava i lettori che la tariffa a tempo avrebbe presto sostituito quella a scatti. All'interno del giornale la sezione di Economia segnalava il via libera della Consob alla privatizzazione dell'Enel. Poi l'Interno e la Cronaca.

La spremuta era piú aspra del solito. Daniela si era pulita la bocca con un tovagliolo. Accanto a lei un signore di mezza età grattava la seconda schedina scuotendo piano la testa. *Aiuti umanitari, altro maxi-sequestro*, lesse. *Caserta, il materiale sarebbe stato acquistato da un'azienda che si occupa di abiti usati.* Saltò del tutto l'articolo. La frittata aveva dentro della menta. Una pubblicità a mezza pagina annunciava l'anniversario di un centro commerciale sbandierando offerte imperdibili: *fustone Dash a sole 17900 lire*. Non riusciva nemmeno a immaginare quanto tempo avrebbe impiegato a finirlo.

Dieci minuti piú tardi il cameriere era venuto al tavolo per portare via il piatto e lasciare il caffè. Daniela aveva buttato giú un sorso di liquido scuro, senza zucchero. Un'occhiata veloce alla cronaca torinese. Stava per voltare pagina quando accanto al trafiletto sulla recente apertura del corso di laurea in ingegneria dell'auto – *quattro ragazze tra i 60 iscritti* –, un nome familiare aveva attirato la sua attenzione.

Aveva guardato la foto, il titolo scritto in stampatello sottile: MONTEVICINO. Di nuovo la foto. Una Morini 3½ riversa sulla strada nera, lucida di pioggia. Aveva sentito il battito accelerare. Allarmati, gli occhi erano scivolati sulle maiuscole del testo inciampando in una preoccupante «G». Gilberto Sellaci. Morto ieri sulla statale. Paese in lutto.

Avrebbe voluto leggere il trafiletto per intero ma non ci riusciva. Si era guardata attorno in cerca di un appiglio. Gilberto. Gilberto Sellaci, qualcuno lo conosce? No? Nessuno? Il sorriso dietro il banco del mercato, le dita lunghe, l'eleganza di quelle mani puntinate da lentiggini scure che si muovevano carezzevoli sul legno grezzo, i lineamenti fini, quasi rapaci e poi quell'articolo buttato lí, su un tavolino di materiale scadente – tek verde smeraldo contro carta stampata. Le erano risalite la colazione delle sette, la frittata con la maionese e quel caffè ancora per metà nella tazzina: un nodo acido in fondo alla gola. L'articolo a pagina 39, il suo nome che già stingeva sulle pagine con cui i pescivendoli l'indomani avrebbero incartato i branzini. Un nome che lei non pronunciava da anni. Sette anni.

Aveva lasciato i soldi sul banco, non aveva salutato, era uscita, il semaforo era eterno. Le tremavano le gambe. Svoltata nel parco aveva fatto due passi lungo il fiume, respiri profondi, la terra molle. Si era seduta su una panchina e aveva pianto. Mentre i singhiozzi le scuotevano il petto un'anatra si era buttata in acqua starnazzando. Una ragazza che passava correndo le aveva lanciato uno sguardo preoccupato.

Prima di rientrare in agenzia si era fermata all'edicola di piazza Gran Madre per comprare uno, due, tre, «mi dia anche quello», quattro testate che avessero la sezione di cronaca provinciale. E cosí aveva fatto anche il giorno dopo, sperando di trovare il necrologio, l'annuncio del funerale.

La giovane coppia dell'appartamento l'aveva richiamata nel tardo pomeriggio per fare un'offerta.

16
Storpio

Una delle tante fisse di suo fratello era stata l'atletica, ma quella Fulvio non gliel'aveva mai perdonata. O forse semplicemente non aveva fatto in tempo a farlo.

Fin da piccolo Gilberto aveva l'abitudine di svegliarsi di buon'ora per andare a correre lungo i sentieri che costeggiavano il fiume o sui tracciati che si perdevano nel bosco. Indossava pantaloncini che gli lasciavano scoperte le cosce lunghe e sottili fin quasi all'attaccatura del bacino e tornava sudato, con i muscoli gonfi e le vene colorate che pulsavano sotto la pelle chiara. Piegato con le mani sulle ginocchia, alzava lo sguardo e sorrideva. Impegnato a strappare erbacce dall'orto, Fulvio lo guardava buttare la testa sotto il getto della fontana. Vieni a raccogliere le rape, gli diceva Domenico. Dai una mano a tua madre a tagliare le cipolle, e Gilberto, molleggiato, obbediva.

Fulvio all'inizio invidiava – perché solo in un secondo momento avrebbe imparato a detestare – le occhiate che le ragazze lanciavano a quelle gambe inquiete, da sempre con il pallone tra i piedi, poi in bici, di corsa, e infine la moto. Tra una cosa e l'altra c'era stata anche la vela, ma suo fratello non era un tipo da mare e quella parentesi era durata giusto il tempo di una donna. Lei aveva lunghi capelli color paglia, occhi azzurri e una piccola barca attraccata in un ancor piú piccolo porto sulla costa croata. Gilberto aveva conosciuto Eva Jurkovic a Chivasso, per sbaglio. Girava con il fratello su un vecchio camper scassato, e dato che Agnese non si era ancora fermata al campo di girasoli, quella Eva Jurkovic a Fulvio era costata piú di un travaso di bile.

Gilberto per qualche mese non si era piú rivisto. Mandava a casa cartoline e lettere allegre in cui parlava di pranzi a base di pesce fresco e tramonti mozzafiato, di bora e di scirocco. Teresa considerava quella corrispondenza un affronto, le dava un'occhiata veloce per poi buttarla nella pattumiera, dove Fulvio, tornato dai campi, la recuperava. Cosí il giorno dopo, mentre trasportava taniche di carburante o schiacciava grasse zanzare padane sui polpacci bruciati dall'insopportabile sole di agosto, pensava a suo fratello in barca a vela, a passarsi le dita tra i capelli e cucinare filetti di orata per Eva Jurkovic – le cosce abbronzate piene di salsedine.

Nel frattempo i girasoli crescevano robusti, seguivano la parabola del sole nel cielo e di sera abbassavano il capo, Teresa buttava le lettere di Gilberto e dopo qualche mese Eva aveva incontrato un allevatore di buoi istriani. Gilberto era tornato a casa in tempo per Natale.

Prima e dopo la barca a vela, però, c'era stata quella maledetta atletica. E cosí, a nove anni, Giacomo aveva iniziato a inseguire le gambe argentee dello zio che guizzavano come fiumi tra gli alberi, leggère sul terreno sconnesso del sottobosco, le braccia maculate dal ritaglio che le foglie degli ontani facevano della luce, proiettando i margini frastagliati sulla pelle in movimento. Il corpo si protendeva in avanti affusolato, le scarpe si sollevavano senza sforzo.

– Zio, voglio venire anch'io.

Non c'era stato nulla da fare, il figlio di Fulvio, come tutte le donne che avevano incrociato la strada sua e di suo fratello, era rimasto affascinato dal fisico asciutto e nervoso di Gilberto, dal sorriso gioviale, dalle energie senza fondo eppure sempre pacate, ed era cosí che aveva iniziato a correre: per imitazione.

A scuola il maestro di educazione fisica non aveva tardato ad accorgersene e, dato che Giacomo aveva una corsa elastica e controllata, aveva impostato da subito un'ottima rincorsa per lo stacco del salto in lungo.

– Non sarà pericoloso? – si chiedeva Fulvio.

– Lascia che si diverta, – rispondeva Agnese.

Le gare estive erano andate alla grande. A tredici anni Giacomo aveva vinto un secondo posto negli under 14. Durante gli allenamenti invernali per il salto in alto aveva fatto amicizia con un ragazzo, Andrea. In settimana era Gilberto ad accompagnarli agli allenamenti e, quando riusciva, seguiva anche le competizioni; si sedeva sugli spalti gomito a gomito con i genitori di Andrea mentre a gambe larghe, sorridendo, stappava una Moretti da sessantasei. Insieme, al torneo regionale, i due ragazzi avevano frantumato il record esordienti indoor di salto in alto. Alla premiazione gli avevano appeso al collo una medaglia e cacciato in mano un pacchetto di barrette Kinder. Dopo quella vittoria avevano iniziato a cimentarsi nel salto con l'asta: infilavano le mani nella polvere di zinco e le fibre di carbonio si piegavano sotto l'esile peso lanciato oltre l'asticella. Anche qui, un successo.

Quell'estate avevano entrambi compiuto sedici anni e, entrati nella categoria allievi, rappresentavano le piú floride speranze dell'allenatore del Gruppo Sportivi Chivassesi, a cui raramente erano passate tra le mani promesse di quel calibro. Era giugno, domenica 14 – Fulvio lo ricorda con esattezza –, e al palazzetto di Torino si svolgevano i campionati regionali. Gilberto non aveva potuto accompagnare Giacomo alla gara perché era giorno di mercato, cosí a portarli era stato il padre di Andrea. Dopo un buon piazzamento nei 400 a ostacoli per tutti e due, era iniziata la disputa della loro specialità. Con il primo salto Giacomo aveva polverizzato entrambi i suoi record, stagionale e personale, per una misura di 4,42 metri, arrivando a una manciata di centimetri dal record personale di Andrea, favorito all'unanimità – ma le carte ora potevano cambiare.

Giacomo era partito bene. La rincorsa era stata ottima. L'impugnatura e la posizione dell'asta prima degli ultimi tre appoggi erano corrette. Tra il quarto e il terzo appoggio aveva sollevato le mani in posizione regolare. Al secondo l'asta era inclinata verso il basso, pronta a imbucarsi nel modo migliore per favorire l'elevazione. Ora si trattava di chiudere il primo appoggio, e volare. La gamba opposta rispetto al braccio della mano alta si era preparata all'impatto. La pianta del piede si era avvicinata al tartan. Una frazione di secondo al salto, allo stacco, e Giacomo aveva sentito qualcosa che non avrebbe dovuto sentire; il bruciore di un legamento che si sfilacciava. La caviglia destra si era piegata su se stessa e invece di spiccare il volo il suo corpo si era semplicemente sollevato: l'asta aveva comunque toccato la cassetta di imbucata, le braccia erano rimaste tese a preparare la posizione verticale per il valicamento, la gamba però non aveva risposto, e lo slancio interrotto lo aveva sbalzato in avanti, al di sotto dell'asticella, ma a una velocità pericolosamente sostenuta e in direzione orizzontale. Il corpo teso, pronto alla torsione, si era goffamente capovolto, Giacomo aveva lasciato andare l'asta ed era caduto di peso fuori dal materasso. La mano, arrivata prima di tutto il resto, si era tesa ad ammortizzare il colpo sul tartan e dietro di lei il braccio, la spalla, e tutto il lato destro del corpo.

Mesi di gesso e microchirurgia.

Per tenerlo fermo Giacomo aveva dormito per trentacinque giorni con il braccio legato allo schienale di una sedia, e quando finalmente l'ortopedico gli aveva infilato la lama gelida delle forbici sotto la fasciatura, il braccio che era emerso era difficile da associare a quello precedente: bianco e ipotrofico, la metà di quello sinistro, le dita come larve impaurite dalla luce.

Il risultato di quella caduta adesso Fulvio lo aveva davanti agli occhi, le falangi storte e magre, la cicatrice sul polso, bianca e gommosa, che rifletteva la luce della lampada da tavolo. La pallina per la fisioterapia appoggiata accanto al portapenne.

Era andata bene, aveva detto Agnese, ed era la stessa cosa che pensava Gilberto, che avevano ribadito i medici e l'allenatore. Bene? Come osavano parlare di bene? Suo figlio, lui, l'aveva fatto tutto intero, con i pezzi al posto giusto. Come facevano a non rendersene conto? Adesso la gente si girava a guardarlo nei negozi e per strada. Li vedeva solo lui, darsi di gomito e bisbigliare? Sicuramente quelle occhiate facevano *male*, non *bene*, e, come se non bastasse, avrebbero continuato a farne. Ecco come la vedeva lui. Gli altri si erano bevuti il cervello.

Si schiarí la voce avvicinandosi. – Posso?

Giacomo emise un mugugno di assenso.

Fulvio osservò la matita scorrere sul foglio. – Che fai?

– Disegno.

– Sí, ma cosa?

Giacomo rispose con un cenno del capo.

Fulvio era stato troppo impegnato a guardare il male per accorgersi della foto di suo fratello che, illuminata dal cono di luce della lampada da tavolo, se ne stava inclinata sulla scrivania.

Giacomo soffiò via gli straccetti della gomma da cancellare e ricercò una posizione adatta per il braccio. – Ho fatto anche te e mamma.

Sfogliò il blocco da disegno, i visi tratteggiati a matita emergevano tridimensionali ed espressivi dal foglio bianco. Erano precisi, dettagliati, e per un attimo Fulvio si pentí di non aver considerato piú attentamente l'idea di iscriverlo al liceo artistico.

– È molto bello.

– È la foto che c'è giú in salotto.

Fulvio indicò la mano. – Ti fa male?

– Non molto.

– Li fai sempre gli esercizi del fisioterapista?

– Mmmm.
– Dovresti.
– Secondo te qui è troppo grossa?
– Cosa?
– La bocca, qui. Secondo te l'ho fatta troppo grossa?
Fulvio si sporse oltre la spalla del figlio. Guardò la foto. Gilberto aveva una camicia a quadri, era in mezzo a un sentiero di montagna con uno zaino in spalla, la felpa legata in vita, guardava dritto nell'obiettivo e, come sempre, sorrideva.
– No, è perfetta.
– Mah, non so.
– A me sembra vada bene.
Fulvio oltrepassò la tenda da campeggio di Gilberto e andò a sedersi sul bordo del letto. – Ascolta, mi chiedevo: che programmi hai per questo fine settimana?
Giacomo si girò sulla spalliera. – Io?
– Sí.
– Domani vengono qui quelli della Sport Vercelli. Fanno una roba cosí, una specie di amichevole, credo. Pensavo di andare a vedere Andrea.
– Ah sí?
– Sí, mi ha chiesto se mi andava di fare il tifo.
– E a te va?
– Abbastanza…
– Abbastanza.
Fulvio si grattò la barba. – E invece domenica che fai?
– Boh, niente.
– Non hai da studiare?
Giacomo alzò le spalle.
– Senti, allora domenica ti porto al bar. Ti faccio vedere come funzionano le cose, ok?
– Perché?
– Perché, be', mi serve aiuto, ecco perché. Ultimamente dovresti vedere quanta gente non ha voglia di starsene a casa la domenica.

– E come mai?

– Vai a sapere.

Giacomo aveva infilato la matita dietro l'orecchio. – A che ora ci si sveglia?

– Be', presto.

– Tipo?

– Non so, le sei. Se fai veloce anche le sei e mezza.

– Come per andare in montagna.

– Sí, bravo, come per andare in montagna.

Giacomo rifletté un istante, cercando di non guardarsi la mano. – Dici che riesco a portare i vassoi?

– I vassoi? – Fulvio aveva ricacciato un bruciore sotto gli occhi. – Ma certo, mica serviamo lingotti d'oro, sai?

– Allora ci sto.

17
Una donna di Dio

I piú anziani tra Laietto e Pratoregio, a cinque chilometri da Montevicino, ricordavano di aver visto andar via Gemma Favino (non ancora «suor Emma»), i capelli raccolti dietro la nuca e un baule di legno. Era la fine del 1942, le dimensioni intestine che la guerra avrebbe assunto erano ancora imprevedibili e Giovanni Favino, il *dotor*, sfregando le mani nel freddo di novembre, si infilava i guanti per portare la figlia a Torino. In quella mattina gelida, chi dai campi, chi da dietro le stecche delle persiane ancora chiuse, l'avevano vista infilarsi nella Topolino blu e turbare la quiete dell'alba richiudendosi la portiera alle spalle.

Dato che il silenzio che spesso suo padre le aveva rimproverato sembrava congenito, da subito si era trovata bene in noviziato, e cinquantasei anni dopo eccola di nuovo, non piú cresciuta ma ormai invecchiata dentro il saio. Era scesa dal treno a Chivasso e da sola aveva raggiunto la stazione delle corriere, dove un ragazzotto con un forte accento piemontese l'aveva aiutata a caricare il piccolo bagaglio a rotelle sul pullmino. Lei l'aveva ringraziato e si era seduta nel primo sedile libero accanto al finestrino. Appena fuori Chivasso aveva chiesto al conducente di farla scendere, e da Montegiove si era avviata sempre da sola lungo via Orco, in direzione del pilone che segnava l'inizio della frazione Laietto. Sotto un leggero velo di pioggia era tornata com'era partita: senza preavviso né clamore. Figlia unica di genitori entrambi sepolti, si era stabilita nella vecchia casa di famiglia, un villino bianco in mezzo a campi e cascine a cui, negli anni, aveva riservato sporadiche visite di manutenzione. Tuttavia, anche se dentro i tubi l'acqua non si era mai ghiacciata e la canna fumaria era sgombra, lo stato di abbandono era evidente. La vegetazione aveva invaso il vialetto e l'edera aveva conquistato buona parte della facciata, mentre all'interno polvere e ragnatele avevano preso il sopravvento.

I primi mesi li aveva passati a rassettare. Tanto al piano di sopra come a quello di sotto, aveva scelto una stanza in cui stipare oggetti e mobili di cui era certa di non aver bisogno. Aveva sostituito il servizio di piatti del matrimonio dei suoi genitori, in cui mangiava da piccola, e la vecchia moka ammuffita, con le scodelle in ceramica e la caffettiera smaltata di quel bell'azzurro mare che anni prima aveva attirato la sua attenzione al mercato di Porta Portese. Riposte le vecchie lampade da tavolo nella camera dell'accumulo, aveva sistemato sul comodino una lampada con il paralume in feltro lavorato da un utente disabile dell'ospedale ecclesiastico – uno dei pochi oggetti che si era spedita da Roma in uno scatolone con sopra scritto FRAGILE ↑.

Fin da subito aveva preso l'abitudine di inforcare la bici di sua madre e pedalare fino a Chivasso, perché a Laietto – cinque case e due cascine in fila davanti ai campi di mais – non c'era la posta, figurarsi un bar. Tutti i pomeriggi, ricoperta da un poncho impermeabile nero, era passata sotto i piloni della Torino-Milano, aveva appoggiato la bici al muro ed era entrata a chiedere: – Un punch bello caldo, grazie.

Ogni pomeriggio, fino a quando non si era buscata la polmonite e le era toccato stare sei mesi a letto. Allora aveva deciso che a Chivasso, in bicicletta, non ci sarebbe piú andata. Aveva preso ad andare nella direzione opposta, in macchina, e solo la domenica mattina. Dopo aver rimesso in sesto la vecchia Polo bianca di suo padre, guidava per un quarto d'ora verso Caluso e si fermava nello spiazzo di ghiaia sulla provinciale che tagliava a metà Montevicino. Lí c'era meno trambusto, le strade erano sgombre e per arrivarci non doveva nemmeno passare sotto l'autostrada. Poi c'erano quel campanaccio che suonava, gli interni di legno mai rinnovati e Fulvio Sellaci con il suo sottile senso del pudore nel servire un caffè corretto a lei, che rimaneva pur sempre, e prima di tutto, una donna di Dio.

La prima domenica in cui si era presentata, il tintinnio, come per tutti, aveva annunciato il suo arrivo.

– Buondí, – le aveva detto Fulvio.

Lei, che da piú di tre giorni non rivolgeva la parola a nessuno, si era seduta al bancone, aveva ordinato un cappuccino e una fetta di crostata. Si era pulita la schiuma con un tovagliolo di carta e aveva guardato la foto appesa dietro al bancone. – È tanto che non avete piú i girasoli?

Fulvio, che aveva sentito parlare del ritorno della figlia del *dotor* ma ancora non l'aveva vista, aveva risposto come se si conoscessero da sempre, perché in un posto come Montevicino è naturale: nessuno si stupisce che la gente sappia, che la gente ricordi.

– Cinque anni, – le aveva detto.

Lei aveva annuito, poi aveva frugato sotto il saio da cui aveva estratto una scatola di latta sottile, si era portata alle labbra un sigaro non piú lungo di dieci centimetri e: – Posso? – aveva chiesto.

Fulvio, stupito, le aveva fatto di sí con la testa e lei, *tac*, aveva fatto scattare un accendino di metallo, si era avvicinata alla fiamma e aveva chiuso le guance.

– Mia madre nelle sue lettere ricordava il campo di girasoli che avevate messo su dopo la guerra. Diceva che in mezzo a tutto quel mais e a quel frumento che non se ne poteva piú erano una meraviglia per gli occhi. Mi dispiace solo non averli visti dal vivo.

– Oh, erano carini. Ma anche il bar non mi dispiace.

– Si capisce.

Con un gesto meccanico Fulvio aveva passato lo straccio sul banco. – Anche a me parlavano di suo padre, ogni tanto.

– Ah sí? – aveva chiesto suor Emma, sorpresa e con una punta di timore nella voce.

– Sí, il *dotor*, come lo chiamavamo da queste parti. È una storia che piú di un bambino si è sentito raccontare: con quanta buona lena, prima di avere i soldi per comperare la macchina, il *dotor* Favino pedalasse nel mezzo della notte per strade cosí buie da non vedere a un soffio dal naso.

Piú di un bambino. Sul viso di suor Emma si era incagliata un'espressione difficile da decifrare. Era tornata a Laietto nel 1980, per il funerale della madre. Prima lei e, dopo solo un anno, il padre; il feretro nero e una montagna di fiori che a ogni sbalzo del terreno rischiava di scomporsi lungo il viale di tigli.

– Una volta era cosí, – aveva detto lei, – nelle frazioni tra Chivasso e Caluso per tanti anni è stato l'unico medico di riferimento –. Poi aveva chiesto un punch e in quel momento era entrata Gina Amodio ordinando un bicchierino di grappa.

– Giusto due dita.

– *Soma bin ciapà*, – aveva sorriso Fulvio.

– Con qualcosa bisognerà pur scaldarsi. Fa un freddo da cani, – aveva risposto lei e suor Emma aveva sentito un brivido correrle lungo la schiena.

– Comunque sa, – aveva ripreso lui quando la porta si era chiusa di nuovo alle sue spalle. – Mio padre era malato e il lavoro nei campi, da solo, iniziava a diventare pesante. Qui vendevano la baracca a poco prezzo, che Ernesto, se lo ricorda Ernesto? – Suor Emma aveva annuito. – Ecco, Ernesto era malconcio, il figlio si era trasferito in città, e di mandare avanti il bar non ne voleva sapere.

Fulvio aveva raccontato anche di Italo, il vicino vedovo a cui aveva venduto i campi e del suo merlo indiano, dei fischi a tutte le ore: Italo, Italo, dove sei Italo?, ripeteva l'uccello. Stai zitto che sono qui, rispondeva Italo e quello a fargli il verso: Sono qui, Italo. Sono qui.

Suor Emma aveva riso come non le capitava da un po'. E sí, aveva deciso che sarebbe tornata. Tutte le domeniche – ché una donna di Dio, una volta in pensione, aveva pur bisogno dei suoi riti.

18

Chi è?

Le otto passate. Da quanto? Non avrebbe saputo dirlo. Era in ritardo, e mentre l'asfalto sconnesso le rendeva impegnativo tenere dritto il manubrio della moto, un dettaglio ingombrante: il corpo appiattito e le viscere rosse di una volpe a bordo strada. Aila pensò alla vulnerabilità. A quando, poco piú di un mese prima, aveva deciso che sí, avrebbe finalmente fatto visita a suor Emma, o perlomeno ci avrebbe provato. Era stato tutto difficile.

A cominciare dall'inizio, era stato difficile decidere come vestirsi; le scarpe che aveva usato all'ultimo matrimonio e i pantaloni eleganti con la piega di lato, o i jeans? E in quel caso avrebbe dovuto cambiare anche le scarpe? Era meglio togliersi il giubbotto prima di citofonare? Aveva cercato un abbigliamento che fosse la giusta sintesi tra l'eleganza adulta della donna che avrebbe voluto apparire e l'esigenza di non sentirsi estranea a se stessa; l'equilibrio tra ciò che di sé voleva mostrare e la realtà delle molteplici nature che la componevano. Lo specchio dell'armadio continuava a rimandarle immagini imperfette e alla fine aveva optato per una maglia elegante su jeans stretti. Era stato difficile mettere insieme delle azioni da compiere, in fila, una dietro l'altra, senza sentirsi in dovere di giustificarsi. Avviare la Vespa, chiedere informazioni al bar, tirare fuori la cartina, superare il cartello del paese di Laietto e guardarsi attorno. Era stato difficile imboccare la strada sterrata che correva lungo il campo di mais e gesticolare in direzione del trattore. Fare attenzione che le ruote della Vespa non slittassero sulle gobbe del terreno. Respirare.

Racimolare il coraggio sufficiente per scendere dalla moto e inoltrarsi tra le stoppie. Continuare a sgolarsi in direzione del contadino.

– Cosa vuole? Questa è proprietà privata.

Sentire i suoi quarant'anni sfumare nel nulla. Tornare bambina. Trovare la voce per scusarsi e poi ricorrere a un tono deciso, pronta a difendersi dalla sua stessa domanda – *chi è lei? perché vuole sapere dove abita questa persona?*

E invece nulla. Un attimo di sospensione, il contadino l'aveva squadrata da capo a piedi, poi con un cenno svogliato del mento aveva detto: – Da quella parte, piú avanti sulla destra, c'è una casa isolata.

– Grazie, grazie mille, – aveva risposto lei sopra il rombo del trattore. Era tornata alla moto e prima di salire aveva scaricato il peso sulla pedivella.

Nella campagna, sul deserto di via Orco, spiccava una casa con un portico dipinto di bianco e una cassetta della posta piantata nel terreno a bordo strada. Saliti i tre gradini, ancora piú difficile era stato suonare il campanello.

– Chi è?

Rispondere attraverso una porta sconosciuta. Pronunciare il proprio nome e cognome – «Aila Trabotti» – insignificante a orecchie altrui.

Dall'altra parte, infatti, silenzio.

– Sono la figlia di una persona che conosce.

Ancora silenzio.

– Durante la guerra. Alle Nuove, – aveva provato ad aggiungere.

A quel punto, per tre volte, la serratura era scattata. La suora indossava delle pantofole di feltro fucsia sotto un gonnellone nero. Ed era bassa, molto piú bassa di quanto Aila avesse immaginato.

L'aveva fatta accomodare, preparandole un caffè. E lei

si era seduta, ringraziando, le mani infilate tra le cosce accavallate strette sotto il tavolo.

Se l'era preparato, un discorso, ma quando il suo sguardo aveva incrociato quello della suora improvvisamente era solo stata capace di dire: – Mia madre.

– Lei pensa che io abbia conosciuto sua madre? – le era venuta incontro lei.

Aila aveva annuito.

– Zucchero?

Il caffè era spesso. Aila avrebbe preferito essere in piedi, non osava dirlo.

– Nel 1944 mia madre è stata rinchiusa nel braccio femminile del carcere giudiziario di Torino, – pausa. – È per motivi politici che ci è finita, in carcere. Anche se aveva un cognome ebreo, ma non lo era... Ebrea, intendo. Praticante. Chiedo scusa. È una storia di cui anche io sono venuta a conoscenza da poco, non quella del carcere, però, insomma...

Davanti al suo impaccio suor Emma aveva annuito. – Andiamo con ordine, – le aveva detto.

Aila aveva preso coraggio ed era andata avanti. – Però sí, è stata incarcerata per motivi politici e da lí, il 27 agosto dello stesso anno, è stata deportata, prima a Birkenau, poi a Braunschweig, infine a Ravensbrück.

– Come si chiamava sua madre?

– Elda Trabotti.

Era stato difficile, molto difficile far scorrere la lettera sul tavolo della cucina. Mostrarle la fotografia di sua madre.

– È lei. La riconosce?

All'inizio era sembrato di no, poi, con la cuffia da giorno calata sulla fronte e il modestino che spuntava da sotto l'abito, suor Emma si era chinata sul tavolo, aveva spinto gli occhiali sulla punta del naso e, da sopra la montatura, sí, aveva detto: quella macchia di caffè oblunga sul lato del collo, nascosta per metà dai ricci poco sopra le spalle.

Allora Aila aveva deglutito e ci aveva provato, le aveva chiesto se la donna che ricordava avesse con sé – e qui aveva inspirato – avesse con sé un bambino.

D'un lampo la voce della suora si era fatta sofferente e distante. – Piú che un bambino, a dir la verità, ricordo un neonato.

Il cuore di Aila aveva accelerato.

La suora, sospirando, con un gesto reso fluido e naturale dal tempo quando si trasforma in abitudine, aveva congiunto le mani sul tavolo e, da sotto il velo, l'aveva guardata. – Si sente bene?

Nessuna risposta.

– Vuole sdraiarsi?

Aila aveva scosso la testa, allora suor Emma si era avvicinata alla vetrinetta smerigliata e aveva tirato fuori due bicchieri da amaro e una bottiglia di Fernet Branca.

– Andiamo con calma.

Il quadrante dell'orologio a pendolo segnava le nove.

– Arriva da lontano?

Aila aveva annuito senza convinzione.

– Credo sia meglio che lei rimanga qui questa notte, – aveva detto suor Emma mentre il tappo della bottiglia grattava contro le scanalature di vetro inzuccherate.

19
Antica Grecia

Suor Emma aveva l'impressione di essersi dedicata per tutta la vita all'esercizio dell'accoglienza. Devota e costante, aveva messo al servizio del prossimo e di Dio il suo corpo e la sua anima. Per questo era stato facile aprire la porta a quella giovane donna. D'altra parte, mettere a proprio agio gli altri, creare uno spazio di contenimento per la sofferenza altrui, erano perni fondanti di un lavoro che, non a caso, era arrivato a coincidere in maniera pressoché assoluta con il suo stare al mondo.

Aveva spento la televisione e l'aveva fatta accomodare in cucina. Che altro avrebbe dovuto fare?

A Roma aveva ripetuto spesso alle sorelle piú giovani il dettame dell'ospitalità greca secondo il quale solo dopo aver sfamato lo straniero è lecito domandarne il nome. Non chiedere mai prima di aver dato, diceva. E certo che ad Aila aveva domandato chi fosse – la solitudine e la proprietà privata, unite alla vecchiaia, ottundevano il senso ecumenico di comunità – ma il punto non risiedeva nel seguire il dettame alla lettera, bensí nel coltivarne l'attitudine.

Accanto a quest'inclinazione, protetta e radicata in suor Emma come un albero sacro, ne era germogliata un'altra, divenuta, se possibile, ancor piú naturale. Celare le emozioni, quelle dalle tinte piú scure: ecco cosa spesso rendeva possibile creare uno spazio confortevole per il prossimo. Cosí, con lo scopo di rendere piú solida l'arte della cura, suor Emma aveva messo a punto un filtro che lasciava trasparire solo gioia, compassione e serenità, trattenendo per i momenti in cui sarebbe rimasta sola con il Signore l'angoscia, la disperazione e la tristezza, pegno ineluttabile dell'empatia.

E anche quando Aila Trabotti per la prima volta aveva suonato alla sua porta, quella dote le era stata di incommensurabile aiuto. Non appena lei aveva scandito il nome del carcere, questo era entrato in casa come uno schiaffo in pieno viso. Poche sillabe erano bastate a portare suor Emma indietro di anni, cancellando la sicurezza con cui era salita e scesa per gradini di marmo dell'ospedale ecclesiastico. Poche sillabe le avevano riempito i ricordi di una luce grigia e gelida, di corridoi bui e divise, e sbarre, sbarre a non finire; di ossa ricoperte da un sottile strato di pelle, di sangue, di ferite e di occhi enormi e lucidi. Di disperazione, di dignità, di impotenza. Quest'ultima, in particolare, la ricordava con logorante nitidezza.

Nonostante tutto, però, il filtro aveva continuato a funzionare. Le aveva permesso di far sedere Aila Trabotti in cucina, di offrirle un bicchiere di Fernet, di ascoltare e rispondere, di aprire il divano-letto e mettere le lenzuola pulite. Davanti alla foto, qualcosa dentro di lei aveva vacillato, ma nulla di piú. Ricordava i neonati, sí. Ricordava i bambini.

Avevano vuotato i bicchieri e preparato la cena, durante la quale suor Emma aveva visto la rigidità della giovane donna smussarsi e riemergere, l'imbarazzo andare e venire. A tratti, nelle chiacchiere di circostanza, aveva scorto una strana forma di dolore colmo di punti interrogativi affiorare in superficie e riempirle gli occhi. Prima di andare a dormire si erano sedute fuori, nel portico. La ragazza le aveva parlato di sua madre, e lei le aveva detto quel che sapeva, che, se ne rendeva conto, era poco, troppo poco in confronto a quella sete che, senza preavviso, l'aveva spinta alla sua porta.

20
Inglesi bastardi

Mentre le patate andavano alla borsa nera per cinquecento lire al quintale, le sirene avevano ripreso a squarciare il cielo. Alla radio parlavano di un'offensiva aerea contro l'Italia settentrionale. Alla fine di ottobre del '42, in una sola settimana, a Torino di allarmi ne erano suonati quattro: uno giovedí notte, l'altro venerdí e due sabato. Le bombe avevano sventrato una casa in piazza Carlina, ma non era successo molto di piú. I danni, in confronto al numero degli allarmi, erano stati pochi.

In ogni caso non era un buon segno.

Da Genova e Milano arrivavano notizie orribili e loro, i coniugi Sellaci, di notte, sentivano gli apparecchi sorvolare la città, diretti a ovest, carichi di bombe.

L'8 novembre – Teresa ricordava la data con precisione perché sarebbe stato il compleanno di sua madre – erano suonate tre sirene diurne, tutte senza conseguenze, ma da morire di crepacuore. E i giorni erano proseguiti *parèj*, fino a quando le ore in cui si stava nascosti in attesa erano arrivate a sembrare piú di quelle passate al lavoro.

C'erano dei fascisti, nelle cantine e nei rifugi antiaerei, che si lamentavano. Uno di loro, un saputello amante della matematica e della patria, una mattina aveva preso a brontolare: – Ogni ora di allarme costa una perdita di due milioni di lire. Contando che la produzione è per lo piú di carattere bellico sanno il fatto loro, questi inglesi bastardi.

– È arrivato lo statista, – aveva borbottato Domenico all'orecchio di Teresa, ma lei gli aveva fatto cenno di stare calmo, di problemi ne avevano già abbastanza e dovevano considerarsi fortunati ad aver trovato posto in un rifugio. Poi, per fortuna, una madre lí accanto aveva chiesto di moderare i termini davanti ai bambini e la discussione era stata stroncata sul nascere. Qualcuno con un gessetto bianco aveva scritto sulla porta della cantina: M LA FRANCIA.

Qualche giorno dopo erano state sospese tutte le comunicazioni telefoniche interurbane, nonché le spedizioni tramite ferrovia. *A va nen bin*, mormorava la gente scuotendo la testa per strada. Al bar, Domenico aveva visto illustri signori sorseggiare il caffè con le custodie delle maschere antigas appese a tracolla. Persino dalle sartine, in via Po, ne avevano distribuita una ciascuna, cosí che a Teresa sembrava di stare nel cinegiornale che avevano proiettato prima di *Circostanze attenuanti* al cinema Rex, che ora si chiamava Dux.

Già a metà novembre chi ne aveva l'occasione non perdeva un solo minuto per abbandonare la città di gran carriera. Loro, però, erano rimasti. *Spetoma ancora*, aveva detto lei. Fossero stati a Genova o a Milano, certo sarebbe stato da mettersi le gambe in spalla e pedalare, ma lí a Torino gli allarmi avevano preso ad assomigliare a un'irritante consuetudine. L'attesa nervosa dei primi tempi aveva ceduto il posto a sbadigli annoiati che, muti, condividevano gli spazi angusti dei ricoveri. E Teresa non era da meno. Al suono della sirena, *torna*, interrompeva ciò che stava facendo e, paziente, scendeva i suoi cinque piani di scale.

La notte del 19 novembre, però, dal cielo era piovuto quello che la radio inglese aveva definito il piú forte bombardamento sino ad allora effettuato sul continente: cinquantaquattro bombe da 2000 kg. Alle orecchie di Teresa i numeri non avevano un gran significato; la voce pomposa del radiocronista si traduceva piú concretamente in interi quartieri rasi al suolo. Ora vedeva con i suoi occhi quello che prima aveva solo sentito descrivere: a subire i danni maggiori era stato Borgo San Paolo, dove abitava la madre della sua vicina di casa che, alle sei di mattina, le si era presentata balbettando davanti alla porta.

Quella notte, insomma, era stata un inferno: i tre quarti d'ora in cui le bombe erano piovute a grappoli dal cielo avevano illuminato uno scenario di mobili gettati dalle finestre in fiamme, uomini accampati sotto i portici di corso Vittorio, incendi a perdita d'occhio e scoppi fin dove le orecchie potevano sentire. Il sonno, inutile dirlo, era stato bandito anche dalle case rimaste in piedi, cosí alle prime luci del giorno centinaia di visi stravolti giravano per Torino con l'aria di volersi rendere conto di ciò che era accaduto. Quella notte la città era piombata in un abisso cosí profondo da rendere surreale il sorgere del sole.

Era stata proprio quella mattina, intorno all'ora di pranzo, che Teresa aveva visto la signora elegante dell'Ufficio Annonario, l'esperta di botteghini del teatro, in mezzo a via Vanchiglia, seduta su un carretto di legno, a disagio, ma pur sempre stretta nella sua pelliccia. Qualunque mezzo era diventato buono per scappare; corso Regina Margherita era pieno di tricicli e biciclette carichi di coperte e masserizie messe insieme alla buona. E, come molti, quello stesso pomeriggio anche i loro vicini di casa avevano deciso di sfollare a Rivalba per qualche giorno, salvo poi tornare in città la settimana successiva, malauguratamente in tempo per l'attacco dell'Immacolata.

Dopo la notte del 19 novembre, infatti, gli allarmi diurni erano diventati all'ordine del giorno, ma solo due volte era seguito un bombardamento. L'8 dicembre si era risolto con una vera e propria ecatombe edilizia in cui erano state colpite la Fiat Lingotto e Mirafiori, la Lancia e decine di altre fabbriche, ma anche il Teatro Alfieri, il Politecnico, l'ospedale delle Molinette, il San Luigi ed entrambe le stazioni ferroviarie. Porta Nuova, dove prestava servizio Domenico, era stata danneggiata sul lato degli arrivi. Alcune zone della città erano completamente devastate. Nel tratto di corso Vinzaglio tra corso Vittorio e via Cernaia – Teresa l'aveva visto con i suoi occhi – non c'era una casa che non fosse stata colpita. Nella migliore delle ipotesi erano bucherellate e senza infissi, nella peggiore interamente rase al suolo: si scorgevano le stanze e i pavimenti squarciati a metà. Elvira dell'alimentari le aveva detto che nel Quadrilatero erano piú le case demolite di quelle rimaste in piedi. E lo stesso sembrava valere per Crocetta e piazza Statuto, dove era stato colpito un ricovero nel quale erano rimaste sepolte parecchie persone. La gente che invece era riuscita a riemergere viva dai rifugi, e che non aveva piú trovato nemmeno un frammento della porta di casa, si avviava con ogni mezzo in direzione delle valli, pronta a dormire nei pagliai o sotto i portici di Pinerolo e Susa. Sfollavano a piedi o in bicicletta. L'importante era allontanarsi dal fumo che sprigionavano le loro camere da letto in fiamme. Gli indizi, una volta trascurabili, erano divenuti ineludibili.

Si era arrivati cosí, di asticella in asticella – erano scomparse del tutto dalla circolazione le sigarette e la carta moneta – alla mattina dell'11 dicembre, quando Elvira, dopo l'ennesimo violentissimo attacco aereo, era arrivata con il fiato corto a bussare alla porta di Teresa per proporle di dividersi un carro a due ruote – cinquecento lire a giornata era il miglior prezzo che si potesse trovare, data la situazione. Lei quei soldi non li aveva, e cosí aveva dovuto declinare l'offerta. Qualche giorno dopo, però, erano partiti anche loro, su un treno diretto a Chivasso. Lei schiacciata contro il finestrino, la macchina da cucire sui piedi, e Domenico appeso al predellino. Sorrideva stanco e Teresa gli gridava di tenersi con entrambe le mani, mentre un uomo di cui non vedeva il volto diceva che gli affitti e i viveri nelle campagne erano saliti alle stelle. Il peggio deve ancora venire, aveva sussurrato qualcuno in risposta.

Non per loro, aveva pensato Teresa, perché Rubatto, il capostazione, che a Domenico voleva bene, aveva detto che a Chivasso si era liberato un posto da ferroviere; era per questo che si erano decisi a partire. Domenico avrebbe continuato a fare il suo lavoro, e insieme avrebbero aspettato.

21
Tutto il resto sí

Quando suonò il campanello fuori era buio. Suor Emma indossava le pantofole e la tv era accesa a basso volume.

– *Che diav!* Pensavo non venisse piú. Sono felice di rivederla.

Si scusò per il ritardo, disse che Giulia era partita per Londra, ma non di averle mentito. Aveva deciso di accompagnarla, ma c'era stato un incidente e sulla statale per l'aeroporto si procedeva a rilento.

Minestrone di verdure, burro, crostini. I tovaglioli di stoffa lisi dal tempo. Sedute al tavolo, con le fotocopie chiuse nel borsone, Aila e suor Emma parlarono del piú e del meno.

– Cos'ha fatto di bello in questo mese?

Aila raccontò del lavoro in Ontario, del campionamento del suolo alla ricerca di microrganismi capaci di digerire gli idrocarburi. I risultati degli studi preliminari sembravano promettenti.

– *Parla pa*, – commentò suor Emma. – Ne sappiamo qualcosa dell'Africa, noi suore, ma l'America chi l'ha mai vista.

– *Oil* significa petrolio, *springs* sorgenti, – spiegò Aila. Non era sicura di voler parlare per l'ennesima volta di lavoro, ma a un mese di distanza dalla prima visita, nuovamente sentiva il frapporsi, tra lei e quel mondo, di una patina di imbarazzo che la rendeva estranea, incerta, cosí decise di continuare. – È un posto molto particolare, dove il petrolio affiora in superficie spontaneamente. Ce n'è ovunque, cosí la vita ci si è costruita intorno.

Si figuri che già i nativi lo usavano per impermeabilizzare le canoe in legno.

– Ci sono grattacieli?

– No, nessun grattacielo.

Aila portò il cucchiaio fumante alla bocca.

– E cosa va a fare lei, in mezzo a tutto quel petrolio?

Quella era un'ottima domanda. A cercare la vita nonostante tutto, avrebbe voluto rispondere, e invece disse: – Studiamo delle piante intorno alle pompe di estrazione, dove la concentrazione di idrocarburi supera le trecentomila parti per milione.

Suor Emma, dall'altro capo del tavolo, la guardò con aria interrogativa.

– Sono piante che prosperano in condizioni di tossicità che dovrebbero impedirne l'esistenza. È molto buono il minestrone.

– Grazie. E com'è possibile? Per le piante, intendo.

– È quello che cerchiamo di capire. Sembra ci siano dei microrganismi che degradano gli idrocarburi.

Insomma, parlarono d'altro, di capacità di adattamento, sopravvivenza, fino a quando suor Emma disse: – E cosí è riuscita a fotocopiare la relazione.

Aila annuí e andò ad aprire il borsone.

– Lasci pure tutto lí, – indicò la credenza. – Questa sera sarà il caso di riposare.

Aila obbedí, lei mise su il caffè: – Decaffeinato, altrimenti non riesco a prendere sonno –. Poi, mentre Aila apriva il divano-letto, suor Emma si mise in poltrona a sferruzzare e intorno alle undici e mezza, dopo averle augurato la buona notte, si ritirò al piano di sopra.

Aila andò a cambiarsi, lavò i denti e si infilò sotto le lenzuola. Passò qualche tempo a rigirarsi con la coperta infeltrita tirata fin sotto il mento. Ogni volta che chiudeva gli occhi una fastidiosa sensazione di apnea la costringeva a riaprirli. Alla fine riaccese la luce e si mise a sedere sul bordo del letto. Chissà se a Londra pioveva.

Guardò la fotografia che aveva appoggiato sul tavolino di legno, la stessa che quattro anni prima aveva dovuto scegliere per il loculo di sua madre, la stessa a cui ora rivolgeva tutti quei rimproveri, tutte quelle domande. Ce n'era anche una seconda, di foto, quella che un mese prima aveva mostrato a suor Emma, in cui la madre, giovane, se ne stava appoggiata a un muro scrostato di Genova, ridendo; da una crepa dell'intonaco scarabocchiato pendeva dell'edera. Era una foto che le aveva scattato suo padre. Una posa timida, il braccio segnato che istintivamente aveva imparato a girare, nascondere verso l'interno. Che cos'è quel numero? Chiederglielo, non chiederglielo. Aila ricordò di averci messo del tempo per decidere. Di quegli anni non conservava molto. La maestra Cecilia, la filastrocca di *Whisky il ragnetto che sale la grondaia*, gli stop, via, verde, rosso lungo corso Regina, in macchina con sua madre, qualche volta la colazione al bar e poi quello, il giorno in cui aveva preso il coraggio a due mani e glielo aveva chiesto: – Mamma cos'è quel numero che hai sul braccio?

E lei, che con gli altri si nascondeva, glielo aveva spiegato con calma e precisione. Con delicatezza, senza spaventarla. Piú avanti sarebbe stata Aila a mettere insieme i pezzi da sé.

– A quanto pare mamma, – sospirò, – avevi deciso di non parlare di parecchie cose.

Guardò l'ora. Le due e un quarto. Suor Emma doveva essersi addormentata da un pezzo perché dal piano di sopra non si sentivano rumori. Fuori, nella campagna, il buio era piú buio di quello che era abituata a scrutare dalle finestre della mansarda di via dei Mercanti, e non c'erano i coppi da contare.

Con tutta la discrezione di cui era capace si alzò, andò in cucina, rovesciò il fondo della tisana in un pentolino e lo mise a scaldare sul gas. Voleva uscire a prendere una boccata d'aria sulla veranda, magari lí avrebbe trovato qualcosa da contare con cui tenersi impegnata, ma non osò aprire la porta di una casa non sua, già serrata a custodire il sonno. Avrebbe dovuto cercare il mazzo di chiavi, tentare di indovinare quella giusta, fare un casino del diavolo per cosa? Non riuscí ad aprire nemmeno la finestra. Ritornò sul divano con la tazza bollente tra le mani. Da quella posizione scorgeva l'ingresso e, sulla credenza, l'ombra ingombrante del plico di documenti fotocopiati, gli angoli sgualciti dal viaggio in Vespa.

Posò la tazza accanto alla foto. L'altra, quella in cui sua madre indossava il vestito a fiori, l'aveva riposta nel borsone, all'interno di una cartelletta chiusa da due elastici. In fondo, quella donna che sorrideva a suo padre davanti a un muro scrostato di Genova era solo una sconosciuta che le somigliava.

22

Spero di non averla svegliata

I movimenti di suor Emma si fecero strada nel sonno mattutino, quello sottile come carta velina – i passi pesanti, lo scrosciare dell'acqua contro la porcellana, il cigolio della manopola che strozzava gli ultimi gorgoglii nel collo del rubinetto.

Aila, sdraiata sul divano, gli occhi aperti ad ascoltare il lento risveglio della casa, pensò che i rumori che quel giorno le suonavano quasi familiari, erano gli stessi ad averla fatta sobbalzare appena un mese prima. Imbarazzata, a casa di una sconosciuta, in un paesino di una manciata di anime di cui fino a quell'estate nemmeno sapeva l'esistenza. E invece ora era di nuovo lí. Non tanto per trovare una risposta e nemmeno per consegnare delle fotocopie che avrebbe serenamente potuto spedire via posta. No. Era di nuovo lí perché quella donna rappresentava la cosa piú vicina alla risposta che andava cercando, l'unica che il mondo avesse conservato. E poi la verità era che le piaceva starle vicina.

Mentre Aila era intenta nelle sue considerazioni, suor Emma, in abiti civili, aveva sceso le scale tenendosi al mancorrente. – Spero di non averla svegliata.

– No, si figuri.

– Bene, – disse, – io la domenica vado sempre a fare colazione al bar. Se le fa piacere possiamo andarci insieme.

– Certamente.

– Faccia con comodo.

Aila si sciacquò la faccia nel bagno di sotto, quello di servizio. Si passò sul viso un asciugamano irrigidito dal tempo, infilò sopra ai jeans una t-shirt e una felpa, avvolse la sciarpa intorno al collo, si passò una mano tra i capelli e uscí.

Fuori faceva freddo, sulla provinciale non passava nessuno e le portiere della Polo erano dure da aprire.

Poco prima del cartello d'ingresso di Montevicino videro una gallina ben pasciuta becchettare sul ciglio della strada. I bargigli di un rosso intenso ballonzolavano a ogni scatto del collo.

– *Bianca parèj* sarà scappata dal recinto di madama Clari, – disse suor Emma, che solo da qualche tempo aveva ripreso a inframmezzare la parlata con intercalari e inflessioni dialettali. – Scusi un attimo.

Svoltò bruscamente in una via laterale, accostò davanti a una cascina e scese a citofonare. Dal balcone si affacciò una signora anziana con un gonnellone blu e un gilet di lana.

– *Madama Clari, cerea. L'é scapave na galin-a.*

– *Andoa a l'é, cola dësgrassià?* – gridò l'altra di rimando, lanciando ad Aila, che era rimasta nell'abitacolo, una lunga occhiata indagatrice.

Suor Emma tese un braccio in direzione della strada da cui erano arrivate.

Dopo aver salutato si rimise alla guida, fece inversione e riportò la Polo sulla strada principale.

– Lei lo parla il piemontese?

Aila scosse la testa.

– E lo capisce?

– Qualcosina. Chi era quella signora?

– Si dice che in gioventú fosse una delle donne piú belle di Montevicino. Ora credo sia una delle piú vecchie.

Arrivate allo spiazzo, parcheggiarono accanto al Defender. L'aria era fresca e tutto intorno le circondava il silenzio opprimente della Pianura Padana, un silenzio che si estendeva per lunghi chilometri ammantati di autunno: nebbia e pennellate di arancione croccante, marrone umido e grigio, grigio a non finire.

Aila aveva imparato a sentircisi a casa, in quel grigio, ma per un attimo, davanti al bar, le sfuggí il senso di ciò che stava facendo. Malgrado tutto le sue gambe seguirono la sagoma scura e decisa di suor Emma e il campanaccio suonò.

Il secchio del mocio era ancora vicino al bancone, dove un uomo con una canotta nera sotto una giacca di pelle rafforzata sui gomiti se ne stava ripiegato sullo sgabello. Teneva la fronte appoggiata alle mani, sembrava dormire. Lo sguardo di Aila scivolò sulla Ceres.

– Buongiorno a tutti, – salutò suor Emma.

A due tavoli distinti erano seduti una signora grassoccia e un uomo tarchiato sulla cinquantina.

– Buongiorno signore. Cosa vi preparo? – chiese Fulvio.

Suor Emma osservò il ragazzo infilare i cornetti nella vetrinetta.

– È tuo figlio?

– Sí, l'ho messo a imparare il mestiere.

Ordinarono un caffelatte e un americano. Suor Emma consigliò una fetta di crostata, – La fa con la marmellata di sua madre, – e Aila si lasciò convincere.

– Andate pure a sedervi, ve li porta Giacomo.

Scelsero un tavolino appartato.

– Ho pensato che dovremmo darci del tu, – disse la suora.

Aila, esitante, acconsentí.

– Mi fa piacere che tu sia tornata.

Il ragazzo si avvicinò appoggiando maldestramente il vassoio sul tavolo.

– Chiedo scusa, l'americano per chi è?

Aila fece un cenno. – Per me.

Giacomo, senza guardarla negli occhi, fece tremare il piattino.

23
Chiamami

Ben alzata, la caffettiera è già pronta, solo da accendere. Sarà un ottimo martedí.

Un post-it appiccicato sopra la cappa del gas. A Giulia, nello staccarlo, era scappato un sorriso. Aveva regolato la fiamma sotto la moka e si era guardata intorno: l'appartamento era piú piccolo di quanto le fosse sembrato al buio alcolico di qualche ora prima. Dopo aver scorso con l'indice i titoli della libreria rossa fiammante, mentre era seduta sulla tazza del cesso aveva sentito il gorgoglio del caffè. Il tappeto morbido del salotto sotto la pianta dei piedi nudi che si precipitavano in cucina, dove i mobili avevano tutta l'aria di essere stati tagliati su misura per incastrarsi nei soffitti spioventi. Dove saranno le tazzine? E lo zucchero?

Con il tempo Giulia avrebbe imparato che Aila, da cinque anni, affittava da Cecilia Ovazza – un'anziana signora proprietaria di tutto lo stabile di via dei Mercanti 12 e pure di quello di fronte –, una delle mansarde piú piccole del palazzo. La strada, di sotto, era angusta e sconnessa: per entrare bisognava appoggiarsi con tutto il corpo a un portone di legno antico, spesso e quadrato. Il venti di ogni mese, con una busta in mano, Aila scendeva sei rampe di gradini irregolari, sbatteva il cerchio di ottone contro la porta scolpita del primo piano e la signora Ovazza, avvolta in grossi scialli colorati, la invitava a sedersi nell'immenso salotto traboccante di stoffe, libri e cimeli di viaggi intercontinentali. Possedeva piú gatti che appartamenti e non c'era stanza che non fosse colonizzata da un complesso mosaico vegetale; dietro le poltrone foderate con teli orientali, un nodoso ficus Benjamin si sviluppava contro la vetrata. Da alcuni vasi appesi al soffitto con catene sottili e corde di yuta pendevano strisce di piante tropicali di un pallido verde salvia. Quelle che superavano il metro ondeggiavano leggere sopra un tavolo tibetano su cui erano disposti sottobicchieri intrecciati per appoggiare tazze e teiera. Davanti al profumo di menta di un tè marocchino, le due donne si intrattenevano in chiacchiere e, dopo qualche anno, la signora Ovazza avrebbe iniziato a chiedere ad Aila: «E la tua amica? Come sta?» Ma in quel momento, mentre Giulia cercava una tazzina per il caffè, la domanda era ancora lontana.

L'aveva infine trovata nello scolapiatti a scomparsa, sopra al lavandino. Una tazzina di ceramica laccata di azzurro. Si era seduta rivolta verso la finestra. Da alcuni camini, tra le tegole e il cielo plumbeo, si sollevavano spesse volute di fumo.

Aveva rilassato la schiena contro la sedia. Il caffè era buono. Si era guardata intorno. Sul ripiano della cucina, vicino al tagliere, una pila di libri di microbiologia applicata, fisiologia vegetale e biologia dei sistemi complessi. Appesi a uno spago, schemi di lezioni pieni di numeri, collegamenti, sottolineature multiple e punti esclamativi, una serie di domande cerchiate. Si era avvicinata per leggere. Solo allora aveva ripensato con chiarezza alla sera prima, al modo in cui Aila l'aveva interpellata alla fine della conferenza, al fatto che fosse una professoressa universitaria. C'era qualcosa di spigoloso e allo stesso tempo avvolgente nel tono con cui *non* le aveva chiesto di salire. Gli arti affusolati e le movenze nervine. Giulia aveva pensato che ogni singolo studente, vedendola in classe, non potesse fare a meno di cascarci, nelle maglie di quel fascino, fosse anche solo per quel che dura un attimo di distrazione.

Finito il caffè aveva sciacquato la tazzina, controllato l'ora e cercato un telefono. Non sapeva quanto ci avrebbe messo ad arrivare in ufficio da lí e, a dirla tutta, non era nemmeno sicura di sapere con precisione dove fosse quel «lí». Aveva tirato su la cornetta, composto il numero dell'ufficio e annunciato: – Ritardo.

L'art director, aveva detto di averla già chiamata a casa. – Muoviti.

Una volta agganciato il telefono era tornata in bagno per sciacquarsi la faccia. Si era sfilata la maglietta del movimento femminista anni Settanta che le arrivava sopra le ginocchia e, dopo una prima incertezza, aveva deciso di piegarla e lasciarla appoggiata sul water chiuso. Si era rimessa addosso i vestiti del giorno prima. Nel bicchiere sopra il lavandino c'era un solo spazzolino.

Prima di chiudersi la porta alle spalle e affrontare sei piani di scale – chi se li ricordava tutti quei gradini – aveva attaccato sulla superficie di plastica del telefono un post-it con sopra scritto il suo numero di casa. *Chiamami.*

24
Panopticon

– Le fotocopie del documento puoi tenerle e leggerle con calma, – disse Aila.

– Grazie, – rispose suor Emma.

Rimasero in silenzio per un tempo che permise ad Aila di constatare che la suora aveva un modo tutto suo di bere il caffelatte con la crostata. Prima staccava dei pezzi del dolce e li immergeva spingendoli a fondo con il cucchiaino, poi, chinandosi in avanti sul tavolo, portava la tazza alle labbra e sorbiva il liquido a piccoli risucchi.

– Sai quando è stato costruito? – le chiese tra un sorso e l'altro.

Aila appoggiò il caffè sulla tovaglia. Era bollente. Suor Emma doveva avere labbra di amianto, cosí avrebbe detto sua madre.

– Che cosa?

– Il carcere.

– Nell'Ottocento.

– A voler essere precisi lo hanno inaugurato nel 1870, sotto il regno di Vittorio Emanuele II.

Suor Emma starnutí.

– Salute.

– Grazie. Sai perché te lo chiedo?

– No.

– A quei tempi la filosofia sulla detenzione carceraria era tutto all'opposto di come la pensavamo noi: io, suor Giuseppina, padre Ruggero… Hai presente padre Ruggero

Maria Cipolla? È ancora vivo, sai. Credo sia lí che briga affinché il carcere diventi un museo.

– Sí, gli ho parlato.

– E cosa dice?

– Niente, di questa storia non sa nulla. Mi è parso di capire che non passasse molto tempo nel braccio femminile, comunque.

– Ah no di certo, per quello c'erano le suore. E poi aveva il suo bel daffare con i prigionieri, le condanne a morte, i tedeschi, la cappella… Il Martinetto. Ad ogni modo, noi religiosi avevamo tutta un'altra idea di come dovesse funzionare il carcere. Ma quando hanno tirato su Le Nuove, che vuoi, erano i tempi che erano. Pensavano che la rieducazione e la redenzione passassero dall'isolamento e dal silenzio. E ne erano convinti tutti: i re, gli architetti e la Chiesa, ovviamente. Soprattutto nel Regno Sabaudo.

– Ho letto qualcosa a proposito del panopticon.

– Sí, è il modo in cui sono state costruite molte strutture carcerarie in quel periodo. Alla base c'è il concetto di controllo costante, centinaia di celle vigilate da un sol uomo: il massimo risultato con il minimo sforzo. Anche Le Nuove funzionavano cosí. Ma la faccenda che ho sempre trovato disumana era la storia del silenzio e dell'isolamento. E in nome di Dio, poi. Una roba da matti, le celle erano minuscole, quattro metri per due e appena tre in altezza, con mura spessissime per impedire il passaggio della voce. Hai mai visto delle foto?

– Sí.

– Non dovevi parlare con nessuno, vedere nessuno, tutto accadeva in solitudine e c'era questa cappella che aveva dei loculi singoli, su piú piani. Immaginati un teatro romano visto da fuori: un semicerchio con tre piani e tante minuscole aperture in cui venivano sistemati i detenuti, sempre singolarmente. E padre Ruggero se ne stava nel mezzo a celebrare la messa. C'era un punto preciso in cui doveva stare, affinché tutti lo vedessero, perché la struttura era stata progettata con un'angolazione tale per cui da ogni apertura non si potesse vedere altro: un capolavoro di atrocità architettonica. Nel 1970 padre Ruggero ha fatto costruire anche una cappella normale, ma quella ha voluto lasciarla a monito. Quando hanno trasferito il carcere alle Vallette volevano tirarla giú e costruirne una nuova al suo posto, anzi, a dir la verità volevano tirare giú tutto con le ruspe a un certo punto, e lui gli ha detto: neanche per sogno, la gente deve sapere.

Il caffè americano di Aila non fumava piú. – Pensavo avessi smesso di interessarti a queste vicende.

Era strano darle del tu.

Suor Emma distolse lo sguardo. – Oh be', ho fatto il possibile –. Si pulí le labbra con il tovagliolo. – Sai, non avevo nemmeno vent'anni.

Solo in quel momento Aila comprese che suor Emma, ai tempi del carcere, non poteva essere altro che una novizia. Troppo giovane per aver preso i voti perpetui, doveva necessariamente aver confermato la sua devozione a Dio in un secondo momento, dopo aver visto ciò che aveva visto.

– Suor Giuseppina era la miglior superiora che potessi sperare di incontrare in un posto del genere, non c'è dubbio, – proseguí suor Emma senza che lei glielo chiedesse. – La ammiravo. Ammiravo la sua capacità di rimanere in piedi nella tempesta –. Fece una breve pausa, come se le si stesse per la prima volta ricomponendo davanti agli occhi la figura viva di quella che, prima di diventarlo lei stessa per molti altri, era stata una guida. Alzò una mano in aria, come per scacciare un insetto. – Era caparbia. E sovente, negli anni, quando poi mi è capitato di pensare alla forza di Dio, la prima immagine che mi veniva in mente era lei che parla una lingua inventata con il gerarca nazista del primo braccio –. Sorrise. – Credo che il Signore abbia fatto uno sbaglio a portarsela via cosí presto.

– Sarà stato invidioso.

Suor Emma le confidò di non essere andata al funerale, capitato in un momento ricco di impegni e imprevisti, ma Aila ebbe la sensazione che, come chi ha chiuso con un capitolo doloroso della sua vita, suor Emma stesse tralasciando qualcosa. Non ebbe, però, modo di definire quel presentimento perché subito si alzarono. Suor Emma insistette per pagare, salí in macchina con Aila e ruotò la manopola del riscaldamento.

– Di' un po', hai mai visto uno struzzo? – le chiese.

– No.

– Una volta da queste parti c'erano talmente tante mucche che mio padre chiamava Montevicino il paese delle *buse*. Ora è quello degli *struss*. Se hai tempo ti faccio vedere.

Mise in moto in una direzione che Aila non fu in grado di stabilire, ma in pochi minuti gli alti steccati dell'allevamento furono ben visibili dalla strada.

Il sentiero era dissestato e gli struzzi enormi le guardavano con occhi torvi. Avevano un piumaggio che ad Aila ricordò le pompose pellicce delle signore in attesa dell'opera davanti ai cancelli del Regio. A sua madre gli struzzi facevano paura, diceva che erano uccelli assurdi e aggressivi. Non l'aveva mai nemmeno portata allo zoo e quando a Berlino Giulia le aveva chiesto di andarci non c'era stato verso di convincerla. Nessuno merita di essere guardato attraverso le sbarre, diceva sua madre, e lei aveva imparato la lezione.

Piú tardi suor Emma fece cuocere due uova di struzzo, uno al tegamino e l'altro sodo, per vedere la differenza. Dopo Aila piegò le lenzuola, richiuse il divano-letto e tirò la zip del borsone. La relazione era rimasta sulla credenza.

– Ti chiamo appena finisco di leggerla, – disse la suora.

– Non c'è fretta.

Le due donne si salutarono sulla veranda.

Il sellino della Vespa era gelido. Aila assicurò il borsone sul portapacchi e allacciò il casco, poi si girò agitando la mano. Suor Emma, davanti alla porta, la guardò allontanarsi fino alla curva di via Orco, dove il paese scompariva. Rimase ad ascoltare il rumore della moto dissolversi in lontananza, il sole di novembre pallido sulle mani strette intorno alla ringhiera.

Al primo stop Aila tirò su la manica della giacca e diede un'occhiata all'orologio da polso.

Giulia dovrebbe già essere a casa, pensò.

25
Mio adorato Alfio

Era atterrata con venti minuti di ritardo. L'aeroporto era deserto e fuori, ad aspettarla sotto la pioggia, c'erano solo due taxi.

Giulia salí sul primo. – Via dei Mercanti 12, per favore.

Fuori dai finestrini i palazzi scorrevano emaciati dal freddo e la luce del giorno sembrava filtrare attraverso sottili lastre di acciaio. Anche la città era vuota.

Fece fermare l'auto all'incrocio con via Pietro Micca.

Aila gliel'aveva lasciata lí, sul tavolo della cucina: una fotocopia sgualcita, con i segni di numerose piegature e spiegature, piena di una grafia fitta, di altri tempi.

Mio adorato Alfio virgola.

Era una lettera. Non un biglietto, non un'annotazione, un messaggio di qualche tipo. Solo quel foglio di carta aperto sul tavolo.

Giulia appoggiò lo zaino in un angolo, si sedette e incominciò a leggere.

Mio adorato Alfio,

sono io, la tua Elda. Mi permette di scriverti una donna di Dio, suor Giuseppina De Muro. È lei che mi ha fatto dono di questa carta e della penna che tengo tra le mani. E sarà lei a consegnarti questa mia lettera che io ti mando con il cuore traboccante di gioia per informarti di una circostanza felice: il nostro piccolo Libero è salvo e al sicuro.

So che lo hai visto con me davanti all'ingresso del carcere, mentre i tedeschi ti portavano via. Suor Giuseppina, se la fortuna l'assisterà, ti consegnerà questa lettera. È stata lei ad aiutarmi a tenerlo nascosto per alcuni giorni. È una donna forte e preziosa, lo vedrai da te, e qui, con la scusa che siamo tutte donne, si è conquistata una buona autonomia. Certo, non può salvarci dalla nostra sorte. Sarà oggi, sarà domani, fa poca differenza. Se il treno arriverà, il braccio femminile verrà svuotato e finiremo tutte chissà dove. Ovunque sia, so di non poter portare il nostro Libero con me. Cosí suor Giuseppina mi ha fatto una proposta di grande coraggio.

Mio adorato Alfio, ieri notte il nostro Libero è uscito da queste mura, che io e te passeremo solo per raggiungere destini peggiori. Non potevo permettere che toccasse anche lui. So che saresti stato con me. Gli ho dato un bacio anche da parte tua. Di lui si prenderà cura qualcuno. Ho dato istruzioni a suor Giuseppina affinché lo dia a una famiglia sicura, le ho fatto promettere di non affidarlo a donne tedesche o fasciste. Sii grato, dunque, alla donna che ti consegnerà questa lettera, perché per noi ha fatto molto.

Dovrai leggere queste mie parole rapido e in sua presenza. Si occuperà lei di distruggerle non appena avrai finito. E non insistere per tenere questo pezzo di carta, né per leggerlo una seconda volta, perché la metteresti in grande pericolo e ogni secondo che passerà con te sarà un secondo sospetto. Non affezionarti a questa mia grafia maldestra, piuttosto ricorda la mia voce.

In ultimo, Alfio, volevo dirti che ti amo. Concludo questa lettera senza rimpianti. Se tu ne avessi, ti chiedo di pensare al nostro Libero ed essere felice.

Come sempre, prima di lasciarti ti bacio. Ricordi i nostri baci, mio Alfio? Io sí e li porto con me.

Ora che nostro figlio è al sicuro, sii forte. Se moriremo, moriremo per un mondo migliore.

Viva la Libertà, sempre.

Tua Elda.

Giulia, al contrario di quanto avrebbe dovuto fare Alfio, rilesse la lettera cinque volte. Le si era chiuso lo stomaco, aveva la gola secca, ma non si alzò per prendere dell'acqua. Girò e rigirò il foglio, passò le dita sulle nervature dove la carta era stata consumata da ripetuti piegamenti. Sembrava la fotocopia di un originale scritto su fogli a righe, sbocconcellati dal tempo. In un angolo il timbro di un ente poco leggibile.

Aspettò Aila in cucina, inchiodata al tavolo, leggendo e rileggendo la lettera. Scordò le ore, la cena, la doccia fino a quando la serratura scattò e lei e il suo borsone entrarono goffamente in casa.

26
Un pezzo di cartone

Quando, a fine giugno, il dottorando basco l'aveva chiamata per dirle che la ringraziava ma avrebbe lasciato la casa di sua madre, Aila sapeva che non avrebbe potuto rimandare oltre.

Impacchettare, inscatolare, regalare, buttare tutti quegli oggetti era stata una delle incombenze piú difficili che le fosse capitato di assolvere. Giorni afosi, in cui l'angoscia dell'accumulo e una straziante nostalgia l'avevano soffocata, facendole ripromettere di non conservare mai piú nulla che non fosse strettamente necessario possedere.

Giulia le aveva fatto buttare un bel po' di roba, ma i libri no. Quelli Aila li aveva riposti in cinque scatoloni, un pomeriggio di agosto, sola in quella casa che era stata anche sua e che ora non le sembrava poter appartenere a nessuno, mai piú. Li aveva spolverati uno a uno, i libri di sua madre. Alcuni erano logorati dall'uso, altri dal tempo. *Morire – questo a un gatto non si fa*. C'erano post-it gialli, segnalibri, orecchie. Romanzi, manuali, saggi. Una piccola sezione, nell'ultimo ripiano in basso, dedicata alla guerra. *La raccolta delle lettere dei deportati e dei condannati a morte della Resistenza europea* Aila l'aveva sfogliata senza pensarci. Era un libro compatto, molto spesso. La copertina molle. Incastrato nella costa, a tenere un segno, c'era un pezzo di cartone.

– Quando?

– Quest'estate.

Giulia indicò la copia della lettera scritta a mano. – E questa?

– Una volta trovata la trascrizione nella raccolta ho cercato l'originale negli archivi.

Aila si alzò dal divano e andò verso la libreria. Sfilò da un ripiano il volume e lo posò sul tavolo, accanto al foglio. Dalle pagine usciva un post-it viola. Giulia aprí il libro in quel punto: *Elda Trabotti, di anni 21 – infermiera – nata a Torino il 22 novembre del 1923. Dal 1943 svolge a Torino attività clandestina di ausilio per le formazioni «Matteotti», assolve compiti di collegamento, diffusione di informazioni e rifornimento di materiali e viveri. In qualità di infermiera ha accesso ai sotterranei dell'Anatomia Patologica dell'ospedale Molinette, dove nasconde materiale di propaganda. Arrestata nella notte tra il 15 e il 16 agosto del 1944 insieme al compagno gappista, Alfio Treves, e al figlio, Libero Treves, nella propria abitazione di Torino a opera di elementi dell'*UPI*, viene tradotta al Carcere Giudiziario Le Nuove di Torino e deportata nel lager di transito di Bolzano il 27 agosto del 1944.*

Seguiva la lettera.

Lo spazio a tetti spioventi della mansarda si riempí di silenzio.

– Tua madre aveva un figlio, – disse infine Giulia.

– Sí.

– Che non sei tu.

Aila annuí.

– In carcere.

– Con un tale Alfio Treves, – completò Aila.

– Cosa sai di lui?

– Quello che c'è scritto lí. Era un gappista con un cognome ebreo.

– È ancora vivo?

– No.

– Scusami, ma a che età ha avuto il bambino?

– Ventidue anni.

27
Com'era?

Durante il suo primo viaggio a Laietto, Aila ci aveva pensato spesso a quella domenica passata a inscatolare libri. Al momento in cui, come uno squarcio, aveva letto il nome di sua madre sulla carta ingiallita. Il vuoto si era fatto denso, schiacciante tra le pareti mute. Il bandolo della matassa era stato il nome della suora menzionata nella lettera: Giuseppina De Muro.

– Pace all'anima sua, – aveva commentato suor Emma davanti al bicchierino di Fernet, e Aila si era sorpresa nel non cogliere segni di retorica nella sua voce pacata, a tratti clericale. Quando poi le aveva parlato della relazione stilata da suor Giuseppina per documentare l'attività svolta in carcere durante la guerra aveva aggiunto: – Sarei felice di leggerla.

Aveva riempito nuovamente di Fernet due bicchieri da amaro ed estratto un sigaro dal cassetto di un tavolino in salotto. – Le dispiace farmi compagnia?

Fuori aveva detto che quella veranda, cosí come l'intera casa, con il parapetto rigorosamente pitturato di bianco, l'aveva fatta costruire suo padre dopo aver visto qualche film americano di troppo. Aveva sistemato sul pavimento di castagno due sedie fatte apposta per essere lasciate all'aperto. Dalle labbra di suor Emma, dense volute di fumo si stagliavano contro il cielo illuminato da una luna fioca. Sebbene fosse tardi, si stava ancora bene; nessun temporale era venuto a turbare il fresco estivo che persisteva in quelle prime sere di ottobre. Entrambe le donne guardavano dritto davanti a loro, blu notte sopra i tetti e nero cupo contro le case, la traccia lunga e cespugliosa del bosco in lontananza.

Era stata Aila a interrompere il silenzio per prima: – Quindi non sa a chi venne dato il bambino.

Suor Emma aveva dato un colpetto al sigaro e la cenere era caduta nell'intercapedine tra due assi del pavimento. – No, purtroppo no.

– E non è possibile risalire a queste informazioni, in qualche modo?

– Documenti scritti non se ne lasciavano. Erano tempi difficili da immaginare. Quello che si poteva fare si faceva senza pensarci due volte, ed era sempre poco. Sempre troppo poco.

Protetta dal buio fresco della notte, Aila aveva provato a insistere: – Non c'è un registro, niente…

– Di queste faccende si occupava esclusivamente suor Giuseppina. Io, per di piú, ero molto giovane. Credo non ci sia modo di risalire a nulla, mi dispiace.

Aila aveva ringraziato l'oscurità perché la delusione, viscosa, le aveva riempito lo stomaco e stretto la gola. Aveva sentito lo sguardo appannarsi, i pugni chiudersi stretti.

– Cosa vorrebbe fare se lo trovasse? – le aveva chiesto allora suor Emma.

Era una domanda a cui, tra sé, aveva pensato a lungo senza giungere a una soluzione. Si sarebbe limitata a spiarlo da lontano, mentre faceva la spesa o usciva di casa, oppure avrebbe corso il rischio di un'interazione, incrinare le certezze di una vita, Buongiorno sono Aila Trabotti, sorellastra? Magari lui già sapeva e semplicemente non era interessato ad approfondire la vicenda, ma se invece non avesse saputo, lei, al suo posto, avrebbe voluto essere messa al corrente della situazione? E se sua madre fosse stata ancora viva lo avrebbe cercato con lo stesso affanno, o in fondo era lei che desiderava ritrovare?

– Non lo so, – aveva risposto infine.

Suor Emma – sempre dolce, sempre pacata – era rimasta in silenzio, aveva allungato una mano a stringere la sua. Era una mano inaspettatamente morbida che, tra le rughe dell'esperienza, aveva appreso la complicata arte dell'accarezzare.

– Secondo lei perché? – aveva chiesto Aila.

– Perché cosa?

– Perché mia madre non me l'ha mai detto?

Suor Emma aveva sospirato. – Cosa si sa del padre di questo bambino?

– Risulta fucilato al poligono di tiro del Martinetto l'8 luglio del '44.

– C'è tanto dolore in queste vicende, Aila. O almeno, questo è quello che ho visto io. Tanto di quel dolore che alle volte, se si vuol continuare a vivere, non fa bene guardarlo troppo a lungo. Prenda me, ad esempio, anche io, quando mi si è presentata l'occasione, ho preferito andare a Roma a occuparmi di chi aveva bisogno laggiú. Passare davanti a quel carcere, dopo quello che era successo durante la guerra, era insostenibile.

Si era fermata a guardare il posacenere e Aila aveva avuto l'impressione che fosse la prima volta in cui dava voce a quel pensiero.

– Lei pensa che mia madre lo abbia cercato, una volta tornata dal campo?

– Il bambino?

– Sí.

Suor Emma aveva chiuso gli occhi per qualche secondo. – Non credo.

– Perché?

– Dipende dalle condizioni in cui era, da quando è tornata, a chi era stato affidato il bambino, da un sacco di cose... Tanti, all'inizio, hanno preferito non ricordare. Molti sopravvissuti alle deportazioni non hanno parlato per decenni, nessuno voleva ascoltarli, nessuno voleva credere a ciò che era successo. Avrà di certo cercato il compagno, i registri delle fucilazioni non erano difficili da trovare. Scoprendolo morto potrebbe aver deciso di chiudere quella storia per sempre.

Era plausibile? O magari Elda l'aveva disperatamente cercato, quel bambino, ma invano? Aila non si era mai sentita cosí lontana dalla conoscenza di sua madre come in quel momento.

– Quindi lo ha lasciato andare?

– Potrebbe averlo fatto, sí. Non mi stupirebbe.

Non troppo lontano, in direzione del bosco, un gufo aveva bubolato alla notte il suo lamento.

– E si ricorda com'era?

– Il bambino?

Senza aprire la bocca Aila aveva emesso un flebile suono assertivo.

– Piccolo. Mi sembra di ricordare che avesse gli occhi chiari, pochi capelli.

Dopodiché non avevano piú detto una parola. Suor Emma aveva spento il sigaro ed erano rientrate. Le aveva mostrato il bagno e, dopo averle augurato la buonanotte, era salita al piano di sopra.

Quella volta Aila si era addormentata di sasso, senza nemmeno svestirsi.

28
Roma

– Quindi a Roma non c'era nessun convegno, – disse Giulia, ancora seduta al tavolo, davanti alla lettera. – Ci sei andata per cercare lei.

– Sí.

– E nemmeno questo week-end.

Aila annuí. Le dispiaceva vedere lo sforzo con cui Giulia iniziava a mettere insieme, riordinare e finalmente comprendere i pezzi. Una fatica che cercava di tenere per sé, nel tentativo di non perdere un solo dettaglio, di immaginare, sentire cosa lei avesse provato lungo quella strada da cui fino ad allora era stata esclusa.

– E alla fine, quindi? Come ci sei arrivata?

– Sono andata a Roma, ma mi hanno detto che era tornata a casa. Dove, però, non potevano dirmelo. Era un'informazione riservata, cosí mi sono dovuta arrangiare. Ho chiesto ad altre suore, per le scale dell'ospedale. Hai presente quegli scaloni di marmo immensi?

Giulia annuí.

– Ecco, – Aila si sistemò sul divano, si sentiva stanca, – ho fermato una ragazza giovane. Credo di averla presa alla sprovvista. Le ho detto che dovevo recapitare un documento a suor Emma. «Non abita piú qui», mi fa lei, e io: «Sa dirmi per caso a che indirizzo posso trovarla? Sono documenti molto importanti». Mi ha detto di chiedere della madre superiora, e io le ho risposto «Grazie, ma sono davvero di fretta», mi dicesse anche solo il paese di origine e sarei riuscita a recapitarle tutto. Lei, però, non se lo ricordava. «Dev'essere in Piemonte, – diceva, – ma il nome proprio mi sfugge». In quel momento passava di lí una suora piú anziana, allora quella giovane si gira e le fa: «Il paese di Suor Emma, come si chiama?»

– E lei dice Laio...coso.

– Laietto, sí.

– Non avevi un cognome, niente.

– Niente, ma è vicino a Torino e sono davvero una manciata di case. Non è stato difficile.

Giulia tornò a guardare la fotocopia spiegata sul tavolo. – Una cosa non mi è chiara.

– Dimmi.

Prese la fotocopia, lesse: – *Dovrai leggere queste mie parole rapido e in sua presenza. Si occuperà lei di distruggerle non appena avrai finito.*

– Lo so, – fece Aila stringendosi nelle spalle. – Lo so.

– Quindi?

– Evidentemente non lo ha fatto. Era intatta, senza segni di bruciature, niente. Non ci ha nemmeno provato, a distruggerla. Suor Giuseppina deve averla nascosta. L'hanno trovata tra le sue cose quando è morta.

– Non capisco. Perché avrebbe dovuto tenerla? Poteva metterla in pericolo.

– Ha tenuto altri scritti, anche piú vecchi, biglietti clandestini. Aveva una specie di archivio personale. Testimonianze.

Giulia si alzò e andò a sedersi sul divano. Le passò un braccio sulle spalle. – Quindi tua madre, oltre a essere una cazzo di deportata politica sopravvissuta ai campi di sterminio, ha pure avuto un figlio con un partigiano ebreo gappista.

Aila sospirò: – Cosí pare.

– E tu, come stai?

– Insomma.

– Cosa vuoi fare?

– Andare a mangiare una pizza, se ti va.

Quella notte Giulia non riuscí a prendere sonno. Per un po' rimase supina sul letto, scoperta, a fissare il soffitto. Poi cercando di non far rumore si alzò, chiuse la porta della camera, accese la luce in cucina e sfilò la raccolta di lettere dei deportati dal ripiano della libreria. In piedi, in mezzo alla stanza, pantaloncini da calcio e uno smanicato di felpa blu scuro, aprí il libro in un punto a caso e iniziò a leggere.

PAOLO BRACCINI (Verdi)

3 aprile 1944

Gianna, figlia mia adorata,

è la prima ed ultima lettera che ti scrivo e scrivo a te per prima, in queste ultime ore, perché so che seguito a vivere in te.

Sarò fucilato all'alba per un ideale, per una fede che tu, mia figlia, un giorno capirai appieno.

Non piangere mai per la mia mancanza, come non ho mai pianto io: il tuo Babbo non morrà mai. Egli ti guarderà, ti proteggerà ugualmente: ti vorrà sempre tutto l'infinito di bene che ti vuole ora e che ti ha sempre voluto fin da quando ti sentí vivere nelle viscere di tua Madre. So di non morire, anche perché la tua Mamma sarà per te anche il tuo Babbo: quel Babbo al quale vuoi tanto bene, quel Babbo che vuoi tut…

Una grossa lacrima bagnò la carta. Giulia, il libro tenuto aperto con una mano, andò in cucina, strappò un pezzo di scottex e tamponò la pagina con cura.

29
Cappelli e finestre

Ed effettivamente nell'anno XX dell'Era Fascista – vale a dire nel 1942 per la maggioranza degli altri cristiani – Domenico Sellaci aveva iniziato a prestare servizio come ferroviere semplice alla stazione di Chivasso.

L'abitazione, però, l'avevano trovata a Montevicino, al piano di sopra di un cascinale di proprietà dei Bisleri, una famiglia di ortolani, brava gente, piemontesi semplici e schivi che, come da copione, non brillavano né per calore né per ospitalità.

La prima notte Domenico e Teresa erano arrivati tardi, la linea ferroviaria era interrotta, e per dormire avevano dovuto sistemarsi nel pagliaio. La mattina seguente, una volta entrati in casa, si erano resi conto che l'alloggio era senza infissi cosí che Teresa si era dovuta ingegnare con assi di legno, scampoli di stoffe e stracci.

Chivasso distava dal cascinale un'ora abbondante di cammino. Tutte le mattine Domenico si alzava quando fuori era ancora buio e tornava che lei aveva già cenato. A camminare erano abituati – in città non erano in molti a potersi permettere il biglietto della tranvia, si limitavano piuttosto a farla passare, attenti a non essere presi di sotto –, ma dopo un paio di settimane il signor Bisleri aveva tirato fuori una vecchia bicicletta arrugginita e con quella la vita si era fatta un poco piú semplice. Ogni tanto, però, capitava che il bigliettaio, di salute tanto cagionevole da essere esonerato dal servizio militare, fosse malato e Domenico salisse a prestare servizio sui treni che collegavano Torino e Milano. In quei giorni, bici o non bici, tornava sempre di pessimo umore. I vagoni erano semivuoti e un giorno ci aveva visto una donna piangere disperata. Teneva in braccio un bambino di pochi anni orribilmente denutrito, con le ossa a vista, ma Teresa lo aveva fermato a metà del racconto: di quella roba, quante volte doveva ripeterglielo, non voleva sentir parlare. Nonostante ciò Domenico non mancava di tenerla informata sui bombardamenti, perché in stazione le voci circolavano piú rapide che altrove.

Un giorno, intorno alla fine di gennaio, quando i muri della casa erano gelidi e la stufa bastava a malapena a riscaldare il piccolo spazio della cucina, Domenico le aveva detto di aver incontrato un industriale di Torino e quello, vai a capire perché, si era fermato a raccontargli la rava e la fava. Cosí Teresa era venuta a sapere che le cittadine tutto intorno a Torino – Rivoli, Collegno, Alpignano, dove era diretto il carro che le aveva offerto Elvira – erano state prese di mira dagli inglesi. Domenico glielo aveva riferito con una punta di orgoglio, come se loro, ad andare a est, nel mezzo di quel nulla, avessero fatto un grande affare. Non contento, le aveva descritto l'industriale nei minimi dettagli. Era un uomo tarchiato, dal naso largo e folte sopracciglia nere, di ritorno da una riunione di certi affari di meccanica di cui lei, come del resto lui, non aveva capito un accidente.

– Mi ha detto che a Torino, dall'inizio della guerra, sono state colpite 430 fabbriche. Sono tante.

Ma a Teresa delle fabbriche non poteva importare di meno. Da quando erano sfollati quasi non parlava. Domenico tentava di entusiasmarsi per le piccole cose, gli incontri in stazione, le lepri lungo la strada. Dopo i primi giorni aveva imparato a non rivolgere mai gli occhi alle finestre tappate – fatto che, da solo, gli aveva tolto una buona dose di malumore. Ma a lei mancava il cielo, le mancavano Anna ed Elvira, le botteghe e la tranvia, le stoffe alla moda e le madame che venivano a farsi ricamare i corredi per le figlie, i bar e i balli delle sartine.

Di fantasie, però, lo sapeva bene, non si poteva vivere. Cosí dopo aver messo a posto le finestre e ripulito le stanze aveva sistemato una sedia accanto alla stufa e alla luce del fuoco aveva ripreso a ricamare. All'inizio per se stessa, su pezze di stracci, poi si era offerta di rammendare i calzini dei Bisleri in cambio delle verdure che venivano dall'orto. Un giorno, infine, una conoscente della signora le aveva portato delle lenzuola sdrucite. Si era presentata non senza una certa vergogna, le mancavano i soldi per comprarne di nuove, ma averci sopra un ricamo, dargli una rinfrescata, le avrebbe dato l'impressione che le cose non andassero poi cosí male. Ci teneva a farle sapere che non veniva a mani vuote: suo marito era salumiere e in cambio del lavoro avrebbe potuto darle qualcosa. Mi hanno detto che è lingerista. Non era vero, ma Teresa se la cavava benone con il ricamo e l'amica della Bisleri era rimasta soddisfatta.

La voce aveva iniziato a girare. Di lí a qualche tempo Teresa aveva cucito vestiti semplici in cambio di mezzo chilo di pane, vino e salumi. Poi, quasi per caso, si era venuto a sapere che era capace di confezionare cappelli di un certo pregio e allora a ingrossare le fila della sua clientela erano accorse le mogli dei funzionari del municipio, del farmacista, del sindaco cariche di tagli di pregio recuperati chissà dove. L'entusiasmo si era diffuso al punto che, se qualcuna di loro aveva amiche o parenti tra Montevicino e Chivasso, Domenico, di ritorno dalla stazione, si fermava a ritirare le commesse per strada; piú avanti avrebbe iniziato a far viaggiare al bisogno anche latte e uova. Cosí Teresa era tornata a guadagnare qualche soldo, lire vere con le quali aveva rimediato nuove stoffe e un vetro mal tagliato con cui rattoppare l'infisso della cucina.

Tutto questo non aveva contribuito a renderla piú affabile, tuttavia i suoi vestiti e ricami erano un biglietto da visita sufficiente a produrre una sorta di affetto reverenziale che mai il suo difficile temperamento avrebbe saputo conquistare. Se dapprima la gente vedeva con diffidenza i due giovani sfollati, la maestria di Teresa e la dolcezza di Domenico avevano trasformato le ritrosie iniziali in benevolenza.

Le uniche rimaste a guardarla di sottecchi erano le sarte dei dintorni, ma in quei casi Teresa raddrizzava il collo, forte degli anni passati in bottega a rubare con gli occhi l'esperienza delle *sartòire* piú anziane. Ripensava alla fatica, ai soffitti bassi, al cortile sul retro e alle risate sotto i baffi per quel vizio della *directrice* di toccarsi il naso ogni volta che il *couper* entrava in laboratorio. Ripensava alle feste delle Caterinette e ai caffè di piazza Castello e, di ricordo in ricordo, le capitava di ripensare anche alla sala da ballo in cui aveva conosciuto Domenico e all'osteria operaia della F.I.A.T. dove appena qualche giorno piú tardi si erano dati appuntamento per pranzo. Allora un vago sorriso le increspava le labbra, e le sarte del posto proseguivano stizzite.

Domenico, dal canto suo, diceva che erano fortunati a stare in campagna, che la verdura dei signori Bisleri era buona, mentre la roba che arrivava in città faceva morire la gente di stenti. Ma fortunata, Teresa, non si definí mai.

30
Andrà tutto bene

Fulvio avrebbe voluto diminuire la frequenza con cui la sua mente tornava al giorno in cui al bar era suonato il telefono. L'angoscia dell'ospedale e la disperazione davanti al giovane dottore che, fuori dalla sala operatoria, con grande dolcezza e guardandolo dritto negli occhi, gli aveva comunicato che erano riusciti a salvare le dita. Salvare le dita? Che significa?

– Servirà tanta fisioterapia. Poi sa, questi infortuni spesso trasformano i pazienti in mancini. Ci va del tempo ma mi creda, poteva andare molto peggio, signor Sellaci.

Usciti dalla stanza lui si era seduto su una di quelle sedie di plastica ancorate una all'altra contro la parete.

Agnese era rimasta in piedi. – Fulvio?

Servirà tanta fisioterapia. Molto peggio. Il dottore se n'era andato e l'aveva lasciato lí, da solo. *Mi creda*. L'aveva lasciato da solo con la cosa, la notizia. Quella roba lí. Come si chiamavano quelle robe lí?

Disgrazie.

C'era un punto in cui la copertura del pavimento davanti a lui si era sollevata a formare una gobba piena d'aria.

– Fulvio, ascolta.

Le gomme flosce di una sedia a rotelle ci erano passate sopra e il materiale plastico si era piegato. Per un istante l'aria si era ridistribuita in bolle piú piccole, poi la porzione di pavimento rigonfia era tornata ampia e flaccida come prima.

– Fulvio? Vado a fare una telefonata, ok? Aspettami qui.

Odore di germi e disinfettante.

Lo avrebbe ricordato per sempre quel giorno, in ogni dettaglio. Ricordava cosa aveva mangiato a colazione – uno yogurt magro alla ciliegia – e quanti semafori rossi aveva incontrato sulla provinciale – quattro. Il giorno in cui suo fratello gli aveva storpiato il figlio, il giorno in cui se, come diceva il dottore, fosse andata molto peggio, avrebbe potuto renderglielo paralitico. Il giorno in cui era passato a prendere Agnese a Chivasso e avevano imboccato a tutta birra la Torino-Milano in direzione Torino. Il giorno in cui si erano fatti insultare ben due volte, da due persone diverse, mentre giravano intorno all'ospedale cercando un buco dove infilare la macchina. Il giorno in cui dopo aver parcheggiato, la bocca riarsa, avevano seguito le indicazioni e bussato al vetro smerigliato di una porta.

– Fulvio, non hai sentito cos'ha detto il dottore? – Agnese era tornata, si era seduta accanto a lui e gli aveva messo una mano sulla spalla. – Poteva andare molto peggio.

Degli zoccoli da infermiera avevano spiaccicato la bolla che lui ora iniziava a vedere a contorni sfocati e quella, imperterrita, si era ricompattata.

Gli aveva dato un fazzoletto di carta. – Appena si sveglia possiamo andare a trovarlo.

Lui era rimasto con i gomiti piantati sulle ginocchia e la testa stretta tra le mani.

– Ho chiamato anche tuo fratello. Sta arrivando.

Solo a quel punto si era girato a guardarla. – Chi hai chiamato?

– Gil. Era al mercato, ma sta arrivando.

Avevano iniziato a tremargli le mani.

– Non lo voglio vedere.

– Come scusa?

– Ho detto che non lo voglio vedere quel pezzo di merda –. Si era alzato in piedi.

– Fulvio, calmati.

– Da che parte stai, Agnese?

– Di cosa parli?
– È colpa sua. È lui che gli ha messo in testa tutte quelle menate: la corsa, l'atletica, tutta quella merda che piace a lui.
– Abbassa la voce, per favore.
– Io non abbasso un bel niente.
– Sei sotto shock, Fulvio. Quello che dici non ha senso.
– Non ha senso? Il cranio di tuo figlio poteva sfracellarsi saltando con una cazzo di asta e tu hai tanta fretta di vedere il bastardo che lo ha spinto a farlo?
Un'infermiera si era avvicinata. – Tutto bene signori?
– Va tutto bene sí, mi scusi, – era intervenuta Agnese. Poi, rivolta a Fulvio: – Adesso ti dai una calmata.
– Io non mi calmo un cazzo.
– E invece sí. Ti calmi mentre io vado a chiamare tuo fratello e gli dico che è meglio se vi vedete in un altro momento.
– Digli pure che è meglio se non ci vediamo per niente.
Agnese era tornata al telefono e a quel punto però, dal bar di fronte al banco del mercato, le avevano detto che Gilberto era già partito.

Indossava dei jeans e un giacchino aperto sulla maglietta grigia, ma loro lo avevano riconosciuto dalle scarpe. Quando avevano visto le punte logore degli scarponi da mercato avevano alzato lo sguardo.
– Ascolta Gil, ho provato a chiamarti, è meglio se… – aveva iniziato Agnese, ma non era riuscita a finire la frase.
– Come sta?
Gli occhi di Gilberto erano pieni di apprensione, ma quello che Fulvio avrebbe voluto vederci dentro era tutt'altro: pentimento, mortificazione. Cosí aveva stretto il pugno e per la prima volta in vita sua lo aveva sferrato contro la mascella del fratello. Non una parola – con quelle aveva sempre vinto lui – solo un colpo ben assestato che aveva fatto cadere Gilberto lungo disteso per il corridoio azzur-

rino. Una donna aveva urlato. Un giovane padre si era alzato in piedi di scatto. Altre persone si erano allontanate e li guardavano incuriosite, spaventate. Agnese aveva visto l'infermiera uscire di corsa da una stanza.

Gilberto si teneva la bocca con una mano. – Ma che cazzo...?

Fulvio sentiva il battito cardiaco rombargli nelle orecchie, le tempie, bollenti, pulsavano. – Bastardo.

– Sono matti, – aveva mormorato qualcuno, senza preoccuparsi di non farsi sentire. – Fateli uscire. Qui ci sono dei bambini.

L'infermiera aveva chiamato dei colleghi e insieme avevano messo Fulvio a sedere tenendolo per le braccia. Parlavano di chiamare le guardie. Lui però, al pari di un giocattolo che esaurisca le pile nel mezzo della sua corsa, guardava inebetito nel vuoto, come se ciò che era appena accaduto non lo avesse mai riguardato.

Nel frattempo Gilberto si era alzato e aveva fatto un cenno con i palmi rivolti verso di loro. – Va tutto bene, scusate. È colpa mia. Vado via subito.

L'infermiera lo guardava con aria interrogativa. Se solo Fulvio fosse stato in grado di farlo avrebbe distinto negli occhi di lei, in fondo alla diffidenza, una briciola di fascino per quell'uomo che non aveva risposto all'offesa, ma la bolla si stava nuovamente riempiendo d'aria, e lui fissava quella.

Agnese aveva accompagnato Gilberto verso il corridoio principale e prima che tornasse da dove era venuto gli aveva detto: – Mi dispiace. Non so cosa gli sia preso.

– Non devi scusarti. L'importante è che Giacomo non sia grave.

– No, il dottore ci ha detto che poteva andare peggio. Avrà qualche problema a una mano.

L'espressione di Gilberto si era scurita. – Potrà disegnare?

– Farà fisioterapia.

Prima di essere risucchiato dall'ascensore lui l'aveva abbracciata poi, la testa tra le mani: – Andrà tutto bene.

Stordita, Agnese aveva seguito la striscia di nastro adesivo giallo attaccato a terra. I due infermieri erano ancora seduti accanto a Fulvio. Da qualche parte un macchinario emetteva suoni elettronici costanti.

– È tutto ok? Possiamo andare?

– Sí, grazie. Sono mortificata.

– Se ha bisogno ci chiami. Però la avverto: un'altra scena cosí e saremo costretti ad avvisare la sicurezza.

– Non capiterà piú. Scusate.

Agnese aveva preso il posto dell'infermiera cercando di non far caso agli sguardi annoiati e appiccicosi, sfacciati degli astanti.

– Dio santo, Fulvio.

Lui aveva smesso di guardare nel vuoto e si era girato verso di lei. Improvvisamente i suoi occhi erano tornati a mettere a fuoco. Non ricordava un altro momento in cui sua moglie gli fosse sembrata piú bella e immeritata di cosí. Aveva indugiato sulle guance, gli zigomi alti e le labbra di quel rosa pallido che anche senza rossetto sembravano sempre dipinte. I lineamenti semplici, il collo chiaro con le clavicole appena in vista, gli occhi grigi dal taglio elegante ed espressivo di chi non ha bisogno di parlare, le sopracciglia ordinate, le braccia sottili appena segnate dalle macchie del tempo.

– Mi ami? – le aveva chiesto.

Agnese gli aveva appoggiato una mano sul pugno ancora chiuso.

Lui aveva fissato il punto in cui fino a pochi minuti prima suo fratello annaspava disteso sul linoleum. Aveva ripensato a quando erano piccoli, alla domenica in cui Gilberto gli aveva insegnato a pescare, e si era messo a piangere.

31
Troppo da dire

Non erano stati giorni facili per Aila, ma a ben pensarci niente era mai stato facile con sua madre. La sua forza, la sua energia, i suoi silenzi, quei numeri sul braccio. Mettere insieme i pezzi dopo aver sfogliato la raccolta di lettere era stato qualcosa a metà tra il lutto e un nuovo incontro. Era stato da quel momento che aveva preso a parlare ad alta voce davanti alla lapide.

Con il libro tra le mani, gli scatoloni sparsi per la casa buia, dopo aver scorso la lettera si era lasciata scivolare sul pavimento e lí era rimasta fino a quando non le era tornato in mente un altro volume. Aveva passato in rassegna le copertine. Un dorso giallognolo rigato dal tempo, *Le donne di Ravensbrück*, riportava il titolo, e sotto, in caratteri piú piccoli, *Testimonianze di deportate politiche italiane*.

A Ravensbrück, questo sua madre glielo aveva raccontato, c'erano solo donne, di tutte le nazionalità e le estrazioni sociali, quasi tutte combattenti, quasi tutte prigioniere politiche che, anche da schiave, continuavano a trovare la forza di sabotare i nazisti manomettendo le strumentazioni o mantenendo livelli di produzione al di sotto di quelli richiesti. I numeri però a Ravensbrück non li tatuavano. L'avevano immatricolata a Birkenau.

Aila, ancora in piedi davanti alla libreria, aveva aperto le pagine fragili che in alcuni punti lasciavano intravedere i fili bianchi della rilegatura. Si era seduta al tavolo della cucina alla ricerca di indizi, spiegazioni.

L'introduzione era firmata da Anna Maria Bruzzone e già nella prima pagina una lunga parentesi di interrogativi era evidenziata da una doppia barra laterale: «sapremmo non divenir mai torturatori? sapremmo conservare sempre e dappertutto autonomia e dignità sufficienti per non scendere a compromessi e complicità con i torturatori, per non piegarci di fronte a loro? e sentiamo quanto sia necessario un costante esercizio alla fermezza d'animo unita alla coraggiosa analisi di sé?»

Chiusa la parentesi, ai piedi dei due segmenti paralleli, sua madre aveva aggiunto una domanda: *e tu?* Aila aveva cercato di contestualizzarla andando avanti: «la certezza che quello che è stato fatto ad altri poteva, mutate le condizioni, essere fatto a noi, e soprattutto che quello che è stato fatto una volta può essere fatto ancora».

Altre sottolineature e un cerchio tracciato a racchiudere la definizione di «sterminio per mezzo del lavoro produttivo». A seguire, qualche appunto riguardo la responsabilità degli industriali per cui le prigioniere avevano lavorato a Ravensbrück; industriali che non potevano non sapere, industriali che avevano contribuito in modo decisivo all'ascesa di Hitler, industriali di cui tutti i tedeschi, e non solo, conoscevano il nome. Un cerchio rosso intorno alla parola «Siemens». E ancora, all'inizio della testimonianza di Bianca Paganini Mori, sua madre aveva sottolineato questo passo: «le parole non possono esprimere chiaramente quello che noi abbiamo patito [...] con il rifiuto di ricordare è quasi come se ci salvaguardassimo. Perché quell'equilibrio psichico che noi poco per volta, con grande fatica, siamo riuscite a ottenere, si fa presto a perderlo di nuovo, ricordando. Siccome questo lo capiamo, ci rifiutiamo di ricordare».

I segni si interrompevano per riprendere poco oltre: «Di questo a noi deportate è stata fatta una colpa. "Perché non avete mai detto niente?"» e le righe seguenti erano segnalate da uno spesso tratto di matita: «Ma cosa dovevamo mai dire, cosa dovevamo mai raccontare? Non c'era niente da dire. Avevamo patito, e basta. O c'era troppo da dire».

Aila ora ripensava alle omissioni di sua madre. Alla conversazione con suor Emma. Alla mancanza di tracce di ciò che aveva fatto suor Giuseppina.

O forse c'era troppo da dire.

32
Tutto per la Carità Cristiana

Faldone 20, testimonianze raccolte: B9 9/1.9 doc 220 sc 9/1-c.9

Questo c'era scritto, a mano, sulla prima pagina volante del plico di fotocopie che Aila le aveva lasciato sulla credenza.

Dopo aver pulito e asciugato con attenzione la superficie del tavolo, suor Emma aveva spostato i documenti in cucina. Si era seduta e aveva aperto le ali della cartellina che teneva insieme i fogli.

Sentí il fiato venirle meno in un punto centrale del busto, sotto al seno. Chiuse gli occhi. Li riaprí:

Titolo_Relazione
a
Sua Eminenza Reverendissima
Il Cardinale Maurilio Fossati
sulla
attività svolta
nelle
Carceri Giudiziarie di Torino
dalle
Figlie della Carità

A Sua Eminenza Reverendissima il Cardinale Maurilio Fossati Arcivescovo di

TORINO

Se il desiderio espresso da Vostra Eminenza di avere una Dettagliata relazione dell'operato della nostra piccola Comunità in questo Carcere Giudiziario di Torino, durante il periodo di occupazione tedesca, non fosse da me considerato un ordine, vorrei riassumerlo nelle poche parole che furono in quel tempo l'unica mia risposta alle inchieste, ai sospetti, alle minacce: «Tutto per la Carità Cristiana». Queste parole han salvato piú volte noi ed i nostri protetti.

A suor Emma sembrava di sentire la voce di suor Giuseppina rimbombare tra le pareti di casa.

Evidentemente, è soltanto dopo l'8 settembre 1943, che la opera nostra assume un carattere di eccezione. La nostra resistenza all'oppressore per proteggere i fratelli oppressi s'inizia con la occupazione del primo Braccio del Carcere maschile da parte dei tedeschi, che vi gettavano le loro prede particolari di cui erano gelosissimi. In allora, ciò che avveniva là dentro, era per noi tutte un cupo e assillante mistero. Benedico Dio quando la sua mirabile Provvidenza me ne aprí le porte, quando cioè mi si chiese di assumere la custodia delle donne arrestate dai tedeschi. Però mi rifiutai risolutamente all'ordine, per il dovere che mi incombe di non abbandonare la Sezione Femminile.

Finita la prima pagina si alzò per versarsi un bicchiere d'acqua, tornò a sedersi e si rialzò di nuovo, questa volta per tirar fuori la bottiglia di Fernet. Posò, accanto al primo bicchiere, un bicchiere piú piccolo, e riprese a leggere.

La mia pacata fermezza mi ottenne di poter ricevere in essa, senza la creazione di una speciale sezione, le numerose donne rastrellate per antifascismo, dietro mia assicurazione di una severa vigilanza, ciò in stretta obbedienza al mio dovere, ribadita però da parte dei tedeschi, da una recisa minaccia di morte.

Le loro disposizioni furono severissime. Le donne da essi arrestate non potevano usufruire di nessuno dei consueti diritti delle carcerate comuni; sono stipate nelle anguste celle, non vanno all'aria non vanno in Cappella, non ricevono aiuti famigliari. La Carità non può sopportare con indifferenza i loro patimenti: mi presentai perciò al Maresciallo Tedesco, comandante dei carcerati politici e despota della loro sistemazione nel carcere, ed esposi le mie lagnanze, chiedendo provvedimenti. La risposta: «Si devono osservare gli ordini». Non mi do per vinta ed attraverso una costante pressione fatta di suppliche, di insistenze, di attenzioni e di riguardi personali continuati per molto tempo, ottengo infine dal Maresciallo ed all'insaputa delle Autorità, notevoli concessioni che però debbono essere sconosciute ai militi delle S.S. di guardia, per evitare provvedimenti da parte del Comando insediato nel tristemente famoso Albergo Nazionale. Ho dunque la complicità e, debbo dichiararlo francamente, molte volte anche la comprensione di coloro su cui ricade la responsabilità degli ordini piú duri. E le mie poverine vanno ora in Chiesa, si confessano, si comunicano, lavorano, ricevono aiuti.

Le concessioni ottenute in un primo tempo ed a gradi mi mostrano altre possibilità: gli aiuti famigliari non bastano, ma mi è facile farne affluire abbondantemente da altra fonte; quella della carità, che verserà nel Carcere, negli ultimi mesi di schiavitú, senza posa ogni ben di Dio. Di questa beneficienza potranno beneficiare non soltanto il reparto femminile (uno dei sette reparti del Carcere) ma anche gli altri sei reparti maschili, e soprattutto quello tedesco, purtroppo nelle piú dure condizioni di necessità.

«Donde viene tutta questa roba?» domanda un giorno un ufficiale tedesco. La risposta è pronta: «Dalla Carità Cristiana». E, ad evitare i nascenti sospetti, provvediamo a sottoporre al Direttore disciplinare la distinta del soccorso con il nome degli Offerenti, il piú delle volte attraverso il compiacente aiuto dei Confratelli della Conferenza di San Vincenzo.

Qualcuno suonò il campanello.

Stordita, suor Emma incespicò nel corridoio fino alla porta d'ingresso. – Sí?

– Sono Francuccio. Per l'acqua.

33
Lentiggini

Sarebbe arrivato prima se solo non fosse rimasto impigliato in una fastidiosa discussione con suo fratello: i soldi per un ospizio non li avevano, e Teresa non sembrava intenzionata a smettere di accudire suo marito. A Gilberto la questione relativa a loro padre sembrava molto semplice, ma Fulvio lo aveva accusato di menefreghismo e come al solito Agnese era intervenuta a placare gli animi.

Gilberto aveva sbuffato, si era passato una mano tra i capelli ancora umidi ed era uscito dal furgone.

Fuori dall'abitacolo l'odore della città e la luce sfumata delle otto di sera. Fine agosto. I gas di scarico sembravano rimanere impigliati nei rami. Il sapore metallico della carrozzeria delle automobili e la giornata che, pigra, evaporava sull'asfalto.

Daniela lo aspettava dall'altra parte della piazza, davanti ai tavolini di un bar. Maglietta rossa dentro jeans chiari tenuti su da una cintura di cuoio. Non smetteva mai di essere bella, e tutte le volte che la vedeva Gilberto pensava ne fosse valsa la pena, passare tanti anni da solo prima di trovarla.

Si erano baciati sulle labbra, sorridendo.

– Mi sei mancata.

– Ti va un bicchiere di vino?

Daniela lo aveva preso per mano e si era avviata spedita, il marciapiede stretto li costringeva a camminare una davanti all'altro.

Un uomo in cravatta, la camicia sudata, aspettava spazientito il proprietario di una Peugeot parcheggiata in seconda fila. Prima di conoscere Daniela la città lo infastidiva, ma ora quel brulichio lo riempiva di gioia. La città d'estate, non so come si faccia a non crepare di caldo, diceva sua madre, per non parlare della puzza.

Tarchiata, una signora reggeva a fatica un ampio lenzuolo giallo fuori dalla finestra, qualcuno aveva suonato il clacson e a lei era caduta una molletta. Gilberto l'aveva raccolta e gliel'aveva restituita lanciandola verso l'alto: si sentiva felice.

Erano entrati in una piccola vineria, incastrata tra la videoteca e l'ingresso di un caseggiato popolare. *Vini e caffè*, recitava l'insegna. Il locale era lungo e stretto, diviso da un arco con sopra disegnato un tralcio. Inchiodati al muro, c'erano un telefono a gettoni e un gancio da cui oscillava una stecca di legno con dentro pinzato il giornale della mattina. Avevano ordinato due bicchieri di rosso.

– A cosa brindiamo?

– Oggi ho venduto la casa di via Verrua. Quella con giardino.

– Ma dài?

Un sottile imbarazzo aveva increspato i lineamenti di Daniela in un'espressione che aveva riempito Gilberto di gioia. Il neo sopra il labbro, a sinistra, come le donne dell'Ottocento, «ma il mio è autentico», era scomparso in una fossetta.

– Già.

In strada qualcuno aveva gridato il nome di un bambino.

– Ti piace?

– Molto. Che cos'è?

– Lacrima di Morro d'Alba. A che ora ti svegli domani mattina?

– Per le sei e mezza vorrei aver tutto montato.

– Quindi?

– Metterò la sveglia alle cinque.

Nonostante lei sostenesse il contrario era stato lui a notarla per primo. L'aveva vista gironzolare per il mercato del Balôn con l'aria di chi è in vacanza, intorno al collo un foulard blu illuminato dai primi chiarori della primavera. Occhi grandi e verdastri animavano uno sguardo sfacciato, che guizzava curioso tra i banchi. L'aveva notata molto prima che lei si avvicinasse, prima che guardasse le ciotole e alzasse il viso per chiedergli il prezzo di quella con le screziature piú scure. «Questo è ciliegio», – aveva detto lui.

La settimana dopo era tornata. Si erano presentati, Daniela aveva tirato fuori dalla borsa un panino. «Ho pensato avessi fame».

La vineria si era riempita e ora facevano fatica a sentirsi. Lei con l'indice si era messa a collegare le lentiggini sparse sulla pelle chiara della mano di lui. Gilberto aveva sentito un brivido dietro la nuca.

– E queste da chi le hai prese?

Lui aveva allargato le braccia e stretto le spalle. Aveva raccolto i calici ed era andato al bancone a chiedere un secondo giro. Dal portafoglio spuntava una fototessera che ritraeva il sorriso di Daniela su uno sfondo bianco. A casa l'aveva mostrata a tutti. Lo aveva fatto per proclamare a gran voce al padre, ad Agnese, a Fulvio, ma soprattutto allo sguardo algido e giudicante di sua madre, che finalmente anche lui si stava sistemando, che finalmente anche lui stava mettendo la testa posto. E certo, non nel modo in cui se lo sarebbero aspettati loro, come per i campi, i figli e tutto il resto, ma comunque, insomma, a suo modo ce la stava mettendo tutta. E ce l'avrebbe fatta. Sua madre non avrebbe piú dovuto temere le malelingue del paese: Gilberto Sellaci non sarebbe rimasto solo.

Questo pensava mentre tornava al tavolo reggendo i calici di vino, alla gioia che in quel momento gli procurava aver guadagnato la libertà senza pagare il prezzo della solitudine.

34
Nuvole

– A cosa serve questo?
– Cosa?
– Questo.
– È il telecomando, papà.
– Mmmm.
– Serve a cambiare canale –. Gilberto si era messo dietro di lui e lo aveva aiutato a schiacciare un pulsante.
Domenico era sobbalzato: – La partita.
– Ecco sí, – aveva detto Teresa, – lascia sulla partita cosí ci passa un po' il tempo.
Domenico aveva strizzato gli occhi: – *Ma còsa a fan bele-là*?
– Sono i calci di rigori, pa'. I calciatori tirano in porta, uno per uno, molto vicino. Il portiere è da solo, e deve parare. Vedi? Cosí.
La tavola era apparecchiata per il pranzo del fine settimana. Fulvio era già seduto. Agnese faceva su e giú dalla cucina e per un attimo si era fermata a guardarli: Gilberto chino su Domenico e l'espressione torva di Fulvio in disparte.
– Vieni a sederti? – aveva chiesto Fulvio con impazienza, invidioso e allo stesso tempo infastidito dalla dolcezza con cui il fratello spiegava a loro padre il mondo che lui andava perdendo. «È facile essere paziente, – diceva, – quando non ci sei mai: guarda mia madre, è cosí che si diventa a starci insieme davvero». Agnese, però, sapeva che dietro la scorza di Fulvio si nascondeva una tenerezza simile a quella di Gilberto, solo piú ombrosa. Quando al padre era

stato diagnosticato l'Alzheimer, ad esempio, sempre senza scalpore, Fulvio era corso a procurarsi un modello del Maggiolino Volkswagen, la macchina preferita di Domenico, quella che dopo tanti sacrifici era riuscito a comprarsi di seconda mano e che tutte le settimane ripuliva con amore. La stessa che, nel giro di poco tempo, non avrebbe piú potuto guidare e che poi avevano venduto.

Ogni volta che Domenico guardava il modellino, forse senza nemmeno sapere il perché, sorrideva, e spesso Teresa lo usava per calmarlo quando gli prendevano strane manie. Questo era il modo in cui Fulvio manifestava il suo affetto: sempre senza dare nell'occhio, cosí che il suo amore era spesso insospettabile. Agnese lo sapeva bene e per questo era riuscita ad amarlo. Le era piaciuta, anzi, quando tornava da Milano – e forse proprio per contrasto alla sguaiatezza della città –, l'assenza di teatralità che lo contraddistingueva, ma al campo di girasoli non si era fermata a considerarne il prezzo.

A questo pensava Agnese quando con uno scatto, il bavagliolo inzaccherato, Domenico aveva afferrato il piatto di Giacomo e si era messo a girare attorno al tavolo con la pasta sollevata in alto sopra la testa.

Fulvio aveva buttato il tovagliolo di lato. – Papà, cosa fai? Vieni qui.

Ma lui niente, si era messo a correre piú veloce.

– Oh signore, – aveva sospirato Teresa. – Mi fa tribolare che la metà basta. Non vuole i brodini ma non riesce a tenere la dentiera. Cosa dovrei fare?

E nel frattempo lui continuava a correre in tondo.

– Papà, fermati.

Si era alzato anche Gilberto e alla fine erano riusciti a farlo sedere.

Giacomo, all'epoca aveva sei anni, aveva finito la pasta in silenzio e malvolentieri sotto lo sguardo torvo di suo nonno.

– Oggi niente mercato, eh? – aveva detto Fulvio. – Cosí puoi goderti i brividi dei pranzi in famiglia.

Gilberto non aveva colto la provocazione. – Mi passi il sale per favore?

– *A fa nen bin* tutto quel sale, Gilberto. Quante volte te lo devo dire? – si era messa in mezzo Teresa.

Dopo pranzo, quando si erano messi in terrazzo a bere il caffè, Giacomo si era avvicinato a zio Gil tenendo stretto tra le manine un libro compatto. Sorrideva, non aveva ancora messo tutti i denti nuovi. – Andiamo avanti con *La Storia Infinita*?

– Dove eravamo rimasti? – aveva risposto Gilberto prendendolo in braccio.

Uno sull'altro, stravaccati sulla sedia a sdraio, avevano letto il brano in cui Artax affoga nelle Paludi della Tristezza.

– «Atreiu tirava le redini disperato, il cavallino affondava sempre piú. Quando alla fine solo la testa del povero animale riusciva ancora a emergere dalle acque nere, Atreiu lo prese fra le braccia». – Gilberto aveva modulato la voce. – «"Ti tengo forte, Artax", gli sussurrò, "non ti lascio affondare"».

– Dio, che tragedia, – era intervenuta Agnese. – Ma come fate a rilassarvi leggendo questa roba?

– Non chiamarla questa roba, – le aveva risposto Gil sventolando il libro per aria.

Anche Giacomo si era girato a guardarla con espressione seria. – Mamma, tu cosa faresti?

– In che senso cosa farei?

– Cosa faresti nella storia? Andresti avanti lo stesso?

– Non lo so, non mi ricordo nulla.

– Loro sono nella Palude delle Tristezza. Atreiu resiste perché ha l'Auryn che lo protegge, glielo ha dato l'Infanta Imperatrice con il compito di salvare il regno di Fantàsia dal Nulla che avanza.

– Ok.

– Sono appena partiti, ma Artax muore. Tu cosa faresti?

– Se mi morisse il cavallo appena partita? Non lo so.

– Come non lo sai? – era intervenuto Gilberto.

– Perché, tu cosa faresti scusa?

– Io andrei avanti e una volta uscito dalla palude farei un piccolo funerale, intaglierei un albero, cose cosí. Poi cercherei delle nuvole a forma di cavallo e tutte le volte in cui dovessi sentirmi triste, tutte le volte che dovesse mancarmi Artax, ci parlerei.

– Con cosa? – aveva chiesto Giacomo.

– Con le nuvole. Guarda quella, ad esempio.

– È bello che tu non sia cresciuto, – aveva detto Agnese.

– Come sarebbe a dire?

Aveva raccolto da terra la tazzina di caffè. – Quello che ho detto.

Li aveva baciati entrambi sulla testa ed era tornata in cucina.

Era una pigra giornata estiva in cui tutti, sonnecchiando, si chiedono perché non sono abbastanza ricchi da potersi permettere una piscina. O almeno, lei se lo chiedeva spesso. Si moriva di caldo e nel pomeriggio erano andati a fare il bagno nell'Orco. Gilberto si era preso una scottatura mostruosa e Fulvio aveva riso dalla sua carnagione pallida.

Saresti morto tu, a prenderti cura dei campi di papà.

– Che campi? – aveva chiesto Domenico da sotto l'ombrellone. Poi, guardando i teli stesi sulla spiaggia di ciottoli aveva aggiunto: – Ma quanta bella roba che c'è in questo negozio.

35
Madama Clari

L'ultimo giorno di marzo del 1943, a chiedere un paio di calzoni e una giacca da uomo era arrivata madama Clari. Teresa a guardarla aveva giudicato che dovessero essere piú o meno coetanee. Si era presentata: abitava da sempre a Montevicino, viveva in un *ciabòt* appena fuori paese e doveva sposarsi. Questo in realtà non glielo aveva detto subito, l'aveva presa alla larga e forse, fosse stato per lei, manco glielo avrebbe detto.

A ogni modo, aveva tirato fuori da un sacchetto di carta un paio di pantaloni di fustagno. – È possibile farli un po' piú eleganti?

– In che senso? – aveva replicato Teresa. Eleganti da cerimonia, eleganti da festa, eleganti da ballo? E poi il fustagno elegante, quella sí che era un'impresa, ma questo non glielo aveva detto.

– Non saprei, – aveva risposto madama Clari, – ammodernarli un pochino.

– Insomma saprà bene per cosa le servono.

Era venuto fuori che servivano al suo fidanzato per sposarla prima di ripartire per il fronte. – Ma, per favore, non lo dica a nessuno.

E a chi avrebbe dovuto dirlo?

In compenso, era la prima volta che qualcuno le domandava abiti da matrimonio.

– Un vestito per lei ce l'ha? – aveva chiesto allora, d'istinto, Teresa. E madama Clari aveva risposto che sí, avrebbe usato quello della madre, ma il suo fidanzato era magrolino, e tutte le giacche di suo padre gli andavano larghe di spalle, per non parlare dei pantaloni che, indosso, cadevano come sacchi di farina vuoti.

Teresa aveva aperto giacca e pantaloni contro la luce che entrava dalla finestra. Aveva toccato i tessuti, valutato lo spessore, esaminato i bottoni.

– Si può fare tutto, – aveva risposto alla fine.

Madama Clari non aveva detto piú niente. Aveva teso in avanti un foglietto con su scritto quanto poteva darle per il lavoro. La somma era minima, per lo piú composta da uova, ma Teresa lo aveva allontanato.

– *A va bin parèj*, – aveva detto. – Per quando le serve?

– Non voglio arrecarle disturbo, – aveva risposto madama Clari, torturandosi con le dita la pelle attorno all'unghia del pollice.

– Passi la prossima settimana, – aveva tagliato corto lei.

– Di' un po', – aveva chiesto a Domenico quella sera, – sei ancora capace a portarmi sulla bici?

L'indomani erano partiti alle cinque e mezza. Fuori era buio, ma non c'era piú il gelo dell'inverno, solo la notte che stentava a far posto al giorno. Alla stazione di Chivasso, Domenico l'aveva fatta salire sul treno per Torino, mentre a tornare avrebbe dovuto cercare Rubatto, il capostazione che li aveva spediti laggiú.

Una volta arrivata a Porta Nuova, Teresa era andata dritta filata al negozio di Anna, ma dentro non ci aveva trovato nessuno. La porta era sprangata, la vetrina piena di polvere. Le era venuto da piangere. Poi però aveva pensato alle dita nervose di madama Clari e svelta, nascondendo il mento nel foulard, si era diretta al laboratorio. Lí aveva trovato la *directrice* e le aveva sottoposto l'elenco di ciò che le serviva.

– Se li avessi te li darei, ma proprio non li ho. Mi dispiace.

– *Fà l'istess, sagrinte nen*, – aveva risposto Teresa.

La *directrice* le aveva fornito un indirizzo fidato. – Qui trovi qualcosa di sicuro –. Dopodiché si era appoggiata al tavolo, sporgendosi verso di lei. – Come va lí a Chivasso?

– Una noia mortale.

– Be' cara, qui è un disastro. Sai che i lanieri di Biella hanno preso a consegnare solo contro oro?

– *Ma disme ti!* E gli atelier pagano?

– Loro sí. Siamo noi che rimaniamo a bocca asciutta. E sai Gianni, il barman del caffè San Carlo?

Teresa aveva annuito.

– Vende i pacchi di sigarette a 140 lire l'uno.

– Ma sono 7 lire a sigaretta.

– In città le cose vanno cosí ora. Meglio annoiarsi un po' laggiú che crepar di fame qui. Non pensi?

Teresa, infastidita dal doversi sentire fortunata, stava per salutare quando aveva visto una ragazza alle prese con dell'organzina piemontese.

– Stai lavorando da sposa? – aveva chiesto alla *directrice*.

– Tra poco ci sono le comunioni. I sacramenti non li ferma nessuno.

– Hai degli scampoli?

La *directrice* si era chinata a recuperare qualche rettangolo mal tagliato. Teresa aveva infilato l'organzina nella borsa e si era diretta verso il centro, dove gli scioperi dei lavoratori avevano animato i muri di falci e martelli, scritte che chiedevano la fine della guerra e del fascismo, cosí che alle frasi entusiastiche riguardo l'intervento dell'Italia nel conflitto ora, in via San Francesco d'Assisi, si alternavano sbilenchi e giganteschi *Basta*, *Pace*, da cui Teresa, concentrandosi sugli acquisti, aveva distolto lo sguardo affrettando il passo.

Per qualche decina di lire era ancora riuscita a comperare dei bottoni come si deve e della passamaneria decente, dopodiché era tornata in stazione e lí aveva cercato Rubatto.

– Che piacere vederla, – aveva detto lui. Con tanti saluti per suo marito, aveva poi scambiato qualche parola con il bigliettaio di modo da farla salire sul primo treno senza tanti intoppi.

Mentre la pianura Padana scorreva lasciva fuori dal finestrino, lei se n'era rimasta seduta con le braccia avvolte intorno alla borsetta e lo sguardo fisso per terra. Solo di tanto in tanto aveva chiuso gli occhi a immaginare la fattura di un cappello che fosse adatto a quella sposa.

La settimana seguente, quando madama Clari era tornata al cascinale, Teresa le aveva consegnato giacca e pantaloni con orli e bottoni nuovi di zecca. Le maniche e le tasche erano ornate di passamaneria e i punti dove prima il tessuto era liso tanto da lasciar filtrare la luce avevano ripreso spessore e lucentezza. Sul tavolo, poi, se ne stava appoggiato un piccolo copricapo ornato da una veletta bianca.

– Questo è per lei, – aveva detto Teresa, – è un regalo di buon augurio, – e ce n'era voluto prima che madama Clari lo accettasse. Ma alla fine aveva lasciato uova e pane bianco sul tavolo e se n'era andata con le sue cose.

Se n'era andata, sí, per ritornare. Quando? La settimana dopo, e quella dopo ancora, carica di uova *cite* come Teresa non ne aveva mai viste, perché le galline di quei tempi avevano poco mangime e per di piú di pessima qualità. Ma i tuorli sarebbero tornati rossi e i gusci spessi.

Teresa non avrebbe saputo dire perché, ma un bel giorno si sarebbe sorpresa a raccontarle del padre, quell'infame che mentre sua madre era malata di nefrite in ospedale aveva avuto la grande idea di uscire per comprare le sigarette e non tornare piú. Le avrebbe raccontato della vicina che si era presa cura di lei perché sua sorella era morta di tubercolosi l'anno prima, della madre che non ce l'aveva fatta e del sudore che troppo giovane era stata costretta a versare nel laboratorio da sartina.

36
La Provvidenza

> Ricordo uno fra mille dolorosi e terribili episodi: in un mattino piovoso arriva un tedesco con l'ordine di prelevare urgentemente 15 detenute: intima l'apertura delle loro celle, rivoltella in pugno. Le riunisce e le spinge, cosí impreparate e nello stato in cui si trovavano su un autocarro che le aspettava sotto la pioggia. Sono dirette alla Caserma Nizza Cavalleria per essere inviate in Germania come «Volontarie» lavoratrici: senza porre indugio faccio raccogliere le loro povere robe, vi aggiungo provviste di vestiario e di alimenti e con un'automobile di persona amica, accorro con alcune mie Consorelle alla Caserma dove possiamo distribuire ogni cosa alle poverette che ci abbracciano e ci benedicono riconfortate, purtroppo avviate ad un dolorosissimo destino!

Suor Emma interruppe la lettura. Si infilò il cappotto e uscí in veranda, dove l'aria che soffiava dalle montagne già pungeva le narici di preludi nevosi.

Si sedette sulla sedia a dondolo, lasciò la punta trinciata del sigaro a contatto con la fiamma fino a quando la brace non rosseggiò uniforme poi, con le fotocopie appoggiate sulle cosce, incominciò a pensare. Le tornò in mente quella gelida mattina in cui si era infilata nella Topolino del padre, il viaggio muto che l'aveva portata davanti al convento, un antico edificio intonacato di giallo che sorgeva alle porte della città, dove il tessuto urbano cominciava a sfilacciarsi nella campagna circostante. Poi pensò a suor Giuseppina, e piú che ricordare immaginò. La immaginò seduta al suo scrittoio mentre sceglieva le parole adatte per comporre, una per una, le pagine di quella relazione. Subito, però, si rese conto che poteva essere andata anche diversamente e all'idea pensosa si sostituí quella di un flusso di ricordi che si riversava potente e inarginabile sulla carta. La vide china sulla macchina da scrivere, gli errori di ortografia che scorrevano via insignificanti al cospetto della storia. È questo che vuole sapere Sua Eminenza? Ecco a lei.

Ricordò quel suo copricapo austero, la cornetta candida con le ali rivolte all'insú, erette a sfida verso gli alti gradi tedeschi mentre camminava a passo spedito in mezzo ai corridoi del carcere, senza mai farsi da parte. Ripensò alle celle sopraelevate del braccio femminile, alle porte sprangate, all'infermeria.

Suor Giuseppina era arrivata a Torino molto prima di lei, il 19 luglio del 1904. Aveva preso i voti nel quartiere popolare di San Salvario e fatto la prima visita al carcere il 31 dicembre del 1925.

Suor Emma girava e rigirava nella mente le date come fossero grani del rosario. Contava gli anni a decine, sulle punte delle dita. Appoggiò il sigaro sul bordo del posacenere, sistemò sulle gambe la coperta piegata sul bracciolo e infilò gli occhiali che teneva appesi attorno al collo.

> Ma che cosa succede nel primo Braccio tedesco, dove ogni giorno e notte giungono, come gregge, uomini strappati alla casa, al lavoro, presi come banditi sulle vie e sulle piazze? Interrogativo costante e tormentoso che non lascia né vivere né riposare.
>
> Come far penetrare anche in quel covo la Carità di Dio?
>
> Dio m'illumina, offro con apparente indifferenza al Maresciallo che giornalmente viene ad assumere informazioni sulle detenute affidatemi di recargliele io stessa al suo Ufficio che si trovava appunto al piano terreno del primo Braccio. L'offerta è, grazie a Dio, accettata ed io ne gioisco perché non vedo altra possibilità di raggiungere quel luogo di tormento.
>
> La prima volta che vi penetro, una lunga fila di uomini sta allinneata in corridoio, la fronte contro la parete, le mani contro il dorso. Attendono l'ispezione meticolosa e spietata dei tedeschi, mi si dice, per ore ed ore. Nascondo la mia profonda commozione e faccio la mia relazione al Maresciallo registri alla mano. Ritorno alla mia Sezione sconvolta e sempre piú decisa a raggiungere le sventure di questi infelicissimi fratelli.

Il giorno dopo tento una semplice offerta di frutta per quei carcerati. La mia proposta è dichiarata «immorale». Azzardo una breve discussione senza speranza di risultato immediato. Nessuna risposta.

Ho fatto breccia però. Torno piú tardi all'assalto per un'offerta di medicinali. Questi passano. Ma i medicinali sono barattoli e boccette di zabaglione o di crema, di carne liquida, di Nostrovitt..., medicine preziose per i poveri degenti del 1° Braccio, privi di tutto. L'opera di conquista del 1° Braccio prosegue, s'allarga, attraverso una rete di mezzi talvolta assai innocenti: oggi posso gettare qualche parola di conforto ai rinchiusi perseguitati dal fantasma della fucilazione, domani spingerli almeno verso l'esame di coscienza, sempre a confortarli ed a prepararli per il piú duro avvenire che loro era serbato!

D'altronde, Eminenza, avete visto con i Vostri stessi occhi la pietosa situazione dei detenuti del terribile 1° Braccio!

Vi sono stata accanto piú volte, mentre portavate in ogni cella il Pane della vita eterna: ed io mai dimenticherò quelle scene commoventi ed il fervore dei condannati in quelle eccezionali Comunioni.

Proseguo nel mio fermo proposito di giovare in ogni caso a tanti miseri e riesco finalmente a far accettare la biancheria e gli alimenti recati dalle famiglie. Ed il mio ardire aumenta: autocarri carichi di frutta giungono al carcere miracolosamente; migliaia di dozzine di uova possono essere distribuite con grandi altre quantità di generi di conforto. Onde raggiungere con i soccorsi i ricoverati del 1° Braccio che avrebbero dovuto vivere con la sola razione distribuita dai tedeschi, pane e ministra, provvedo alla distribuzione di quanto la Provvidenza mi manda, anche a tutti gli altri carcerati, ogni volta, e sono molte, che i soccorsi mi giungono abbondanti. Abbastanza sovente riesco a distribuire a tutti una buona razione di fumante polenta, condita con burro, allo scopo di somministrare un po' di grassi a quei corpi che letteralmente si consumano di giorno in giorno.

Una cosa che faceva spesso era mangiare un cri-cri dopo cena. Una volta glieli regalavano le consorelle, ora li comperava alla pasticceria di Chivasso. Lasciò che il sigaro si spegnesse e rientrò in casa. Si cacciò in bocca il cioccolatino, accese la luce da tavolo e, sprofondata nella poltrona, riprese a leggere.

Con la grande consolazione di poter essere strumenti della Provvidenza, abbiamo avuto il dolore di assistere a miserie e sofferenze che mai, nella lunga nostra vita presso i Carcerati abbiamo riscontrato o soltanto potuto immaginare. Nelle distribuzioni le celle si aprivano mostrandoci la loro infinita miseria suggerendoci gli aiuti piú urgenti: gli infelici sono ammucchiati nel luridume e nel fango a dieci per cella; il rozzo cucchiaio passa di bocca in bocca, si riceve la minestra nei catini che servono per le sommarie pulizie.

E noi si nota, si annota e si provvede quasi a tutto. Giunge la biancheria, giungono le stoviglie attraverso la Carità dell'Arcivescovo e delle Conferenze di San Vincenzo e di molti generosi che rimarranno nell'ombra e, segretamente, dal Comitato di Liberazione, sebbene lo sguardo acuto e diffidente di tanti occhi nemici tentasse di sorprenderne, punire le fonti.

La Carità Cristiana non teme ostacoli e vince tutte le barriere.

Suor Emma guardò la foto di suo padre sul tavolo. Digitò il numero di Aila, ma prima dello squillo riattaccò. Tossí.

Perché non glielo aveva detto subito? *La carità cristiana non teme ostacoli e vince tutte le barriere*. Perché non aveva importanza, si era risposta.

Cosa doveva dirle? Che lo aveva dato lei, il nome di suo padre, il *dotor*, a suor Giuseppina. «Lo mandi lí, – aveva detto, – il bambino sarà al sicuro». D'altronde suo padre aveva sempre voluto un figlio maschio e questo magari non si sarebbe fatto prete. Ma quando qualcuno che suor Emma non conosceva aveva bussato alla porta del *dotor*, lui lo aveva cacciato.

La carità cristiana vince tutte le barriere. Non era vero. Forse suo padre non era stato un buon cristiano? Tutti in paese sarebbero stati pronti a giurare il contrario, ma allora perché si era tirato indietro?

Da quel momento lei, del bambino, aveva perso le tracce. Ecco perché non lo aveva detto ad Aila: era un'informazione inutile, si ripeteva, ma la verità è che si vergognava. Si vergognava del rifiuto del padre e della consapevolezza profonda di aver fatto il suo nome per sé prima che per il bambino. Di averlo fatto per mettere alla prova il medico integerrimo e asettico che il mondo conosceva, nella speranza che in fondo nascondesse qualcosa di diverso. Era l'occasione che lei gli aveva dato per sentirlo piú vicino, e che lui aveva mancato, sempre troppo assorto a curare gli altri, prestando fede alla scienza e al denaro, rimproverandole il fatto di aver rinunciato alla ricchezza, oltre ad aver lasciato soli lui e sua madre.

37
Tracce

La sveglia come al solito suonò alle sei e mezza, ma quando Giacomo vide la neve – la prima da quando suo zio se n'era andato – chiese al padre una deroga per il bar.

Era una domenica di quelle in cui la gente se ne sta in pantofole iniziando a pensare ai regali di Natale e nei boschi non c'era nessuno. Giacomo andò a guardare i fiocchi posarsi sull'acqua grigia, calma, poi superò l'allevamento di struzzi, costeggiò le casette delle api, piegò sulla destra e attraversò una macchia di betulle. Le cortecce erano chiare e sottili, punteggiate da occhi e striature piú scure: ben diverse da quelle spugnose dei tigli e delle querce che zio Gil gli aveva insegnato a distinguere in montagna.

La gita che piú gli piaceva – e che piú gli sarebbe mancata – era quella della sorgente, perché il fiume che accompagnava la pianura per piú di seicento chilometri, fino al mare, nasceva in una valle a due ore di macchina da lí, dove i fianchi delle montagne rimbombavano del cozzare delle corna e dei richiami degli stambecchi. Suo zio di solito guidava fino all'imbocco del sentiero, parcheggiava in un angolo di terra gibbosa e tirava con forza il freno a mano.

Si sedevano fianco a fianco nel vano del portabagagli, lui con i piedi che non toccavano a terra. Infilavano gli scarponcini di cuoio. Camminavano a lungo, in salita, prima tra i boschi e poi in spazi piú ampi e brulli, fino al pianoro. Immergevano le mani a coppa e bevevano dalla sorgente. Stavano seduti sulle rocce, sopra lo zampillo d'acqua che guardavano scendere a valle, con le braccia strette attorno alle ginocchia. Incisa su una roccia la scritta *Qui nasce il Po*.

L'anno prima, a un'ora di cammino dall'altopiano, un grosso cervo maschio era uscito dal bosco e si era fermato ai margini di una radura, cosí vicino che lui e lo zio erano riusciti a vedere la peluria che gli cresceva alla base dei palchi. Il cervo li aveva fissati per qualche minuto, poi, con passo lento e maestoso, era tornato nel suo regno, lasciandoli pieni di meraviglia e di un confuso senso di inadeguatezza. Arrivati in cima, zio Gil aveva tirato fuori i panini e la tavoletta di cioccolato. Avevano mangiato senza far rumore. Dopo aver bevuto e nuovamente riempito le borracce di latta ammaccata, erano ridiscesi lentamente. Senza dire una parola.

Le betulle. La loro posizione – anche quello glielo aveva insegnato Gil – non aveva nulla della casualità dei boschi: i tronchi bianchi sorgevano a distanze precise e i filari si susseguivano ordinati, artificiosamente regolari. Giacomo se li lasciò alle spalle e proseguí nello spazio vuoto.

La neve era fresca e le ciaspole sprofondavano sollevando mulinelli di spuma polverosa. Una gamba poi l'altra, nessuna impronta da seguire, nessun calpestio dietro di lui. Dal punto in cui si trovava fino ai primi alberi del bosco, quello vero, non c'era piú nulla. Le distanze della pianura sembravano espandersi e moltiplicarsi incontaminate e placide, ingannevolmente accoglienti. In lontananza il manto antracite di una lepre tagliò rapido in direzione dei pioppi. Giacomo piantò i bastoncini troppo alti di suo zio nella neve e controllò il cielo, da cui ricominciava a cadere, lento, qualche fiocco solitario. Pulí gli interstizi delle ciaspole e quando ripartí modificò la traiettoria in modo da incrociare le impronte oblunghe lasciate dai balzi dell'animale.

Come accadeva sulla cima delle montagne, Giacomo avrebbe voluto che il vento gli gonfiasse i capelli e i vestiti, ma l'aria gelida e umida lo aveva costretto a infilarsi un cappello di lana che ora gli faceva prudere la fronte. A ogni nuovo passo una nuvola di granelli bianchi turbinava intorno ai pantaloni, mentre il fruscio del tessuto impermeabile si mescolava al rombo ovattato dei tir che passavano lontani sull'autostrada. Era un silenzio opprimente, finto, che gli si infilava nei polmoni accrescendo in maniera incontrollabile la sensazione di angoscia con cui si era svegliato quella mattina.

D'un tratto la fatica della pianura si fece piú intensa di quella che aveva provato in salita. Senza smettere di camminare raddrizzò il busto e respirò a fondo, come gli aveva insegnato suo zio. Sui confini del bosco si fermò. Conficcò nuovamente i bastoncini e si sedette contro un tronco, a guardare i lembi di pianura che lo dividevano dalle betulle, e da casa. Osservò i bordi smossi della traccia del suo passaggio, la scia che aveva lasciato dietro di sé. Dall'intrico spoglio di un carpino solitario un frullare di ali liberò una cascata di neve. Gonfio nella sua peluria invernale, un codirosso volò via veloce e Giacomo lo seguí con gli occhi lucidi di freddo, poi tornò a guardare i rami che si intrecciavano e si chiese se sarebbe riuscito a disegnare quel loro divorare la luce, il bianco accecante che li circondava. Allacciò le braccia intorno alle ginocchia, sollevò gli occhi a cercare le nuvole e, senza disperazione, incominciò a piangere.

Fu cosí che, venti minuti piú tardi, lo trovò Pinin, il cappotto invernale aperto sopra una camicia di flanella e gli scarponi scuri con la pelle usurata. – Giacomino, che ci fai lí? I tuoi lo sanno che sei uscito?

Tirando su con il naso Giacomo annuí.

– Posso? – Senza tante cerimonie Pinin gli si sedette accanto. – È bello qui eh?

Giacomo percepí un lieve sentore di alcol. Si passò le mani sul viso e strinse le spalle. – Preferisco la montagna.

– A me il bosco fa stare tranquillo. Qui nessuno viene a spaccarti le palle. Ci ho vissuto io nel bosco, sai? Qualche anno, quando mi ero rotto i coglioni della gente. Mi facevo tutto da solo. Si stava alla grande, credimi.

Giacomo non sapeva se credergli, le lacrime gli si erano seccate e la pelle delle guance tirava. Pinin prese una moffola dalla neve e gliela batté sulla coscia. Dopo l'infortunio Giacomo era stato costretto a buttare tutti i guanti con le cinque dita distinte.

– Mettiteli. Ti stanno venendo le mani viola.

Lo ignorò. Li odiava quei guanti. – Che ci fai qui, Pinin?

– Te l'ho detto, qui si sta tranquilli. Quando mi viene l'ansia di stare in casa prendo e vengo a farmi un giro nel bosco.

Giacomo pensava che quando Pinin aveva l'ansia si bevesse una Ceres, ma non glielo disse.

– E tu invece?

I contorni del mondo erano tornati a liquefarsi.

– Sono triste. Credo.

Come un cartografo a cui venga sottoposta una geografia consueta, Pinin annuí. Senza stringerlo gli fece passare un braccio intorno alle spalle. Una cappellaccia si buttò sul manto nevoso e riprese il suo volo.

– Anche a me manca, sai? Andato via lui, il matto del villaggio *son mi për fòrsa*.

38
Mamma

In quei giorni d'inverno del 1995 la città le sembrava caotica e senza fine. Encefalite virale, avevano detto i medici ad Aila.

L'ospedale si estendeva per chilometri, fino a toccare l'autostrada in una staffetta di reparti e strutture specializzate divise per età. Alcune erano collegate da un reticolo di corridoi: carrelli pieni di biancheria sporca e medici frettolosi, stretti nei loro camici tra le pareti scrostate. Altri edifici, invece, si susseguivano come giganti in muratura: il ginecologico, l'ospedale infantile, l'unità spinale e una torre quadrata su cui gli elicotteri sbatacchiavano casse piene di organi tenuti in vita lontani dai loro corpi. Tutti avevano pavimenti di linoleum macchiato e solette in plastica.

Ci si schiantava, contro l'ospedale, e in quei giorni l'autostrada era per Aila un'arteria confusa che pompava macchine dentro una nebbiolina itterica e pastosa, l'accesso a mondi altri, senza importanza. Anche se allora non lo sapeva, era lí che la possibilità di parlare con sua madre di ciò che le aveva tenuto nascosto era svanita per sempre, e ora piú di un tempo si sorprendeva a tornare a quei momenti con insistenza e una sorta di rammarico, come se il lutto avesse acquisito nuovi significati. Si chiedeva se, prima di perdere conoscenza, sua madre avesse pensato ad Alfio, a Libero, se si fosse stretta in una morsa all'idea di non avergliene parlato. Ripensandoci si sentiva ingenua.

Il custode fumava imbronciato e la gente andava e veniva senza sosta, gli studenti si mescolavano ai familiari e il personale ai pazienti. Gli scalini erano infradiciati dalla pioggia del mattino e le strisce segnaletiche avevano l'aria stanca, il giallo chiazzato da sbavature di acqua sporca rimestate da centinaia di andature.

A destra l'entrata, a sinistra l'uscita, al centro un ingresso piú piccolo, riservato ai disabili.

Sebbene pensasse che l'ingresso e l'uscita dell'ospedale avessero qualcosa di violento per definizione, l'importante in quel momento era ricordare le indicazioni.

Il corridoio enorme davanti a lei non portava da nessuna parte, per arrivare a sua madre bisognava girare subito a sinistra, superare il parrucchiere e la cardiologia. Poi ancora sinistra.

Gli ascensori erano tre, lentissimi. Uno era circondato da transenne di plastica e teli trasparenti.

Aila aveva percorso le scale di corsa. Le misure dei gradini cambiavano da un piano all'altro e sul secondo pianerottolo il cartello era stato sostituito da una scritta sul muro: *2° p.* Aveva tossito nella sciarpa di lana.

Le sedie del terzo piano erano disposte lungo un'unica fila contro la parete. I bordi sbeccati lasciavano intravedere le fibre del legno.

Non conosceva nessuno, non ancora, ma tutti si guardavano, la guardavano, e lei li osservava, un po' per far passare i minuti, un po' per capire come comportarsi, un po' per sentirsi meno sola. Con il tempo avrebbe imparato a distinguere le facce degli habitué da quelle dei neofiti, lo spavento dalla rassegnazione. Il riscaldamento era sparato al massimo, faceva caldo. Si era tolta la giacca, ma continuava a sudare. Faticava a deglutire. Cercava di non pensare.

L'aria ospedaliera era registrata e controllata da macchinari che lampeggiavano fuori dalle porte dei reparti. A destra, caratteri bianchi su sfondo nero recitavano sobriamente: *Neurologia*.

Si poteva definire quel luogo «sala d'attesa»? Probabilmente no. La fila di sedie ai lati del corridoio non era nemmeno un luogo, non era una *sala*; senza dubbio, però, rappresentava l'*attesa*.

Ad un certo punto un signore di mezza età si era fatto inquieto, aveva guardato l'orologio, sbuffando. Qualcuno aveva detto: Sono le sette e mezza. Il tono era infastidito, rissoso, e lui aveva suonato il citofono. La porta si era aperta ed erano entrati. Come un solo corpo, come un plotone, avevano occupato l'intera larghezza della corsia.

Altre indicazioni importanti: stanza quindici, letto ventinove. Non le erano mai piaciuti i numeri dispari. Le gambe si muovevano come dotate di vita propria. Aila andava avanti mentre l'odore della cena appena servita si mescolava al riscaldamento eccessivo, ai colpi di tosse. Le persone davanti a lei si infilavano nelle stanze, aveva avuto paura di non riuscire a camminare oltre la metà del corridoio. Il ritmo dei passi stava rallentando, ma le sue indicazioni si trovavano oltre i bagni, oltre l'infermeria, oltre la sala medici. Non poteva tornare indietro. Le mancava il respiro. Aveva fretta, e insieme sperava che il momento di entrare nella stanza non arrivasse mai. Qualunque cosa fosse successa a sua madre, ora stava per diventare realtà.

Aveva immaginato molti scenari ma, come sempre accade in queste situazioni, non aveva idea di cosa dovesse aspettarsi. Annaspando si affacciò sull'incognito.

Era il primo febbraio del 1995 e accanto alla porta c'era un carrello pieno di vassoi vuoti.

Lei aveva i denti macchiati di tè e non parlava.

39
Perché non dormi?

– Perché non dormi?

Domenico non le aveva risposto. Girandosi e rigirandosi, l'aveva svegliata. La stanza era molto piú buia che in città, e lei ancora non ci aveva fatto l'abitudine. Niente, silenzio, poi s'era alzato e se n'era andato in cucina. Lei, dal letto, aveva sentito il rumore che fanno i liquidi mentre riempiono i bicchieri. Raggiungerlo, non raggiungerlo. Non lo aveva sentito tornare, ma la mattina dopo eccolo lí, vestito di tutto punto per andare in stazione.

Come promesso da Rubatto, quel posto da ferroviere si era rivelato buono e anche se lei non lo avrebbe mai ammesso, anche se Domenico aiutava il vicino a nascondere il frumento ai fascisti e di notte lo portava al mulino di Cillario per la macina clandestina – un po' per loro, un po' alla borsa nera – la vita da sfollati procedeva meglio del previsto. Se non altro avevano, ogni tanto, del pane bianco da mettere sotto i denti; e quello era senz'ombra di dubbio un gran lusso. Poi c'erano le uova di madama Clari e i cappelli delle signore che, anche se le commesse stavano diminuendo, avevano permesso loro di comprare i vetri per la cucina, della legna decente per tenersi al caldo e i ricambi per la bici di Domenico.

La giornata era passata, ma la notte *torna* da capo con la storia che quello non dorme.

– Sembri una biscia. Mi metti l'agitazione.

– Di questi tempi chi non ce l'ha, l'*agitassion*, Teresa?

– Da quando in qua tu hai l'*agitassion*?

A quel punto Domenico si era messo a sedere sul bordo del letto, la testa tra le mani, ancora piena di capelli scuri.

Lei lo aveva guardato e aveva sentito che da quel momento in avanti le cose non sarebbero piú state le stesse.

– Qualcosa non va alla stazione?

Silenzio.

– *Alora?*

Lui aveva tirato su un respiro profondo. – Alla *stassion*, Teresa, succede che mentre tolgo le erbacce dai binari, mi spuntano fuori dei ragazzi mezzi nudi. Avranno la mia età, ma la barba lunga e l'aspetto stravolto. Ieri ne ho trovato uno. Tremava, ed era a torso nudo. A vederci ci siamo spaventati, lui ha sgranato gli occhi. Sembrava un animale braccato. Ti auguro di non vederlo mai uno sguardo cosí, in faccia a un uomo. Era pieno di graffi, aveva dei lividi. Io non lo so da dove venisse ma quando ha capito che ero della ferrovia mi ha fatto cenno di avvicinarmi.

– E cosa ti ha detto?

– «La vuoi questa moto? Tienila, è tua». Questo mi ha detto. E allora io mi sono accorto che c'era lí, al suo fianco, buttata per terra nell'erba alta, una bella moto da militare, e sono rimasto come paralizzato, senza dire nulla. Lui ha attaccato a dirmi che non era un repubblichino, che voleva solo tornare a casa, mi pregava. Era un langarolo, veniva da una caserma di Belluno, stava scappando a piedi e io sono rimasto in silenzio, avevo paura. «Almeno dei vestiti», mi ha detto. Io avevo solo i pantaloni della ferrovia e di certo non potevo tornare in mutande. I suoi pantaloni non li volevo e poi pensavo a quello che dici tu, che è meglio non impicciarsi, no? Che se ci facciamo gli affari nostri campiamo cent'anni.

– Esatto.

– Ma lui continuava a guardarmi negli occhi e a un certo punto deve aver visto, al fondo della mia paura, la codardia, Teresa, perché senza piú dire nulla si è caricato lo zaino in spalla e si è allontanato nella campagna, lasciando la moto lí, come fosse una briciola di pane. E io sono rimasto a guardarlo, immobile, sai? Fino a quando è diventato irriconoscibile, e non ho potuto far altro che tornare a strappar le erbacce dalla banchina e aspettare il treno delle cinque. Che non è arrivato.

Domenico era concitato. Teresa aveva alzato gli occhi al cielo scuotendo la testa. Maledetto quell'8 settembre. Maledetti tutti.

– Hai controllato se qualcuno ti vedeva?

– Macché.

– Be', fai attenzione. È importante non pensino che ti stanno venendo strane simpatie.

– Ma quali simpatie. Qui non si tratta di simpatie, Teresa. Io non ci capisco piú nulla. Non si sa se stiamo con i tedeschi, con gli inglesi o con chi sa Dio. Questi sono ragazzi nostri, italiani, capisci? Non sanno cosa fare.

– Glielo hanno detto cosa fare, c'è da andare con Salò senza far tante storie.

– E gli inglesi? E Badoglio? Spero di non dover mai guardare qualcuno a quel modo, credimi.

Teresa aveva sentito montar su qualcosa, come un grumo di frustrazione. Avrebbe voluto essere sorda. Voleva essere lasciata in pace. Voleva che lui stesse zitto. – Ascolta, io sono stanca. Devo dormire. Se proprio non puoi fare a meno di impicciarti, domani metti un paio di pantaloni in borsa e non ne parliamo piú.

– Pantaloni?

– Sí, prendi quelli verdi, lisi. Non quelli buoni, che cosí neanche te li devo rammendare e se spunta qualcun altro a chiederteli non stai a fare tante storie.

Ma lui se n'era di nuovo andato in cucina, di nuovo il rumore che fanno i liquidi quando riempiono i bicchieri e di nuovo andare non andare, arrabbiarsi non arrabbiarsi. Questa volta però Domenico era tornato, si era seduto sul bordo del letto.

– Che altro c'è?

– E se diventassi vicecapostazione di Chivasso?
– Vicecapostazione?
– Sí.
– E che fine ha fatto Della Rocca?
– Gli hanno sparato i tedeschi.
– Ah.
– Ci darebbero l'alloggio.
– Non se ne parla.
– Allora dico di no?
– Puoi anche accettare il posto, ma nessuno si muove da qua. Digli pure che se lo tengano, l'alloggio della stazione. Furbi loro. E se prendi il posto di Della Rocca cerca di non farti pizzicare con quei calzoni, altrimenti stai tranquillo che i tedeschi il piombo lo trovano anche per te.

40
Larve

Alla fine il necrologio sul giornale Daniela lo aveva trovato; ora si trattava di capire il da farsi. Erano passati sette anni dall'ultima volta in cui si erano visti e comunque, nei due trascorsi insieme, pur sapendone a memoria nomi e cognomi, Daniela non aveva mai conosciuto nessuno della famiglia di Gilberto. Se all'inizio della loro relazione era lui a tentennare, verso la fine era stata lei che, con una scusa o con l'altra, si era sempre tirata indietro.

Mentre tornava a casa, la copia del giornale sottobraccio, si era fermata a osservare la rotondità degli alberi che in lontananza cingevano l'orizzonte. La condensa della prima foschia autunnale scontornava e rinsaldava il profilo della collina ed era come se, nascondendo il paesaggio, ne rafforzasse la presenza. Ogni tanto, sfiorato dalla spuma della foschia, spuntava il campanile di San Vito.

Daniela si era fermata di nuovo lungo il Po, questa volta dalla parte dei Murazzi. Accoccolata sulla pietra aveva osservato l'acqua scura lambire le sponde con uno sciabordio dolce. Aveva cercato una parvenza di calma in fondo al respiro, poi, arrivata a casa, aveva citofonato a un'amica pugliese di lunga data che, in un colpo di fortuna, era venuta ad abitare nell'appartamento di fronte al suo.

Lei l'aveva fatta sedere davanti a un corposo bicchiere di nebbiolo, lunghe lacrime dense sulle pareti di vetro.
– Cara, sono piemontesi doc, della piana. Lo sai meglio di me: non gli andrà a genio sia che ci vai, sia che non ci vai.

– Tu dici? Guarda che sono passati un sacco di anni. Magari non si ricordano nemmeno piú chi sono.

– Una madre ricorda sempre le donne che le portano via il figlio, – aveva sorriso. – Comunque tu devi pensare a quel che fa piacere a te.

E allora Daniela aveva pensato, ma pensare non si era rivelata l'attività piú consona. Le erano venuti in mente l'imbarazzo, l'astio altrui, il giudizio tagliente, la sua potenziale inadeguatezza, ma soprattutto l'eventualità di non essere voluta, come era plausibile che fosse, dopo la rottura con Gilberto. Era sempre cosí, quel pensare, un labirinto insidioso pieno di angosce e tranelli, perennemente privo di soluzioni. Allora, compiendo uno sforzo immane, aveva provato a sentire e lí aveva capito che, tolto tutto quel rumore di fondo, se non ci fosse andata non si sarebbe mai data pace; avrebbe continuato a intravederlo nelle spalle degli sconosciuti, sarebbe tornata al Balôn a fissare il posto in cui per anni lui aveva montato il banco dove lei aveva comprato quella prima ciotola di ciliegio.

Il giorno del funerale, anche se il meteo aveva detto che avrebbe smesso di piovere, a ingrossare un torrente che a gran velocità superava i tombini stracolmi di Montevicino, venivano giú cascate d'acqua. Daniela si era seduta da sola, in fondo, dietro l'ultima fila occupata.

Grazie a Dio aveva scelto gli anfibi impermeabili.

La funzione era stata sobria e canonica, nessuno aveva fatto interventi dal pulpito e la navata della chiesa non era piena, anzi; una faccenda che le aveva lasciato uno strano senso di desolazione addosso.

Il paese era piú piccolo di come l'aveva immaginato e la strada che separava la chiesa dal cimitero l'avevano percorsa a piedi, sotto gli ombrelli. La pioggia cadeva come schiaffi dalle chiome ancora fitte dei tigli. A reggere la bara erano i funzionari delle pompe funebri, e anche questo la stupí.

Quello che doveva essere Fulvio camminava un passo dietro alla madre e alla moglie, mentre la luce dei lampioni martoriati dall'acqua si sforzava, arancione, di illuminare l'intera passeggiata. Eppure al centro rimaneva sempre una striscia nera nella quale Daniela, in coda allo sparuto corteo, sfuggiva alla vista.

Davanti a lei aveva riconosciuto un altro paio di persone che dovevano aver incrociato la vita di Gilberto fuori dai confini del paese, estranei il cui tentativo di giustificare la propria presenza si annusava nell'aria fradicia.

Daniela si era sorpresa a scrutare sotto gli ombrelli alla ricerca di donne della sua età, o piú vecchie, e sospirare soddisfatta una volta verificato che no, non ce n'erano, e che lei sí, poteva essere stata l'ultima compagna di Gilberto. A questo pensiero era seguito un senso di colpa che le aveva stretto lo stomaco.

Sotto una pioggia un po' piú clemente, mentre la bara calava nella tomba di famiglia, il dolore piú puro e genuino, quello piú dolce, Daniela lo aveva scorto sul volto del ragazzino con i capelli scuri e bagnati. Solo in un secondo momento la sua attenzione era stata attratta dalla rigidità innaturale delle dita strette maldestramente intorno alla mano della madre.

Aveva spostato lo sguardo sulle corde tirate dal peso del feretro, un feretro che conteneva un corpo che non avrebbe piú rivisto. Un corpo composto in una posa innaturale, truccato, laccato. Chissà quanto tempo sarebbe passato prima che le bestie pioniere lo attaccassero. Per distogliersi da quel pensiero, che sempre ai funerali la coglieva, si era sforzata di immaginare Gilberto abbronzato e sereno, sepolto con quella camicia a maniche corte che indossava sempre aperta sul petto quando erano in Corsica, i capelli salmastri. Avrebbe voluto essere piú vicina per poter guardare la foto del padre di Gilberto e indovinarne, anche se ormai lui non sarebbe arrivato a maturare quelle rughe, le somiglianze del volto. Le foto l'avrebbero sicuramente aiutata. Non potendolo fare, aveva provato a ricordare il profumo e il calore del corpo tra le lenzuola. Piú pensava al suo viso, alle sue mani, piú i contorni sbiadivano. Allora aveva tentato di rievocarne la voce. Stavano facendo scivolare il pesante coperchio di pietra. Non se la ricordava piú. Attenta a non far rumore, si era ritirata in disparte, lontano dagli sguardi che avrebbero potuto intercettare le sbavature del trucco che le colava dagli occhi, e quando il grappolo di persone si era sciolto dalla compostezza tipica della cerimonia e aveva iniziato a bisbigliare parole di circostanza, lei aveva continuato a tenere lo sguardo basso, cosí che si era accorta di quella donna staccatasi dal gruppo solo quando le si era parata davanti.

– Sono Agnese, la moglie di Fulvio.

Lei, smarrita, aveva infilato il fazzoletto nella borsetta, teso la mano. – Daniela Gineprini.

– Mi fa molto piacere che tu sia venuta.

– Grazie. Mi dispiace tanto –. E mentre lo diceva le si era spezzata la voce. – Scusa.

Agnese l'aveva abbracciata con il calore che solo la comunione della perdita può riservare agli sconosciuti. Rispetto alla fototessera che Gilberto le aveva mostrato anni prima, Daniela, come tutti, era invecchiata. – In realtà speravo che venissi –. Aveva aperto la borsetta. – Nel vano della moto abbiamo trovato questa. Speravo di vederti per potertela dare.

Era una statuetta di donna, spigolosa. Sotto, l'etichetta recitava: *Daniela, 12-7-92*.

41
Corsica Ferries

Il 30 luglio del 1992 – il traghetto sarebbe attraccato da lí a poco – Daniela aveva detto a Gilberto che di figli non ne voleva. Il perché era affar suo. Anche se, di fatto, che entrambi avessero superato la quarantina le sembrava di per sé una motivazione piú che sufficiente.

– Che c'entra, – aveva risposto lui caricandosi lo zaino in spalla.

Cosí lei e Gilberto erano sbarcati a Savona in silenzio, incolonnati tra una famiglia tedesca e una signora in compagnia di un Golden Retriever, tutti ammassati lungo le scale che conducevano ai garage, nelle viscere della nave, dove la macchina era scivolata sulle guide per poi sobbalzare goffamente sull'asfalto mattutino del porto.

L'abitacolo si era riempito in fretta delle sigarette che lei aspirava con labbra secche, tagliate dal vento. Lui, guardando i cartelli dell'autostrada scivolare ai lati del parabrezza, dopo un po' le aveva detto che il corpo era suo, pertanto non avrebbe fatto nulla che potesse interferire con la sua libertà. Lei lo aveva ringraziato e non ne avevano parlato piú.

Se Daniela aveva un rimorso a proposito di quella relazione era di non aver esplicitato fin da subito la sua personale indisponibilità a mettere al centro della propria esistenza una vita altra, fragile, che le avrebbe legato mani e piedi a una responsabilità per la quale non si sentiva né pronta né tagliata. Ogni tanto pensava di non averlo fatto per vergogna: non si sentiva autorizzata a provare ciò che provava o, meglio, non riusciva a rivendicare quel suo sentire cosí distante dalla narrazione della maternità come realizzazione ultima della donna. Era egoismo, paura? Probabilmente sí, entrambi. E proprio perché ne era consapevole riteneva, in fondo, di essere una donna migliore di altre, di tutte quelle, per lo meno, che mettevano al mondo creature che per metà del tempo della loro esistenza finivano con il detestare, impiegando la restante metà a sentirsi in colpa per la prima.

Era andata in clinica da sola, un giorno come tanti. Ci era andata e aveva fatto – non che fosse stato semplice – quello che c'era da fare.

Due sere dopo, finito il mercato, lei e Gilberto erano andati a cena in una trattoria con le tovaglie a quadretti e il vino servito in brocche sbeccate. Il piatto era pieno per metà quando Daniela si era alzata di scatto e aveva chiesto dove si trovassero i servizi. Era tornata qualche minuto piú tardi, con la faccia giallastra e gli occhi lucidi. Lui, immobile, era rimasto ad aspettarla senza toccare cibo, poi aveva incominciato a piangere lacrime rade.

Quella sera avevano camminato a lungo, fianco a fianco nell'umidità che esalava dal fiume, senza dirsi una parola. Quando un braccio o una spalla toccavano quelli dell'altro non si ritraevano, ma nemmeno facevano in modo di restare vicini. Erano andati a dormire esausti, dandosi le spalle.

Fu quel giorno, Daniela ne era certa, che tutto aveva iniziato ad andare a rotoli. Lui cercava di non pensare all'accaduto, di mantenere fede alle parole pronunciate quella mattina, scesi dal traghetto, ma davanti ai suoi sforzi maldestri lei si incolleriva per quell'apparente libertà concessale, che le lasciava addosso il peso di un giudizio sottile, disperato. Era cosí che la loro relazione si era trasformata in rimpianto. Entrambi si erano dimostrati incapaci di andare oltre quella vacanza piena di sole, quando una mattina Daniela era uscita dalla tenda per prendere la macchina e andare a comprare un test di gravidanza. Sapeva che sarebbe stato meglio aspettare il rientro, ma era stata presa da un'ansia febbrile. Avrebbe voluto tenere il risultato per sé, ma poi aveva lasciato l'involucro della confezione nel vano della portiera.

Trovarne di liberi cosí a quell'età, le sue amiche non smettevano di ricordarglielo. La verità è che aveva avuto un gran culo e Daniela si sentiva un'idiota, ma era piú forte di lei: l'inverno successivo alla Corsica, mentre lo osservava caricare le assi di legno sul furgone, si era riempita di una tristezza profonda, percorsa da sottili venature di rabbia. Anche lo sguardo che lui le rivolgeva, un tempo capace di farla eccitare in pochi secondi, si era fatto ferito e scostante. Si studiavano da lontano con crescente estraneità, al punto che Daniela, giorno dopo giorno, faticava a credere di essersi avvinghiata con ardore a quel corpo sempre piú distante, di aver accarezzato con dolcezza quelle mani sempre piú impacciate.

Era bastata la fine di un'estate a cancellare i tempi in cui Gilberto modellava la propria fisicità alla sua, torcendosi, inarcandosi, sfregandosi, incastrandosi. Era entrato e uscito, aveva leccato e baciato. Solo di tanto in tanto, e quasi mai quando erano a letto, a lei era capitato di sentirlo da qualche altra parte, ma erano stati momenti fugaci, e lei stessa aveva sempre reclamato ampi margini di indipendenza. Perché non andate a vivere insieme, le chiedevano le amiche. Ma c'era qualcosa, nell'espressione che lei lo sorprendeva a rivolgerle di tanto in tanto, che le suggeriva di aspettare. E ora quell'attesa, invece di maturare, stava distruggendo tutto.

In vacanza non ci sarebbero piú andati. L'adesivo giallo con la testa di moro, quello che le avevano schiaffato sul lunotto posteriore mentre erano impegnati a discutere sul ponte di prua, era l'ultimo ricordo di una leggerezza che sarebbero stati incapaci di ricostruire.

Un giorno, Daniela aveva aperto gli occhi e prima ancora di alzarsi aveva pensato che il problema potessero essere non tanto i figli, quanto i figli con lui. E il solo averlo pensato, dopo la Corsica, la clinica, la nausea e le notti insonni, era stato sufficiente a tracciare una di quelle linee dalle quali non si torna indietro. Era come un bosco che brucia, un campanile che crolla, il fianco di una montagna che frana a valle durante la notte; eventi che stravolgono la geografia del paesaggio. E lei, a quella sua nuova conformazione interna, non aveva saputo abituarsi.

Aveva lasciato Gilberto in una mattina di marzo in cui il sole, ancora freddo, spandeva le prime luci primaverili nel cielo terso. Nel condominio di fronte, approfittando del giorno di festa, qualcuno si esercitava al pianoforte.

42
Verderame

Giacomo tirò su la serranda da solo; una volta entrato, si compiacque nel sentire i muscoli gonfiarsi sollevando le sedie piú in alto del necessario prima di capovolgerle e sistemarle ai tavoli.

I primi a sedersi furono Detu e Margherita Occelli, un'anziana coppia che raramente usciva fuori di casa. Lei sotto il piumino slacciato nascondeva un pullover di lana e una gonna di stoffa pesante, mentre lui indossava la giacca di tweed dei giorni di festa.

– Qual buon vento? – chiese Fulvio.

– *Ancheuj a son sessantasinch agn ëd matrimòni.*

– *Nòsse d'òr*, – disse Margherita sotto il tremolio dell'età.

– *Congratulassiun alora!* Cosa posso offrirvi?

– Un bombardino.

– Agli ordini. E per te Margherita?

– *Un giuss d' arbricò, për piasí.*

Giacomo tirò fuori dal frigo la boccetta di vetro e la scosse contro il palmo della mano. I due anziani in controluce, davanti alla finestra occupata dalla nebbia, si sorridevano in silenzio. Come tutto il paese, anche Giacomo conosceva la loro storia. Lei era di Montevicino, lui di Dogliani. Benedetto Occelli, detto Detu, e Margherita Dalmasso si erano conosciuti negli anni Trenta, in occasione di una gita di famiglia che Ada e Gianni Dalmasso, proprietari terrieri di Montevicino, avevano organizzato nelle Langhe. Lui l'aveva vista passeggiare nelle vigne, allegra ed elegante, con la sfrontatezza di chi si sente piú libero di quanto i tempi non concedano, e subito, piantandole addosso i suoi occhi azzurri, le aveva offerto un tralcio di uva piccola e nera. Grazie a quegli occhi cosí rari, all'uva e certamente alla tenerezza dei modi, il giovane Detu aveva ottenuto l'indirizzo postale di Margherita Dalmasso. Dopo la prima risposta alla sua maldestra grafia elementare, e zeppa di errori in confronto agli svolazzi che l'inchiostro di lei dipingeva sulla carta – *Caro Detu, ho ricevuto con gioia la tua cartolina* – si erano scritti lunghe lettere per altrettanti lunghi anni e alla fine lui le aveva chiesto di sposarla. Margherita aveva accettato e il padre di lei, seppur di malavoglia, per evitare di perdere l'unica figlia si era dato da fare per trovare a quel vignaiolo un lavoro da rappresentante in una ditta di Chivasso.

Mentre Giacomo caricava il vassoio, Pinin fece sbatacchiare il campanaccio e ordinò una Ceres.

– Ho sentito che c'è una signorina che viene dalla città, – disse Detu.

– Oh sí, viene da Torino per parlare di faccende antiche con la suora, – rispose pronto Pinin.

– Faccende antiche?

– *Dla guèra*.

Giacomo uscí dal bancone e appoggiò il vassoio sul tavolo degli Occelli.

– Una cosa io mi ricordo, – disse Detu, guardandolo. – La vuoi sapere?

Il ragazzo annuí.

– Sono fatti personali eh, ma le vigne, sai che io vengo da posti di vino, *neh*? Ecco, le vigne hanno bisogno del verderame. Sai cos'è il verderame, *fieul*?

– Sí.

– Roba da dare, ecco. Che la si comperava sempre. Veniva dall'Inghilterra, posti cosí, ma poi con la *guèra* è sparito. Il fatto, però, è che se non davi queste cose, le uve mica le raccoglievi... Allora c'era un mio zio che faceva la borsa nera, ché di roba non ce n'era e dovevi far attenzione ai fascisti: i repubblichini erano peggio dei tedeschi se ti beccavano.

L'uomo alzò gli occhi al cielo. Margherita lo guardava con amore, annuendo piano.

– Ad ogni modo, questo mio zio un giorno è venuto con un cavallo carico di recipienti grossi cosí pieni di venti centesimi, quelli di rame. Ha portato anche una damigiana e gli abbiamo tagliato il coso, il collo, con un cerchio rovente, di modo che ci potessi lavorare come si deve. Dentro alle damigiane ne abbiamo fuse delle *cavagne* di *doi sòld*, con acido borico e acido solforico insieme. Poi ci infilavi un bastone di legno e al mattino i bastoni erano carichi cosí, come un salame, di verderame tale e quale a quello che si comperava dall'Inghilterra. Era per salvare le uve, perché se no non le raccoglievi. *'T l'has capí?* Siamo arrivati al punto di fondere i soldi veri *neh*, non quelli falsi, per salvare le uve. Che quando li mettevi lí quei soldi, la sera faceva un odore che dovevi andar via subito. E quelli fondevano, fondevano, e l'indomani mattina tutti quei bastoni erano pezzi di solfato di rame... Allora, io mi ricordo molto bene sai? Tu riempivi d'acqua una roba di cemento e ci mettevi i salami a diluire per una notte. Perché mica lo potevi dare cosí, puro, facevi la miscela, lo addizionavi con la calce finché arrivava a un certo punto che salvava le uve e non bruciava niente. Vendevano anche delle cartine a quei tempi che le mettevi a mollo e la cartina doveva venire rosa, che se veniva bianca bruciava le uve, se era rossa invece non faceva niente. Era tutto uno studio, lí, che non faceva parte della storia. Quando non c'è niente, è inutile star a menar il can per l'aia. Una cascina doveva tirare avanti e noi si mangiava solo con le uve, si vendevano le uve, e bene, per mangiare. È una fusione chimica che io non so spiegare.

A Detu si erano inumiditi gli occhi. Aveva tirato fuori un fazzoletto di stoffa e si era soffiato il naso.

Giacomo aveva toccato il bombardino con le dita. – Signor Detu, beva che diventa freddo.

– Io non so se voi lo potete capire, cosa vuol dire vivere in una dittatura.

Nel frattempo era arrivato anche Franco. Ogni volta che un cliente apriva la porta, da fuori entrava l'odore umido della foschia. Al banco si parlava del campionato, ma per tutto il resto della mattina, mentre si esercitava a far montare il latte per il cappuccino, Giacomo pensò alle *cavagne* di soldi di Detu, e quando lui e Margherita si alzarono per andare a pranzo con figli e nipoti alla Piola del Fagiano, fu lui ad aiutarli accompagnandoli passo passo fino alla porta.

43
Le candèile dj'àutri

Teresa in questioni politiche non ci voleva entrare. Se Domenico ci teneva, a parlarne, che si facesse consigliare da Marcellino, quello della fonderia, quando andavano a giocare a carte al bar. Lei la sua l'aveva già detta: niente partigiani in casa. Punto. Non aveva voluto gli sbandati, perché mai avrebbe dovuto prendersi quelli, e feriti, pure, che ci mancava solo le tirassero le cuoia in cucina. *Bruste mai ij dij për dëstissé le candèile dj'àutri*, cosí diceva il proverbio: non bruciarti mai le dita per spegnere le candele altrui. E se la chiamavano saggezza popolare qualcosa di saggio doveva pur averlo.

Ma lui niente, testone come un mulo, a insistere che la politica non c'entrava. Un giorno le aveva anche portato una copia de «La Riscossa» con lettera aperta dei vescovi del Piemonte al cardinal Fossati. Stretti tra ribelli e nazifascisti cosa dobbiamo fare?, questo volevano sapere i vescovi. E alla fine, un colpo al cerchio e uno alla botte, la Chiesa piemontese aveva ribadito il principio evangelico dell'*absconde fugientes et vagos ne prodas*. Nascondi i fuggitivi e non denunciare i perseguitati, era questa la frase che Domenico le sventagliava davanti agli occhi. Certo, adesso tutti a dire che era una questione religiosa, che la politica non c'entrava. Pure Maria, la loro vicina, quando le era venuto il grillo di confidarsi per strada, sottovoce, aveva detto: la politica non c'entra. Come no. E giú a raccontarle: gli ho aperto la porta, gli ho dato da mangiare, da vestire e l'ho spedito via, da amici che hanno contatti in montagna, oltre il ponticello, quello fatto di travi marcite che passa sopra il... Basta, l'aveva interrotta lei. Non voleva saperne una parola di piú.

Allora Maria subito le aveva mollato il braccio: – Ma a te, Teresa, *a dila ciàira*, questa situazione ti sta bene? – aveva chiesto. Aveva l'aria preoccupata, il collo leggermente piegato nella posa di chi non è abituato a essere contraddetto. Era piú bassa di lei e la guardava di sbieco.

– A chi sta bene la *guèra*, Maria? *Son mia fòla*, – aveva risposto lei.

– Non dico solo quella, Teresa. Anche il resto.

– A me è la guerra che interessa. E mi interessa che finisca. Se poi, finendo, si porta dietro anche il resto, non sono affari miei.

A quel punto della conversazione, per cortesia, o forse per imbarazzo, Maria aveva cambiato argomento: – E tornerai in città, quando finirà la guerra?

– Certamente.

A dila ciàira o meno, nel giro di qualche mese quella cretina di Maria si era procurata una bicicletta, o forse l'aveva rispolverata dal fienile. Fatto sta che di lí a poco aveva iniziato a far su e giú dal paese fin oltre il ponticello. E Teresa, vedendola uscire di casa guardinga, in sella alla sua maledetta bicicletta, si era ritrovata a desiderare che quel giorno non le avesse mai preso il braccio, sottovoce, per la strada.

A ripensarci, però, c'era dell'altro. Assonanze confuse che lentamente prendevano forma. L'episodio di Maria, unito a tutta quell'insistenza di Domenico, gliene ricordava un altro, avvenuto qualche anno prima, quando ancora abitavano a Torino e i traccianti dell'antiaerea non solcavano il cielo. E a quello, *fòra 'd dubi*, preferiva non pensare; perché a pensarci, poi, le venivano strane idee, e ci mancava che finisse a dar corda a Domenico. Allora Dio solo sa in che guai si sarebbero cacciati se almeno lei non avesse mantenuto la testa sul collo.

Sia come sia, quel giorno Teresa aveva detto a Domenico che non le rompesse l'anima; ne parlasse con Marcellino della fonderia. E lui, detto fatto, era andato dritto filato al bar. Nel vederlo rientrare scuro in volto, l'alito pesante, Teresa aveva tirato un sospiro di sollievo indovinando l'esito del confronto.

44
Nonostante tutto

Era andata esattamente cosí, com'era scritto nella lettera che Aila aveva fatto scivolare verso di lei quella tiepida sera di ottobre: suor Giuseppina aveva fatto evadere dei bambini, e una volta fuori dalle mura, lontano dagli occhi dei tedeschi, si era attivata una rete fitta e silenziosa che aveva il compito di portarli in salvo. Contadini, operaie, capistazione; per un istante il destino dei fuoriusciti rimaneva sospeso al centro di una carambola di possibilità, ma nel giro di poche ore l'ago della bussola smetteva di girare vorticosamente e segnava, risoluto, una direzione inattesa, un cammino piú o meno lontano da quello pronosticato dalla genetica. A quei bambini in bilico, addormentati tra le braccia della sconosciuta che li avrebbe sfilati dai fagotti della biancheria, poteva capitare di crescere a casa di un parente, di dirimpettai, di ignoti. E dire che suor Emma ci aveva provato a indirizzare il destino di quel bimbo; era stata ingenua. Ma al di là di questo era cosí che era andata; lei lo aveva visto accadere con i suoi occhi, eppure suor Giuseppina non ne faceva menzione nella relazione stilata per il cardinale Fossati. È vero, non erano questioni che accadevano tutti i giorni, ma perché? Perché non rendere pubblica la memoria di quel gesto? Suor Emma seduta in salotto si tormentava da ore. Durante il suo servizio in carcere aveva tenuto dei diari: aveva comperato dei bei quaderni rilegati ed era tutto scritto lí, nero su bianco.

Nella pagina che recava come intestazione la prima visita al carcere suor Emma aveva scritto: «Per chiunque non vi abbia trascorso un tempo sufficientemente lungo, e paziente, questo luogo è un labirinto nel quale scabroso è l'incedere e pressoché infinita la possibilità di disorientamento dovuta alla fredda e ossessiva ripetizione degli elementi architettonici. Un labirinto reso ancora piú infernale dalla certezza che quand'anche si raggiungesse un'uscita la si troverebbe sbarrata. L'unico modo di abitarlo è non farsi domande e ricalcare ogni singolo centimetro del proprio spazio, facendo sempre ritorno al proprio loculo, qualora – per una qualunque ragione – si guadagnasse il privilegio di uscirne».

Andò in cucina, versò un goccio di sambuca nel caffè e tornò alla poltrona. L'orologio segnava le nove e tre quarti. Suor Emma riaprí la relazione di suor Giuseppina e rilesse le righe con cui si concludeva:

> Solo chi ha vissuto la vita del primo braccio può comprendere quanto immenso dolore racchiudesse ed è veramente peccato che nulla si sia fatto per eternare il ricordo di tanta eroica sofferenza che quelle mura hanno visto, e severa ammonizione per gli uomini di non abbandonare le vie del Signore per non ricadere in simili orrori.
>
> Non mancarono a me ed alla mia Comunità pericoli e minacce, a cui accennerò per dare a Vostra Eminenza il quadro completo della situazione.
>
> Piú volte la nostra opera di assistenza è stata interrotta da sospetti e relative inquisizioni, minacce di arresto e fin minacce di morte scritte sulle pareti esterne della Sezione Femminile: «Prenotatevi per l'impiccagione della Superiora!» Ebbi piú volte notizie del pericolo che io correvo dai miei stessi Superiori che mi riferirono parole significative e mi misero in guardia: vidi farsi a piú riprese piú intensa la vigilanza attorno a me. Ma quando seppi che anche il Procuratore Generale Gilli mi biasimava, mi recai da lui e deposi serenamente sullo scopo benefico e cristiano dell'opera mia e delle mie Consorelle. Non mi fu nemmeno necessario nascondere le inevitabili infrazioni ai regolamenti, poiché tutto era giustificato dai miei sentimenti stessi che fiduciosamente gli confidai: «La mia vita è votata alla carità, – gli dissi, – e come dunque potrei rimanere insensibile alle sofferenze dei detenuti, alle lacrime amarissime dei parenti? D'altronde la vita del Carcere in

questo momento, senza l'opera pacificatrice delle Suore, sarebbe travolta dalla pazzia».

Questa è la relazione su alcuni dei fatti piú notevoli svoltisi nel nostro carcere mentre la patria era in ceppi. Riconosco che tutti hanno compreso il carattere cristiano della nostra missione ed hanno veduto come soltanto l'Angelo della Carità camminava al nostro fianco mentre ci chinavamo sulle sofferenze dei fratelli.

Suor Giuseppina De Muro
Figlia della Carità

Torino, 22 febbraio 1946

Lasciò cadere i fogli sulle ginocchia e inavvertitamente i ricordi iniziarono a fluire naturali, sotto forma di diapositive animate che doveva aver riposto dove i pensieri capitavano di rado.

Cosí quella domenica di inizio dicembre, mentre Giacomo imparava a servire i suoi primi caffè macchiati, lei non andò al bar, bensí rimase a Laietto. E fra tutti un ricordo, uno in particolare, comparve piccolo e andò allargandosi come una macchia di inchiostro sulla carta assorbente del pomeriggio. Un ricordo che riguardava lei e le generalità di una donna chiusa in una stanza buia. Il ricordo di una voce che, nonostante tutto, si libra nell'umidità senza finestre, e risponde: «Elda Trabotti».

Suor Emma sapeva che entrando in prigione l'avevano divisa dal compagno. Quella donna aveva attraversato un corridoio che doveva esserle sembrato interminabile, finché non l'avevano messa in una stanzetta, una specie di sgabuzzino, mentre lui era stato portato in un'altra direzione, nel braccio degli uomini. Cosa fosse stato di Alfio, Elda poteva solo immaginarlo, e di tempo per immaginare ne aveva avuto parecchio. Il bambino piangeva, e gli si era ormai arrochita la voce quando suor Emma si era presentata in un sussurro.

A quel punto l'avevano spostata dallo sgabuzzino a una cella dove era rimasta sveglia tutta la notte ad ammazzare le cimici che zampettavano verso il bambino. Ce n'erano a decine, e suor Emma si era spesso chiesta da dove diamine arrivassero.

Nei giorni seguenti all'arresto erano suonati diversi allarmi, motivo per cui avevano portato le detenute nelle cantine del carcere, dove il buio e l'umidità erano, se possibile, ancora piú intensi. Lí, la madre di Aila aveva avuto paura per il bambino, e non solo perché poteva nutrirlo solo con un'acquetta con appena un po' di polvere di latte condensato – suor Emma quel liquido azzurrino si vergognava solo a vederlo passare –, ma perché in quelle condizioni era terribilmente probabile che il piccolo si buscasse un malore. Era ormai sempre piú chiaro, tra i bisbigli delle prigioniere, i rumori sul piazzale e le occhiate che si scambiavano tra loro le suore affrettandosi a uscire all'alba o in piena notte, che quand'anche Elda fosse uscita di lí sarebbe stato peggio che rimanerci.

Per questo una parte di lei era sembrata felice, in fondo, quando suor Giuseppina era venuta a dirle che esisteva la possibilità di far adottare il bambino. Anche se non se ne parlava mai esplicitamente, in carcere, era la morte a modellare le scelte, e salire sul convoglio era questione di giorni. «Sí, – aveva risposto allora, – prendetelo».

Poco dopo, tra il 26 e il 27 agosto, lei e altre quattordici detenute erano state trascinate fuori dalle celle.

45
Come un sollievo

C'erano cose, invece, che sua madre le aveva raccontato, ed era all'interno di quei racconti che ora Aila ricostruiva e inventava, inseriva dettagli e immaginava nuovi stati d'animo. Sapeva, ad esempio, che erano le prime luci dell'alba, e la città ancora annegava nel sonno, quando il camion si era messo in movimento lungo un corso Vittorio deserto, punteggiato di sentinelle con il mitra spianato, una per ogni albero, e nessuna che scambiasse un cenno di saluto con le SS sedute a guardia del convoglio che, lento, si dirigeva alla stazione. Il silenzio sembrava dipinto, e molte prigioniere sul camion, per quanto fossero stanche, tenevano gli occhi ben aperti nel tentativo di riempirsi lo sguardo con le ultime immagini di quella Torino surreale.

Il trasferimento era stato eterno, avevano sete, e per ore non avevano visto una goccia d'acqua. Una volta arrivate al campo di concentramento di Bolzano, nella piazza dell'appello, loro e altre decine di donne provenienti dall'Italia settentrionale, erano state messe in fila. Il tenente Titho doveva aver fatto il nome del bambino, e non ottenendo risposta aveva dato l'ordine di ispezionare le sottane, ma a quel punto sua madre aveva schiuso le labbra spaccate e la sua voce si era levata stentorea. – È morto, – aveva detto.

Il comandante le aveva rivolto uno sguardo interrogativo e lei, in un gesto secco, aveva tagliato l'aria con la mano aperta: – *Tot.*

La SS si era girata verso il tenente che gli aveva rivolto un leggero cenno del capo e il soldato era tornato a impettirsi al suo fianco.

Ne aveva discusso anche con Giulia, ed erano arrivate alla conclusione che fosse una ricostruzione plausibile. Le era piaciuto riempire quel vuoto insieme, piluccando i pop-corn sul divano. Anzi, da quando ne avevano parlato, di tanto in tanto Aila aveva l'impressione che le cose fossero andate esattamente cosí, come se a raccontarglielo fosse stata sua madre. E ora, mentre si affaccendava davanti ai fornelli in attesa di Giulia, si sentiva piena di gratitudine per quella condivisione, per la dolcezza con cui l'aveva aiutata a ricostruire la vita là dove non c'era piú. Dopodiché il resto della storia, almeno per un pezzo, la conosceva bene.

Le avevano internate nel blocco F, quello dedicato alle donne e ai bambini. Qui, passando mezza giornata in infermeria per una brutta febbre che l'aveva riempita di tremori, Elda aveva incontrato Ada Buffulini, che le aveva parlato del Comitato Clandestino di Assistenza. Sua madre però non aveva avuto il tempo di capirne nulla, né di valutare se avesse le forze per tornare a opporsi – e a questo particolare ora Aila poteva attribuire nuovi contorni –, perché pochi giorni dopo era nuovamente stata caricata, questa volta su un vagone bestiame, alla volta di Birkenau.

Appena arrivata aveva sentito un odore che non sarebbe riuscita a dimenticare, e da quel giorno il fumo di qualunque cosa bruciasse le era divenuto insopportabile – solo una delle innumerevoli tracce che Elda avrebbe cercato di dissimulare, ma in cui Aila sarebbe inciampata di continuo. Come un'allucinata aveva fissato la fiamma del crematorio e assistito ad almeno tre selezioni. Chissà se aveva pensato che in quei forni sarebbe bruciata insieme a suo figlio se Libero fosse giunto fin lí. Chissà se le capitò mai di comprendere fino in fondo che separandosi si erano salvati entrambi.

A Birkenau era arrivata in un momento di tremendo scompiglio, quando già cominciava l'evacuazione, e per tre giorni non aveva mangiato. In compenso aveva ricevuto tante di quelle botte quante non avrebbe potuto dire né immaginare. Il quarto giorno era stata trasferita in fretta e furia a Braunschweig: la fame, il freddo, la paglia sudicia e le prime piaghe di avitaminosi che le bucavano le caviglie.

Durante l'inverno aveva lavorato in condizioni pietose. Le portavano, lei e le altre, in mezzo a città tedesche di cui non conoscevano il nome – tutti guardavano, tutti sapevano – a spalare macerie con indosso un abitino di tela senza maniche, un paltoncino tutto strappato, e un paio di zoccoli di legno infilati sui piedi nudi. Cosí spalava nelle piazze tedesche, cosí si era ammalata di fronte ai loro occhi e cosí era stata deportata insieme ad altre donne, tutte convinte di finire nei forni. E lei, stanca di tante sofferenze, di tante umiliazioni, aveva sentito come un sollievo. Ma per poco, perché non erano finite ai forni, bensí in una baracca di ospedale, e poi ancora, sballottate di qua e di là, senza un disegno, secondo ordini di una bestia impazzita.

Erano i primi mesi del '45, e lei ancora non poteva sapere che i giochi erano prossimi al termine, che c'era chi, da qualche parte, preparava carte da firmare. Cosí, nel mentre, ignare di tutto, lei e le sue compagne erano state portate a Ravensbrück, il cui destino era di durare ancora pochi giorni. E quando quel destino si sarebbe compiuto, lungi dalla fine, sarebbe iniziata la lunga marcia.

46
Stille

Era l'estate del '91. Le manifestazioni organizzate per la VII Conferenza Internazionale sull'AIDS avevano riempito le strade di Firenze con gente da tutto il mondo. Acquired Immune Deficiency Syndrome, la malattia che dieci anni prima si chiamava GRID: Gay Related Immune Deficiency. La malattia che stava cambiando il modo di essere pazienti (attivisti), di essere omosessuali (preservativi, diffidenza, dolore), che stava modificando i protocolli della Food and Drug Administration, ma che ancora non era riuscita ad abbattere lo stigma, la paura del contagio, il terrore dell'invisibile, del sangue contaminato, del corpo fallibile: lo prenderò anche io se camminano nelle strade della mia città, se ci passo accanto, se gli stringo la mano? meglio non rischiare.

Il corteo era ormai vicino alla Fortezza Bassa, quando sua madre si era girata di scatto. Un ragazzo biondo, petto nudo e tacchi alti, che parlava senza sosta.

– Mamma, che hai? – aveva chiesto Aila, poi si era voltata e aveva ascoltato meglio. – Vieni, andiamo piú avanti.

Sua madre era rimasta immobile.

Il ragazzo, per mano al suo compagno, si guardava attorno sorridente.

«Act up, fight back, fight AIDS» scandivano i cori.

– Dài, andiamo.

Giulia le aveva rivolto un'occhiata interrogativa. – Che succede?

– Te lo spiego dopo.

Anche se lei e Giulia si frequentavano da poco, sua madre aveva insistito: se volete andarci, al corteo, tanto vale che ci andiamo insieme, non vorrai mica presentarci a una noiosissima cena? No, per carità, aveva risposto lei.

Da quando Aila, a quattordici anni, aveva detto di essersi innamorata di una persona, e che quella persona era la sua compagna di banco, sua madre non si era fatta scappare l'occasione di manifestare solidarietà civile a quella nuova minoranza famigliare. Nell'82 aveva incorniciato all'ingresso di casa il trafiletto dell'«Unità» in cui Roversi rivendicava l'assegnazione del Cassero di Bologna: «gli omosessuali non sono altro che noi stessi, – aveva evidenziato, – aiutandoli ad agire, aiutiamo i nostri problemi a uscire dal buio concettuale dei nostri luoghi comuni e della cattiva coscienza. Mi sembra debba essere la ragione di impegnarci su questo e per questo». Ecco come l'aveva presa sua madre, la faccenda dell'omosessualità: l'ennesimo eccentrico tassello della loro famiglia.

Dato che per parecchi anni, poi, Bologna era stata il fulcro del movimento, Elda ci aveva tenuto gli occhi puntati: è lí che si costruisce ciò che potrai o non potrai fare in questo Paese, diceva, il modo in cui la gente ti guarderà per strada. Un paio di volte c'erano andate insieme, e se la conferenza si fosse tenuta lí, continuava a ripetere sua madre, sarebbe suonata tutta un'altra musica.

Firenze invece era deserta: nonostante fosse una domenica di fine giugno, oltre ai manifestanti in giro non si vedeva un'anima. I giornali avevano parlato di abitanti scappati nelle seconde case, di piatti e bicchieri di carta nei ristoranti e alberghi chiusi. La psicosi per fortuna non era arrivata a tanto, ma in effetti la città era stranamente vuota. Nonostante questo era andato tutto bene, almeno fino a quando sua madre non aveva sentito parlare il ragazzo biondo dietro di lei.

Lo scatto che aveva fatto aveva ricordato ad Aila un pomeriggio di molti anni prima, doveva essere aprile, l'aria era densa di pollini e sua madre – che non aveva mai tenuto nascoste le vicende dell'arresto e della deportazione, ma nemmeno ne parlava diffusamente o con piacere – si stava riposando nell'erba alta davanti a casa, le gambe incrociate e l'avambraccio nudo, tenuto in grembo, il capo chino su ciò che non si poteva cancellare, una sequenza di numeri sbiaditi.

Tornando da scuola Aila l'aveva trovata cosí, lei non l'aveva sentita arrivare, allora si era annunciata facendo tintinnare le chiavi di casa ed Elda era saltata su di colpo. Nello sguardo che aveva sollevato, per la frazione di un attimo, era rimasto impigliato qualcosa che Aila non aveva mai visto prima, qualcosa che le aveva ricordato la disperazione atavica, animale; qualcosa che l'aveva spaventata.

«Act up, fight back, fight AIDS!» continuavano i manifestanti come una voce sola.

– Dài, ma'. Andiamo.

L'aveva presa per un braccio ma invece di qualche metro avanti erano finite qualche metro indietro. Sua madre era come intontita e lei l'aveva tratta in disparte, lasciando che il corteo proseguisse.

– Tutto bene? – aveva bisbigliato Giulia.

La donna aveva tirato fuori una fiaschetta e prima di richiuderla l'aveva agitata in aria: – Volete?

Aila aveva scosso la testa.

– Cos'è? – aveva chiesto Giulia.

– Gin.

Aveva accettato.

Poi Elda si era girata a rassicurare Aila. – Non ti preoccupare, sto bene.

Sul retro della giacca di jeans che il ragazzo biondo portava sbottonata sul petto erano dipinti un triangolo rosa e la scritta STILLE = TOD.

– Guarda, – aveva indicato Giulia. Il suo compagno indossava un chiodo di pelle nera: IF I DIE OF AIDS – FORGET BURIAL – JUST DROP MY BODY ON THE STEPS OF F.D.A.

– È la frase di David Wojnarowicz, – aveva detto Aila.
– Chi?
– Wojnarowicz, l'artista. Il fotografo. Hai presente? Polemogeno.
Il sole era caldo, i giornali avrebbero detto che erano cinquemila, ma i marciapiedi rimanevano vuoti e, cordonati com'erano da lunghe file di poliziotti e carabinieri con il manganello appeso alla cintola, avevano qualcosa di spettrale.
Passando in piazza Santa Croce il corteo si era fatto improvvisamente piú silenzioso. Settanta coperte stese per terra. Alcune decine di manifestanti sdraiati accanto a cellulari dei carabinieri e ambulanze. Le dita di Giulia si erano strette forte attorno alle sue e Aila era sobbalzata, sorpresa. Sua madre si era lasciata sfuggire un lungo sospiro.
– Questa volta non si tratta di un nuovo punto di vista politico interessante, del lottare per un'utopia o una legge, – aveva detto. – Questa faccenda è piú reale, concreta; siamo qui con i nostri corpi, perché sono i nostri corpi ciò di cui bisogna parlare. Di quanto valgono i corpi omosessuali, i corpi neri, quelli delle donne, dei tossicodipendenti, nostri.
Aila l'aveva presa per mano e tutte e tre, cosí, legate in mezzo alla folla, avevano attraversato la piazza ammutolita.
Due turisti si erano fermati a indugiare su quello spettacolo per poi allontanarsi alla svelta. Superata piazza Santa Croce, mentre si avvicinavano alla Fortezza dove si tenevano i convegni, il ronzio degli elicotteri si era fatto piú intenso.
– Cristo, – aveva detto Giulia asciugandosi le lacrime con il palmo della mano.
Era la prima volta che Aila la vedeva piangere: aveva pensato fosse un modo bellissimo di farlo.
I tamburi avevano ripreso a rullare.
Una ragazza con la telecamera puntata in faccia gridava: – Non vogliamo il voiceover, non siamo vittime, siamo esseri umani! Vogliamo sederci ai tavoli per avere delle cure

accessibili, degli investimenti sanitari! Stiamo morendo a migliaia e a nessuno frega niente!

«Sve-glia, sve-glia, – dietro di loro lo spezzone compatto di donne lesbiche aveva ripreso a battere le mani. – È primavera, svegliatevi bambine». Sua madre si era unita.

– Tutto ok? Tua madre sta bene?

Il ragazzo biondo era a qualche passo da loro.

– Credo di sí.

In fondo alla via, di fronte alla Fortezza, un gruppo con la cresta e le tute attillate teneva alto lo striscione ... E AL POTERE CHI LI METTE I PRESERVATIVI? Qualcuno aveva acceso un fumogeno. Poi, tra i cori e le pale degli elicotteri, si era sentito un rumore metallico. Poco piú avanti un signore sulla cinquantina stava abbassando la serranda del bar con aria spaventata.

Elda aveva smesso di cantare. – Ma che...?

A quel rumore, con passo disinvolto, il ragazzo biondo si era staccato dal corteo e aveva raggiunto il barista. Le mani sulle anche, slanciato, la pelle chiara e le lentiggini, si era fermato a fronteggiarlo dall'altezza vertiginosa del tacco dodici.

– *Schäm dich*, – aveva detto. Poi con un forte accento tedesco aveva aggiunto: – *Shame on you*.

Il barista, la faccia sfigurata da un ghigno serafico, aveva risposto: – L'AIDS ve l'ha mandato Dio perché fate schifo. Morirete tutti. E ben vi sta.

Nel frattempo il compagno del ragazzo lo aveva raggiunto, il corteo era andato avanti e solo un paio di persone si erano fermate ad ascoltare. Il ragazzo biondo era rimasto impalato, forse non aveva capito la risposta, ma Elda l'aveva sentita benissimo.

– Mamma?

Era guizzata di lato.

– Mamma!

Il barista si era girato sorpreso, ma prima di dargli il tempo di rispondere lei lo aveva spintonato contro la serranda. I due ragazzi si erano precipitati verso di loro.

– Stai indietro, – aveva gridato il barista, questa volta il viso contratto dalla paura.

Elda lo teneva per il bavero della camicia. – Vergognati, bastardo.

L'uomo l'aveva afferrata per le braccia e faceva per divincolarsi.

– Mamma, lascialo, – aveva detto Aila.

Il coro delle donne si era interrotto e cinque o sei di loro si erano buttate in mezzo.

– Non mi toccate, – gridava il barista. – Mostri!

Alcune ragazze lo avevano tenuto contro la serranda mentre Aila e il ragazzo biondo allontanavano Elda dal groviglio di unghie.

– Mamma, lascia perdere.

Erano riusciti a superarli e quando, manganelli alla mano, era arrivato un gruppo di poliziotti, Aila aveva fatto un gesto al ragazzo biondo: vai via.

– Cosa sta succedendo qui?

– Niente, – si erano affrettate a dire le ragazze. – Tutto a posto.

Il barista si era raddrizzato e aveva sputato nella loro direzione.

Un poliziotto gli si era parato davanti. – Si dia una calmata, per favore.

Le ragazze ne avevano approfittato per evitare guai e riunirsi al corteo. Il ragazzo tedesco aveva fatto sedere Elda sul marciapiede dall'altro lato della strada.

Aila si era passata una mano tra i capelli. – Cristo santo.

– Ehi... – si era avvicinata Giulia.

– Hai sentito cos'ha detto?

Giulia aveva annuito. – Dovrebbe succedere piú spesso.

– Cosa? Che mia madre aggredisca la gente per strada? Senti, lasciamo perdere, ok? Tu non la conosci.

– Tappare la bocca agli stronzi, questo dovrebbe succedere piú spesso.

– Non so, forse non è il caso di parlarne.

– Parlare di cosa?

Fin da piccola Aila l'aveva capito. Era cresciuta da sola con sua madre, una nonna lontana che vedeva di rado, e a casa non veniva mai nessuno. Di tanto in tanto Elda si fermava a far due chiacchiere con la signora del bar, e per qualche anno c'era stata la vicina, una signora anziana che veniva a guardarla quando la madre faceva i turni di notte. Lo aveva capito fin da piccola, sí che loro non erano proprio come gli altri, che c'era la storia dei numeri e quella di suo padre, che sua madre non era un animale gregario come quelli che la maestra le faceva studiare sui libri di scienze. E anche se a quei tempi ancora non sapeva nulla del bambino, il lager, da solo, sembrava un motivo piú che sufficiente; il motivo per cui sua madre non era come le altre madri; il motivo per cui, anche se avesse potuto, non avrebbe voluto esserlo.

– Ha sempre diffidato di tutto e di tutti, – aveva spiegato Aila mentre il corteo proseguiva. – Ed è... faticoso starle dietro, ok? Te l'avevo detto.

– Scusa, mi dispiace.

– È impegnativo.

– Lo immagino.

Aila aveva dato un'occhiata ai poliziotti, poi aveva attraversato il corteo. Elda dall'altra parte della strada si teneva la testa tra le mani e il ragazzo biondo se ne stava accucciato davanti a lei, confuso.

– *Danke schön*, – aveva detto, sfiorandole il ginocchio con le dita.

Lei teneva gli occhi fissi a terra. – Prego.

Il ragazzo aveva sollevato lo sguardo alla ricerca di una traduzione. Aila si era avvicinata per dirgli di non preoccuparsi.

– *Bitte schön*, – aveva detto Elda, allora.

47
Neanch'io sono tornata

Era ripensando a quell'episodio di Firenze che Giulia se ne stava appoggiata al muro freddo dell'Arcidiocesi, aspettando le nove. Lo scatto che la voce del ragazzo biondo aveva procurato a Elda e la ferocia istintiva con cui poi si era scagliata contro il barista era stato biglietto da visita insolito ma efficace. Qualcosa di riassuntivo, in fondo, della donna che avrebbe maldestramente imparato a conoscere: solitaria e disperatamente bisognosa di affetto, focosa e ferita. Un insieme di contraddizioni che assomigliava a certe indecifrabili giornate primaverili, dove attimi di luce intensa si mescolano a presagi burrascosi.

Venuta a conoscenza della faccenda del bambino, Giulia aveva chiesto ad Aila di mostrarle una foto di Elda da giovane: voleva vedere il volto di chi aveva scritto quella lettera. Poi si era messa a leggere libri, molti dei quali provenivano dagli scatoloni del trasloco, ma con il passare dei giorni si era resa conto che non le bastava: era stata presa dall'irrequieto desiderio di recuperare i mesi in cui, tagliata fuori, non aveva saputo. Allora le era sembrato che leggere le carte, entrare negli archivi in cui Aila aveva messo insieme i pezzi potesse contribuire ad avvicinarle.

A questo pensava quando un prete le fece cenno di entrare. Nonostante la mattinata fosse tersa, la stanza era illuminata da lampade giallognole.

Giulia si registrò, consultò l'indice dei nomi e constatò che suor Giuseppina compariva in diversi documenti. C'erano comunicazioni di servizio, carte parrocchiali, la relazione al cardinale Fossati e alcuni articoli di giornale. Una certa Gillia, in particolare, due giorni dopo la morte di suor Giuseppina aveva mandato a «La Stampa» una lettera in cui si presentava a Clara Grifoni, curatrice della rubrica *Detto fra noi*, come «una sua compagna» a Le Nuove risoltasi a scriverle «a causa della scomparsa d'una persona che a me è stata molto cara e suppongo anche a lei: la superiora del carcere, suor Giuseppina De Muro. Vorrei qui liberarmi dal rimorso di non averle mai espresso la mia gratitudine e la mia devozione, una volta passata la tempesta».

Giulia rilesse quelle ultime parole. *Una volta passata la tempesta*. Perché la tempesta passava, sí, cosa lasciasse dietro di sé, però, era tutt'altra storia.

Nel frattempo un signore sulla sessantina entrò e si mise a parlottare con l'archivista.

Una volta passata la tempesta c'erano persone che facevano la spesa, andavano al bar, gente che potevi incontrare sul pullman, a cui ormai forse avresti dovuto cedere il posto, ma che all'età che aveva Elda all'epoca, o ben piú giovani, appena finita la guerra avevano vissuto; vissuto dopo essere state in carcere, vissuto dopo essere state repubblichine, vissuto dopo essere state partigiane, vissuto dopo aver torturato, vissuto dopo essere state deportate.

Giulia tentò di immaginare la madre di Aila aggirarsi per le strade del dopoguerra: aveva fatto lunghi giri per evitare la cinta del carcere o, al contrario, ci era passata accanto, distogliendo lo sguardo, oppure sollevandolo da lontano? Gillia, Clara: come si erano comportate tutte le donne che dopo aver incontrato suor Giuseppina erano sopravvissute per non raccontarlo?

«Fu sempre tanto buona con noi, ricorda?»

«Sí, cara, – rispondeva Clara Grifoni tornando dentro quelle mura, – ci chiamava ragazze e piú spesso figliole, con una voce che era una mano tesa». Giulia spiegò la pagina di giornale e continuò a leggere. «Mi afferrai a quella mano fin dalla prima sera, nella tetra penombra di un vestibolo. Ero appena arrivata e la guardiana Ida mi "frugava", passando al vaglio delle sue implacabili dita persino i capelli, persino l'orlo dell'abito. Fu allora che risuonò il "Ragazza" e un'ala bianca si staccò dal buio, avanzando verso di me. La perquisitrice mi aveva appena alleggerito di sigarette e fiammiferi, nascosti in quello che consideravo un sicuro ripostiglio: la fodera della pelliccia. E stava dicendo: "Qui non si può fumare", allorché suor Giuseppina mi comparve davanti. "Non si può, è vero, – confermò, guidandomi verso la sua stanza. – Il regolamento lo vieta". E aggiunse, con un'impercettibile sfumatura di ironia: "Pensano che faccia male alla salute". Era piccola, grassoccia, con dei pungenti occhi neri che soffocavano le loro scintille tra le pieghe inamidate della cuffia: sembrava un gabbiano prigioniero. Domandò se per me era "cosí importante" fumare e io risposi che lí dentro mi sembrava importante. "Che viziaccio", disse. E mi sfiorò la guancia. Non la rividi per tre giorni, durante i quali mi comportai come tutte le nuove: il primo giorno restai distesa sul paglericcio a contare le ore; il secondo, misurai a passi furiosi la cella che, per un sinistro privilegio (isolamento, stava scritto sul mio foglio d'entrata), occupavo da sola, mentre nelle altre si ammucchiavano cinque o sei donne; il terzo giorno divenni estranea al tempo e verso l'ora del coprifuoco, quando si accese nel soffitto un'irrisoria lampadina blu, decisi di farmi i bigudini con la carta del gabinetto (ogni sera, tutto il "braccio" metteva i bigudini). Proprio in quel momento, suor Giuseppina scivolò nella cella. *Ssss* fece, con un dito sulle labbra. E mi lasciò cadere qualcosa in grembo: sigaretta e fiammiferi. "Guai se vengono a saperlo, – disse. – Mi raccomando, figliola"».

– Buongiorno, – bisbigliò da sopra gli occhialetti tondi il signore sulla sessantina. Si era seduto accanto a lei, di fronte a un enorme volume rilegato in pelle a cui lanciò un'occhiata eloquente. – Sto cercando mio padre.

Giulia lo guardò perplessa. – Buona fortuna, allora.

L'uomo indicò i suoi articoli. – Anche a lei.

«La sera in cui uscii dalle "Nuove" (e dovetti anche questo a Lei, che approfittò di un ordine sbagliato, ignorando il successivo contrordine), abbracciai la superiora mio malgrado – anche quello era contro il regolamento – e dissi: "Verrò presto a trovarla, arrivederci". Ma lei scosse il capo: "Chi esce di qui non vuole tornarci neppure in visita. Lo so per esperienza. Addio, dunque, figliola". Aveva ragione. Neanch'io sono tornata. Qualche lettera, qualche piccola conversazione al telefono; ma visite, no. Mi perdoni, cara suor Giuseppina. E ora addio davvero, per sempre».

Neanch'io sono tornata. La violenza della rivelazione la sopraffece: proprio perché nessuno se lo sarebbe mai scrollato di dosso, perché tutti usciti da lí ci sarebbero tornati sempre, nessuno tornava mai. Razionalmente Giulia lo sapeva, per giorni aveva rimuginato sulla storia di Elda, ma quelle parole, in tutta la loro quotidiana semplicità, strapparono il velo che ancora si frapponeva tra lei e la consapevolezza profonda di ciò che era stato.

Non aveva, Giulia, una genealogia partigiana, e nemmeno fascista. Per questo avrebbe voluto, pensò, che le persone che avevano sofferto fossero riconoscibili per strada per potersi scusare, per poter portare il rispetto che meritavano e che il silenzio delle apparenze uniformi nel mondo gli aveva negato. Poi pensò anche che forse nessuno avrebbe voluto essere vittima per tutta la vita. Era una questione di cui avrebbe voluto discuterne con Aila.

L'uomo accanto a lei era ripiegato sul registro, il collo allungato, gli occhi stretti. Di tanto in tanto il prete lanciava a entrambi un'occhiata indagatoria.

Giulia rimase in archivio fino all'ora di pranzo, trascrisse qualcosa su un quaderno, poi andò in ufficio e la sera fece leggere ad Aila un pezzo di un articolo che descriveva suor Giuseppina dopo la guerra, in occasione di un ricevimento:

– Senti qua, – disse. – «La moglie di un magistrato intervenuta al rinfresco, che seguí la Messa, domandò a suor Giuseppina per quale motivo fosse in carcere la giovane che aiutava le suore a servire gli ospiti: "Per omicidio". La signora ebbe un brivido: "Ha ucciso?" La superiora la fissò severa: "Lei non è mai stata in carcere?" "No" disse sorpresa la signora e suor Giuseppina di rimando: "Peccato!" Come a ricordarle che tutti possiamo commettere errori».

– Era una gran donna, – commentò Aila.

– Sono contenta che tua madre l'abbia incontrata. Devono essersi piaciute per forza.

48
La torta

La verità è che i mesi a cavallo tra il 1943 e il 1944 erano stati complessi, e il fatto che Teresa fosse rimasta immobile non significava che molte cose non avessero preso a muoversi dentro di lei. La storia di Maria, la bicicletta, il ponte e tutto il resto, ad esempio, per un motivo difficile da stabilire le ricordavano un giorno del 1938, quando lei e Domenico, sposati da pochi mesi, abitavano ancora a Torino.

Quella mattina d'autunno – la tranvia che sferragliava in via Vanchiglia e le finestre chiuse contro l'aria fredda che scacciava via gli ultimi scampoli dell'estate – Teresa aveva messo da parte ago e filo. Era il compleanno di Domenico, il primo da sposati, cosí, dopo aver trafficato con uova, farina e tegami, si era infilata i guanti da forno e aveva tirato fuori la teglia.

«Anche in questo campo adotteremo le soluzioni necessarie».

Le parole scandite, il vociare della piazza gremita. Tutte le radio lo avevano trasmesso, ma lei non ci aveva fatto caso. Non aveva mica capito.

La torta, fumante, aveva riempito il modesto cucinino di vapore.

«Una coscienza razziale che stabilisca non soltanto delle differenze ma delle superiorità nettissime». Cosí aveva detto il Duce. Il boato della folla. No, Teresa non aveva capito un accidente e nemmanco le interessava. Che c'era da capire? Lei di politica, già all'epoca, non se ne intendeva.

Aveva lasciato lo sportello del forno aperto, che scaldasse un po' l'aria. Stava frugando nel cassetto alla ricerca del setaccio per lo zucchero a velo, quando aveva sentito il bambino del piano di sotto piangere disperato. La madre, madama Ascarelli, cercava di zittirlo con degli «shhh» tanto angosciati quanto inutili, perché quando anche la piú piccola porzione della cucina era stata libera dalla condensa, gli strilli ancora non erano cessati, né tantomeno diminuiti.

Era stato allora che Teresa aveva appeso il grembiale al chiodo piantato nella fuga tra due piastrelle della cucina, indossato il golf buono che teneva nel cassetto con l'antitarme ed era scesa di sotto.

Il suono del campanello aveva trasformato il pianto del bambino in un singhiozzo convulso.

– Vai di là, vai di là, – aveva sentito dire alla signora Ascarelli da dietro la porta.

– Chi è?

– Sono madama Sellaci.

– Un attimo solo.

Da dentro l'appartamento erano giunti attutiti dei rumori che Teresa non aveva saputo decifrare poi, dopo numerosi giri di serratura, la padrona di casa era comparsa nel vano della porta. L'ingresso era buio, le tende tirate.

– Prego, mi scusi se ci ho messo tanto. Entri pure.

– È successo qualcosa? È parecchio che sento il bambino piangere.

– Venga, si accomodi.

La cucina e la sala da pranzo erano molto piú spaziose di quelle dell'appartamento al piano di sopra e lo stesso valeva per l'altezza dei soffitti. In salotto, Teresa lo sapeva perché lo aveva visto con i suoi occhi, c'era un divano capitonné in pelle lucida.

Madama Ascarelli l'aveva fatta accomodare al tavolo da pranzo. – Sono mortificata per questo chiasso, – aveva iniziato titubante, gli occhi lucidi. Poi, rivolta verso la porta: – Arturo *fame 'l piasí*, *ven sí* a salutare madama Sellaci. Non essere maleducato.

Da una stanza chiusa provenivano dei singulti.

– Posso offrirle qualcosa? Un caffè? È Okebon, ma meglio di niente.

– Dell'acqua andrà benissimo.

Madama Ascarelli aveva appoggiato un bicchiere sul tavolo e le due donne erano rimaste in silenzio. Teresa aveva esaminato rapidamente le ante zincate dei mobili della cucina, le maniglie tirate a lustro e il fazzoletto ricamato a mo' di centrotavola.

– Cosa sta succedendo? – aveva chiesto alla fine.

Madama Ascarelli si era stirata la gonna con le mani e aveva sospirato. – Arturo vuole andare a scuola.

– Vuole?

– Sí.

– E che ci vada, diamine. È venerdí mattina.

Era venerdí mattina, tutti vanno a scuola il venerdí mattina, no? Per Dio.

Arturo, con la sua faccia larga e gonfia, arrossata dal pianto, si era affacciato in cucina.

– Vieni, – lo aveva incoraggiato la madre.

A passi lenti e circospetti, senza staccare gli occhi di dosso a Teresa, si era avvicinato e aveva stretto le dita bianchicce intorno a un lembo della gonna di sua madre.

– Papà dice che non posso piú andare a scuola.

Teresa aveva spostato lo sguardo da Arturo a sua madre.

– E come sarebbe?

– Dopo il discorso di Trieste, – aveva detto madama Ascarelli.

– Quello sulle nuove leggi?

– Quello sulle leggi razziali, sí. Espellono i bambini ebrei dalle scuole.

– Come sarebbe a... – ma Teresa non era riuscita a concludere la frase perché Arturo si era messo a gridare.

– Io non sono ebreo! Angelo dice che non sono ebreo. Io non sono ebreo!

– Chi è Angelo? – aveva chiesto Teresa, improvvisamente spaesata, guardando un po' uno un po' l'altra.

– Un suo compagno di classe.

– Voglio andare a scuola! Non sono ebreo!

Arturo aveva scaraventato a terra il bicchiere d'acqua, frantumandolo.

– Arturo! Cosa fai? Torna subito qui.

– Non sono ebreo! – aveva urlato sbattendo una porta dalla quale era tornato a sentirsi il pianto disperato di qualche minuto prima.

Madama Ascarelli si era passata una mano tra i capelli, scompigliandosi la pettinatura che ora le ricadeva in ciocche disordinate intorno alle orecchie. Si era alzata, aveva asciugato il pavimento, raccolto i cocci di vetro ed era andata di là. Teresa aveva sentito aprirsi e chiudersi un cassetto. Sospirando, madama Ascarelli aveva lasciato cadere sul tavolo una copia del giornale.

La notizia in effetti era là, in prima pagina: DELIBERAZIONI DEL CONSIGLIO DEI MINISTRI, recitava il titolo, e sotto: *Insegnanti e scolari di razza ebraica esclusi dalle scuole di qualsiasi ordine e grado. Il provvedimento entrerà in vigore dal 16 ottobre XVI – Esclusione degli ebrei anche dalle Accademie, Istituti e Associazioni di Scienze, Lettere ed Arti.*

Teresa si era girata verso la vicina: – Ma ha solo otto anni.

– Otto, uno, quaranta. Per loro non ha importanza, madama Sellaci. È cambiato tutto. Tutto.

Loro, loro... chi diamine erano loro? Lei di politica non si interessava, ma una cosa la capiva ancora: i bambini, per l'amor di Dio, cosa potevano c'entrare?

– Arturo, *ven sí*.

– No!

Il viso nascosto tra le mani, madama Ascarelli aveva iniziato a piangere. *Ròba da mat.*

Teresa era andata a riempire un bicchiere d'acqua e glielo aveva appoggiato vicino, poi: – Torno subito, – ed era uscita lasciando la porta d'ingresso socchiusa.

In cucina la torta era ancora tiepida. Aveva avvolto la teglia in un canovaccio pulito ed era ridiscesa al piano di sotto.

– Ha un coltello?

– Sí, – madama Ascarelli, le guance paonazze, aveva fatto per alzarsi.

– Mi dica dov'è.

Teresa aveva tagliato tre fette, due piccole e una piú grande. – Gli piace il latte?

– Sí, tiepido.

Aveva messo un pentolino sul fuoco.

– Arturo, *ven sí*. Ti ho portato una torta.

Che fosse gola o l'autorità di una voce poco conosciuta, Arturo era tornato ad affacciarsi in cucina.

– *Ven sí. Ciapa*, – gli aveva detto Teresa.

Il bambino, in piedi, aveva allungato il braccio, tirato su con il naso e affondato i denti nell'impasto soffice. Alcune briciole scure gli erano rimaste appiccicate alla bocca.

Madama Ascarelli si era asciugata il viso con un fazzoletto di stoffa e aveva rivolto lo sguardo verso la finestra. – Grazie.

– Non è niente. Ora forse è meglio che vada.

Piú tardi, quando Domenico era rincasato, era stato sopraffatto da un insolito odore di mele cotte con lo zucchero.

– E la torta? – aveva chiesto.

Teresa aveva alzato le spalle.

– Me lo diceva Rubatto, che diventate tutte cosí.

– Cosí come?

– Che quando vi sposiamo non ci fate piú nemmeno la torta per il compleanno.

– Allora la prossima volta dai retta a Rubatto e non andare ai balli delle sartine.

– Qualcosa non va?

– È il bambino del piano di sotto, ha pianto tutto il giorno.

– Avrà avuto un malanno.

– Sí, un malanno. È quello che credo anch'io, – aveva detto Teresa. – Mi dispiace per la torta. Elvira aveva finito le uova.

49
Tornare

Il disprezzo profondo per chi non ha scelto: questo sua madre glielo aveva raccontato. Non subito, però, poco prima di ammalarsi. All'inizio c'erano state le storie dell'arresto, della cella infestata di cimici, della deportazione e della lunga marcia. Tutto il resto era venuto come una conseguenza, con il tempo, silenzio dopo silenzio, traccia dietro traccia, come Firenze.

Le aveva raccontato dei cancelli spalancati di Ravensbrück, dei tedeschi impazziti che, come termiti drogate, tentavano di organizzare la fuga dai russi, una fiumana di gente che arrancava diretta a ovest, e le notti passate nei boschi, rotolando giú nelle scarpate per la stanchezza dei corpi.

In quei giorni, una compagna di marcia di Elda, stremata, aveva deciso di fermarsi in una cascina occupata da un gruppo di internati italiani. Che fai, vieni?, le aveva chiesto, ma lei era andata avanti nonostante le piaghe alle gambe e i pidocchi che sentiva correre lungo tutto il corpo. Perché?, si chiedeva Aila, guidata da quale forza? Sapeva già che Alfio era morto, o lo avrebbe scoperto piú avanti?

Tutto, alla luce di quella lettera consegnata da suor Giuseppina, aveva acquisito un significato inedito. Quello che sapeva è che Elda non si era fermata ad aspettare l'arrivo dei russi. Aveva attraversato una landa della Germania del nord grigia e desolata, spogliata di anima e vita, con indosso la divisa logora del campo, gomito a gomito con decine e decine di divise altrettanto stracciate, alcune come la sua, altre diverse – ognuna con una propria storia che, per chi avesse avuto la fortuna di tornare a casa, difficilmente sarebbe stata raccontata, e ancora piú difficilmente creduta.

La colonna di gente di cui Elda faceva parte aveva continuato a camminare fino alla striscia di terra detta «di nessuno», alla quale era seguita quella degli americani, popolata di jeep e uniformi mai viste prima.

L'avevano caricata su uno di quei mezzi d'oltreoceano insieme a una ragazza italiana della sua età, Lidia, che addosso aveva vestiti logori procurategli dai soldati russi, ed era stata schiava di un'industria tedesca, la Siemens. Con lei, Elda aveva affrontato il delirio di Hagenau: un immenso centro di raccolta per quanti, fino al giorno precedente, erano stati merce tedesca e ora si ritrovavano senza padroni, in un mondo nuovo privo di qualsiasi coordinata. Erano particolari di cui nessuno parlava, nomi che Aila non aveva mai sentito nominare in tv o alle conferenze. Hagenau, il ritorno.

Gli americani, diceva sua madre, non avevano davvero capito la portata del fenomeno, altrimenti non avrebbero iniziato a rastrellare i prigionieri nell'arco di chilometri e chilometri per farli confluire tutti in un unico punto, come se prima o poi dovessero finire. Nonostante le vittime del Reich fossero numerose ed eterogenee, loro avevano continuato a trasportare lí senza distinzione alcuna, fino a quando la densità dei corpi aveva reso impossibile qualsiasi cosa al di fuori del caos.

I soldati tedeschi, che in quel mondo improvvisamente capovolto se ne stavano in divisa a pelare le patate sotto i fucili spianati degli americani, rappresentavano l'unico quadro ordinato del campo: la cucina distribuiva zuppa e qualche pezzo di pane ventiquattro ore su ventiquattro. Per il resto a Hagenau vigeva l'anarchia. Si poteva ammazzare, scappare, rubare; tutto nella piú totale e inquietante indifferenza. Cosí, in maniera non dissimile da ciò che accadeva a Ravensbrück, la strategia di sopravvivenza di chi si aggirava per il campo era pratica e concisa, il pensiero non andava al di là dello stretto indispensabile e ci si attaccava alla vita senza nemmeno aver piú chiaro in che cosa consistesse. Ma c'erano, legati a questo violento naufragare, anche dei motivi di gioia: Lidia aveva con sé una gamella, ad esempio, e a turno lei ed Elda si mettevano in coda per farla riempire della zuppa densa di patate e ricca di pezzi di carne, il privilegio caldo e proteico del cibo unito alla fortuna di possedere un contenitore capiente.

Per la notte avevano trovato da dormire contro un muro, al terzo piano di una caserma piena di uomini e deportate russe e jugoslave con ancora indosso la casacca a righe corredata di numero e triangolo. Dormire contro la parete era un lusso importante da conquistare, una protezione nonostante la quale, per nascondere il loro essere donne alla brutalità del campo, sua madre e Lidia dormivano con una coperta tirata fin sopra i capelli. La pelle livida tesa sulle ossa.

Un giorno, dopo la razione di zuppa, Lidia, stanca dell'odore del lager, le aveva detto: Sdraiamoci, ché l'erba è erba, ha lo stesso profumo di quella di casa mia. E cosí, con la faccia sprofondata nell'erba fresca di una primavera tardiva, si erano addormentate.

A Hagenau c'era da aspettare, e resistere. Punto. Questo le aveva raccontato sua madre.

Poi anche quel caos era finito. Un mattino erano arrivati gli inglesi, avevano caricato tutti gli italiani su un camion e li avevano trasportati a Lubecca, dove alcuni di loro erano stati lasciati davanti alle stalle di un vecchio macello ora adibito a dormitorio, mentre Lidia e Elda avevano attraversato la città sventrata fino alle porte di un ex lager di lavoro circondato da matasse di filo spinato.

Era il 19 maggio, lí sarebbero rimaste fino al 14 di agosto. In quei mesi, dopo molto tempo, il sangue era tornato a macchiare la biancheria di sua madre. L'evento, che lei aveva accolto con indifferenza, era invece stato motivo di giubilo per le sue compagne che, ancora in attesa, erano oltremodo preoccupate per la loro fertilità. Ora che conosceva la storia di Libero, Aila capiva perché la madre avesse incluso quel dettaglio; trovava, riandando con la memoria ai racconti, delle minuzie che le facevano sperare che non volesse tenere nascosta quella storia per sempre, o quantomeno sperasse che prima o poi qualcuno la scoprisse. E tutte le volte in cui incappava in un dettaglio del genere gli occhi le si riempivano di lacrime.

Dopo Lubecca sotto un sole rovente, erano arrivate le macerie di Amburgo, e con loro un altro campo, un'altra attesa, questa volta, però, della tradotta per l'Italia. Un'attesa diversa, in cui si mescolavano l'eccitazione della promessa e l'irrequieto terrore del suo tradimento. C'era qualcosa ora, i mezzi che partivano verso sud, che di notte faceva torcere le donne sui paglericci impregnati dal fetore del lager. Speranza, la chiamava qualcuno. Tanto che ad Amburgo Lidia aveva speso gran parte di quel nuovo tempo imposto alla ricerca di persone che provenissero dalle sue terre. Elda, al contrario, si era impegnata nell'arduo compito di trascorrere le giornate all'aria aperta, lontano dalle baracche e dal loro odore di umiliazione. Si alzava dal pagliericcio quando ancora non era giorno, lanciando occhiate furtive in direzione delle guardiole vuote, temendo di scorgere ancora, nell'ombra e dietro le bocche delle mitragliatrici, le divise tedesche.

Da subito, primi tra tutti gli internati militari italiani, le persone incontrate al di fuori di Ravensbrück avevano insegnato ai deportati, soprattutto se donne, il silenzio. Nessuno credeva ai racconti delle atrocità dei campi. Né i russi, né gli americani, né tantomeno l'arrivo degli inglesi, potevano eliminare le radici profonde che alimentavano la diffidenza nei confronti delle ebree e delle politiche.

Una mattina, poi, dal campo di Amburgo erano partite: dieci giorni di treno e camion per arrivare a Innsbruck. Elda lo aveva raccontato ad Aila tracciando il percorso su una carta geografica. E da Innsbruck, come per miracolo, la lunga galleria del Brennero. Toccare il «sacro suolo» della patria, però, non era stata un'esperienza idilliaca come tante volte si erano permesse di immaginare. C'erano stati i civili che le avevano buttate giú dal vagone, gli insulti del controllore e, a Milano, Lidia aveva preso un treno per tornare a casa, mentre lei era finita in un convento di suore a dormire su due materassi, uno in crine e l'altro imbottito di lana, su cui si era girata e rigirata fino a quando non aveva deciso di stendere la coperta per terra. Solo allora, la schiena contro il pavimento, era finalmente riuscita a prendere sonno.

A sommarsi a tutte le difficoltà era presto arrivato il fatto che Ravensbrück fosse un nome che nessuno conosceva, di cui i giornali non avevano parlato e che nemmeno a Radio Londra nessuno aveva mai sentito nominare. E non era un fatto da poco.

Elda aveva cercato di spiegare ad Aila come il parlare di luoghi lontani mai pronunciati da nessuna fonte autorevole unito all'essere donna insinuasse sempre, in chi ascoltava, il dubbio della fantasia. Tutti avevano patito la fame e il freddo, chi a casa, chi in Russia, e ognuno aveva la sua storia. Le donne, si sa, tendono ad esagerare: mica potevano essere state trattate peggio degli internati. Era stato di fronte a quella fretta di berciare, paragonare e sputare sentenze che sua madre, come molte altre, aveva capito che non avrebbe potuto raccontare. L'umiliazione, gli appelli, il crematorio che fuma e la disumanizzazione di Ravensbrück non erano inscrivibili in alcun immaginario allora conosciuto. Nessuno voleva ascoltarle, quelle storie. A parlare, come sempre, erano i soldati.

Sua madre le aveva raccontato questi e molti altri dettagli della marcia, quell'oscura coda della tragedia messa in ombra dalla tragedia stessa. Ma il disprezzo profondo era arrivato dopo, una volta tornata a Torino. Prima c'era stato da darsi da fare, cercare lavoro come infermiera, trovare una casa, pagare l'affitto e forse – immaginava ora Aila – capire che fine avessero fatto Alfio e Libero.

Un giorno, dal panettiere, Elda aveva sentito un signore distinto parlare del sanatorio che dirigeva e della scandalosa scarsità di personale a fronte di tanti malati. Prontamente si era fatta avanti e cosí, con la schiena ancora devastata dai foruncoli, si era ritrovata a occuparsi di ex deportati apparentemente meno fortunati di lei. Cos'era stato dedicarsi alle piaghe e alle ferite altrui mentre la sua in silenzio ruggiva e, incurabile, sanguinava? Aila non lo sapeva. Poteva, nella cura, aver trovato una forma di conforto? Lo sperava ma aveva il terribile dubbio che tutto in lei non avesse fatto altro che alimentare la delusione e acuire la sensazione di tradimento. La consapevolezza del disprezzo, giorno dopo giorno, doveva essere cresciuta cauta, scontrandosi con la cruenta normalità che scorreva posticcia fuori dal sanatorio, nei negozi e per le strade, dietro le finestre che pendevano come bave dalle mura sventrate di piazza San Carlo. Camminare per le stesse strade, incrociare gli stessi occhi, mentre il suo squarcio, sempre in silenzio, cicatrizzava allontanandola dal mondo, rendendola la donna che aveva conosciuto.

Come poteva interpretare – le aveva detto poco prima di ammalarsi – come poteva, lei, interpretare il negoziante che si era presentato tutti i sabati in divisa al sabato fascista e ora le si rivolgeva con toni affabili: Come va signorina, passi una buona giornata? Che sorriso poteva rivolgere alla sua vicina di casa che era stata maestra fascista e delatrice? E soprattutto: era possibile trovare una risposta a queste domande? E se sí, dove? Come? In che misura il negoziante, la maestra e tanti altri erano responsabili di ciò che lei aveva passato e del dolore con cui si era trovata a fare i conti?

50
Scota

Dopo i partigiani, argomento su cui Teresa aveva fatto prevalere la sua posizione, in casa c'era stato un momento di tregua che, nonostante i rastrellamenti, aveva accompagnato buona parte dell'estate del '44. La sua coscienza aveva avuto un unico tremolio, poco piú di una fiammella allo sbavar del vento, quando proprio lí, a Montevicino, un ragazzo era stato arrestato dai tedeschi e rinchiuso in un frigorifero per un'intera notte. Al mattino, moribondo, era stato estratto e fucilato senza tanti complimenti. In paese si era sussurrato parecchio di quella esecuzione, ma non lei.

Teresa poteva controllare cosa dire e ciò di cui voleva sentir parlare, eppure al suo dispotismo sfuggivano le voci che circolavano in stazione, le orecchie e gli occhi di Domenico. Dei convogli chiusi che guaivano lungo i binari, però, lui a Teresa non parlava: dai tempi dei legni alle finestre aveva imparato a tenersi molte cose per sé.

Solo quando era stato bombardato il ponte sull'Orco, tra Brandizzo e Chivasso, uccidendo diversi bagnanti, se n'era fatta qualche parola, a cena.

Era luglio e madama Clari, che era andata a pucciare i piedi nel fiume solo il giorno prima, l'aveva di certo scampata bella. Sentendo che per una volta Teresa si accalorava, Domenico aveva provato a introdurre il discorso dell'incontro tra Hitler e Mussolini e la magnanima concessione tedesca di liberare 70 000 internati italiani per trasformarli in lavoratori al servizio del Grande Reich. – Se non è zuppa, è pan bagnato, – aveva azzardato lui. Ma Teresa aveva stroncato la conversazione sul nascere ed erano tornati a parlare del prezzo a cui Cillario aveva preso a vendere il macinato alla borsa nera e della sua capretta, che stava diventando magra come la fame.

Domenico non immaginava che da lí a poco ci sarebbe stato qualcosa di piú difficile da ignorare rispetto agli internati o alle SS italiane che diplomaticamente dichiaravano: «Ero internato in Germania, sono volontario per rientrare in Italia, ma niente di piú». E quel giorno era arrivato in fretta.

Sul finire di agosto la cucina era tiepidamente illuminata dal tramonto estivo, e dalle finestre aperte entrava il frinire delle cicale. Teresa, ago alla mano, era china su una pezza di stoffa, quando lui si era lasciato cadere su una sedia. Dopo un attimo di silenzio lei gli aveva chiesto: – Che cos'hai?

– In stazione arrivano notizie. Rubatto mi ha detto...

– Che notizie?

Mentre guardava Teresa intenta nel rammendo, Domenico si era ricordato dell'ultimo consiglio che lei gli aveva dato: che andasse a parlarne con Marcellino della fonderia.

– Niente, – aveva detto. – Vado al bar.

Mancavano poche mani alla fine dell'ultimo giro di scopa. Domenico guardava Marcellino da sopra il ventaglio di carte. Stava perdendo malamente, ma non gli importava. Gli sudavano le mani e si passava sovente il fazzoletto sulla fronte.

– Marcellino, *scota*, – aveva detto a un certo punto. – Ti ricordi di cosa parlavamo qualche tempo fa?

Senza sollevare gli occhi dal gioco, lui si era limitato ad aggrottare la fronte.

– Quando dicevi che era meglio farsi gli affari propri per non far del male a nessuno.

– Sí, è quello che dicevo, – aveva mormorato Marcellino.

– E se di questi tempi capitasse che proprio facendosi gli affari propri si faccia del male a qualcuno?

– Cosa intendi? – Finalmente ora lo fissava.

Domenico aveva abbassato la voce e gli aveva raccontato del biglietto di Rubatto. Ma Marcellino aveva scosso la testa, tornando alle carte. Tutto sarebbe passato prima o poi, era solo questione di tempo e di pazienza: stare girati dall'altra parte abbastanza a lungo da potersi voltare, un giorno, e vedere il mondo cosí come lo avevano lasciato. Da qualche parte qualche pezzo grosso prima o poi avrebbe ben firmato una carta, ci sarebbe stata una stretta di mano, e via. Erano loro, i grandi, a farsi la guerra, la gente del popolo in fondo non c'entrava.

– Non te le devi caricare tu, le ingiustizie del mondo. Già ci rimettiamo parecchio noi poveracci, non credi?

In quel momento la porta del bar si era aperta e due soldati tedeschi erano entrati parlando ad alta voce.

Marcellino aveva lanciato a Domenico un'occhiata eloquente. – Oggi i treni sono arrivati tutti in orario, – si era affrettato a dire lui, piú forte.

Avevano continuato a giocare e persa anche la terza partita se n'era tornato a casa.

51
Dicembre 1999

Mentre il mangime si gonfiava d'acqua e iniziava ad affondare verso la ghiaia, Fulvio rimase a osservarli. I pesci piluccavano i foglietti sottili. Uno dei due, quello pigro, prendeva al volo i frammenti che scendevano verso il fondo, l'altro, pinne nervose, apriva freneticamente la bocca sul pelo dell'acqua, il ventre lucido ben in vista. Sono ingrassati?, si chiese, – dovrò dargli meno da mangiare? Anni prima aveva letto da qualche parte che i pesci d'acquario, se nutriti eccessivamente, esplodono. Perché Gilberto non aveva lasciato delle istruzioni?

Quel mangime, comunque, puzzava in maniera incredibile. Si pulí le mani sui pantaloni, staccò dal gancio le chiavi del bar e quelle del Defender. Fuori faceva freddo. Fulvio si sentiva molle come la pianura che l'aveva cresciuto, con la sua aria gravida di letame. C'erano momenti in cui provava la sensazione di essere buono, sí, ma come un cucciolo che abbia assaggiato il nerbo. E ancora non era andato a trovare suo fratello. Prese una manciata di neve dalla siepe e ci immerse il viso.

Giacomo comparve sbadigliando sulla porta. – Che fai, pa'?

– Niente, – si affrettò a rispondere lui. Si pulí la faccia con la manica del giubbotto. Suo figlio infilò guanti e berretto e montò in macchina.

Il bar lo aprirono insieme, poi Fulvio andò a Chivasso a comprare i regali di Natale. Sulla statale, nella corsia opposta, incrociò la Panda sgangherata di suor Emma e notò che il posto del passeggero era occupato dalla giovane donna che veniva dalla città.

A suo fratello una cosí sarebbe piaciuta, pensò, e dopo averle superate si rese conto che quell'anno non avrebbe ricevuto la solita raccolta di Tex a colori che Gilberto ogni Natale infilava sotto l'albero impacchettata in un foglio di giornale.

52
Giacomo

Dopo il primo mese passato dietro il bancone, Giacomo aveva acquisito una certa disinvoltura nell'incastrare il gruppo di erogazione: dalla macchina del caffè il liquido scuro cadeva prima a singhiozzo, poi dritto e regolare nelle tazzine. E se il cliente era da servire al banco grazie al cielo la questione finiva lí, altrimenti poi bisognava caricare tutto sul vassoio e arrivare ai tavoli, ed ecco, questo passaggio implicava qualche difficoltà in piú. C'era da mantenere l'equilibrio su una mano sola, distribuire le tazzine senza farle tremare contro il piattino ed evitare disciplinatamente di far scivolare il cucchiaino per terra.

Nel compiere quei movimenti si sentiva goffo e preferiva di gran lunga starsene al riparo dietro al bancone. Anche perché in quello spazio ristretto aveva imparato, con il trascorrere delle ore, la maestria della divagazione. Tra un ordine e l'altro, mentre pigiava il caffè o svuotava la lavastoviglie, non ascoltava le conversazioni dei clienti, bensí pensava. E già che evidentemente non riusciva a farne a meno, aveva scoperto che pensare in quel modo, muovendosi, lasciando che le immagini e le sensazioni si formassero in maniera leggera, circondate dal brusio altrui, lo rilassava. Mentre il vapore della lavastoviglie gli appannava gli occhiali, capitava che gli tornasse in mente il volto di suo zio che sorrideva, e quel pensiero, a sorpresa, si disegnava in una sorta di zona protetta, esule dal dolore. E allora, e solo allora, a quei ricordi non si sovrapponeva la foto della moto riversa sull'asfalto, della bara di legno chiaro, della pioggia sulla terra scura. Si generava, al contrario, una catena virtuosa. Il ricordo del fucile puntato contro i cigni di plastica alla fiera del 2 novembre, ad esempio, quella in cui sarebbe dovuto andare con zio Gil, ma le cose erano andate com'erano andate e alla fine ce lo aveva portato suo padre, e lí avevano incontrato Pinin con la sua Ceres. Lui e Fulvio gli avevano fatto bere un sorso di birra e Giacomo aveva vinto un grosso peluche che ora era piazzato ai piedi del letto. Tutte le mattine lo salutava, chiamandolo per nome.

In quei giorni gli era anche sorto improvviso il pensiero dell'università, e mentre il caffè colava a picco nelle tazzine – ma non mentre il latte montava nel bricco per fare la schiuma del cappuccino perché quell'operazione richiedeva ancora troppa concentrazione – fantasticava sulle ragazze che avrebbe incontrato se gli avessero permesso di iscriversi all'Accademia delle Belle Arti di Torino. Le immaginava, le ragazze, come Alice della quinta B, con i capelli arancioni, le lentiggini e i pantaloni stracciati di due taglie piú grandi, e anche lui allora si sarebbe vestito cosí e le Alici dell'Accademia lo avrebbero salutato lungo corridoi.

Quella domenica mattina di metà dicembre, tra le altre cose, pensò anche che la tizia seduta al tavolo con suor Emma fosse strana, che in fondo poteva essere un aggettivo generico per proteggersi dal pericoloso ambito del fascino. Non aveva mai visto una donna di quell'età con i capelli corti e la giacca di pelle, e quando Pinin lo sorprese a guardarla una volta di troppo, o forse piú a lungo di quanto fosse discreto fare, lui capí di avere ancora molta strada da percorrere prima che le ragazze guardassero lui e non viceversa.

– Di' un po', non è male la cittadina, *neh?*

Giacomo tolse la bottiglia di Ceres e la tazzina del caffè dal bancone. – Potrebbe essere mia madre, – disse, cercando di non arrossire.

Poi tirò via il tappo di sughero da un bottiglione verdastro.

– Hai le balle in giostra?

– No.

Alle finestre erano appese delle ghirlande natalizie. Sul banco era appoggiata una slitta con le renne, e in un angolo lui e il padre avevano allestito un piccolo presepe con la paglia e tutto il resto. Fuori faceva troppo freddo per nevicare.

– Ce l'hai una fidanzata? – chiese Pinin.

Giacomo non rispose.

– Oh Giacomino, mi sa che tu sei da *desgenare* un pochetto.

A quel punto Franco, di riposo dalla consegna dell'acqua, appoggiò una mano sulla spalla di Pinin. – Lascialo lavorare. Mica puoi tormentarlo solo perché suo padre non c'è.

– E chi lo tormenta? Io dico solo che con una bella aggiustatina di capelli e una felpa nuova potrebbe far faville.

– Fatti gli affari tuoi, va', che campi cent'anni.

– Cent'anni, come no, che poi dopo tutto ci tocca pure morire.

E mentre loro discutevano Giacomo lanciò un'altra occhiata alla tizia che veniva dalla città.

53
Necessità

Aila e suor Emma se ne stavano sedute nell'angolo piú in disparte, accanto al termosifone. Il bar si stava riempiendo.

Suor Emma, che dava le spalle alla sala, tirò fuori il tagliasigari e lo appoggiò accanto alla scatola di metallo. – Doveva essere una donna forte, tua madre.

– Lo era, sí, – rispose Aila. Anche se ora, alla luce di tutta quella faccenda, faticava a distinguere il confine tra forza e sofferenza. – Era anche sola, mia madre. Intransigente.

– Non si scende facilmente a compromessi dopo aver vissuto ciò che ha vissuto lei.

Suor Emma frugò nella tasca del saio alla ricerca dei fiammiferi. – Deve aver passato dei momenti terribili una volta tornata.

– Pare che un famoso comandante partigiano le abbia detto che le vere partigiane si facevano ammazzare, non prendere prigioniere. Da allora ha chiuso anche con loro.

Già da qualche tempo suor Emma aveva finito di leggere la relazione di suor Giuseppina e aveva chiamato Aila per restituirgliela. Entrambe sapevano che non ce n'era bisogno, che volendo la suora avrebbe potuto tenersela, che se ne poteva parlare al telefono, eppure Aila era scesa a Laietto il primo fine settimana utile. Questa volta dicendo a Giulia dove andava.

Ciò che era accaduto, comunque, era che entrambe, Aila e suor Emma, si erano ritrovate con l'urgente e inatteso desiderio di parlare del passato e, in particolare, del passato che Elda Trabotti incarnava, in modi e per motivi diversi, per ciascuna di loro. I perché di questa necessità erano molteplici.

Quelli di Aila iniziavano in maniera prevedibile: perché quella donna era sua madre. Ma anche perché erano anni che non sentiva la propria voce dire il suo nome; perché finalmente c'era qualcuno di nuovo con cui parlarne; perché sua madre era morta e aveva deciso di farlo portando via con sé il segreto piú pesante; perché la persona con cui Aila poteva finalmente parlarne aveva intravisto questo segreto. Anche se il rompicapo dell'identità di quello che per metà era suo fratello non sembrava avere una soluzione, discorrere di ciò che era stato, aveva un effetto lenitivo sul dolore che quella stessa materia emanava.

Suor Emma invece identificava l'origine di quella necessità con il lungo viaggio in treno che nel gennaio del 1946 l'aveva condotta da Torino a Roma. Lontana dal carcere, il freddo della carrozza e le mani appoggiate in grembo in un intreccio nervoso. Durante quel viaggio qualcosa dentro di lei aveva deciso che la sua storia, tutto ciò che aveva visto e vissuto, avrebbe fatto parte di lei nella misura in cui avesse contribuito a renderla ciò che era, vale a dire una donna di Dio, al servizio di Dio, nel tempo di Dio. E che cos'è il tempo di Dio se non presente, se non luce? Da quel momento tutta la sua attenzione sarebbe andata alle incombenze quotidiane, senza mai voltarsi indietro e solo pensando alle infinite possibilità che Lui mette a disposizione degli uomini affinché possano distogliere lo sguardo dai mali che furono per guardare al bene che verrà. Il rimorso non è un sentimento adatto alla coltivazione della vita che Lui stesso ci offre, cosí la pensava e cosí erano andate le cose: non si era mai confrontata su ciò che era stato, mai era scesa nei dettagli di quella che era stata la sua mansione prima di arrivare a Roma.

In quei giorni passati a leggere e ricordare, però, il fatto di essere tornata a Laietto, di aver rifiutato una pensione agiata, al sicuro dai fantasmi del passato, aveva iniziato a prendere le sembianze del primo tratto di un disegno piú ampio, che non aveva mai avuto coscienza di star tracciando. Negli ultimi mesi il suo modo di pregare si era riaccostato a quello dei primi tempi, al convento, quando usciva nel chiostro o spalancava le finestre per congiungere le mani al cielo. Un'abitudine che gli anni avevano stinto a favore dei colori cupi delle volte religiose o delle luci al neon dei dormitori. Suor Emma era tornata affinché Aila bussasse alla porta che suo padre, il *dotor*, aveva scelto di chiudere. Era tornata affinché la relazione di suor Giuseppina potesse arrivarle, nell'ultima parte della sua vita, a ricordare cosa aveva scolpito in lei la declinazione della parola di Dio, cosa aveva corroborato il suo voto contro ogni sopruso o ingiustizia, il suo impegno irrevocabile al fianco dei piú deboli, le mura fredde del carcere e gli sguardi sottili dei tedeschi davanti ai quali aveva giurato di non mettere mai la forza di Dio al servizio del potere, ecclesiastico o secolare che fosse.

Sospirò. Sfregò il fiammifero contro la striscia di cartavetro e incendiò l'estremità del sigaro. Tirò qualche boccata, poi lo appoggiò al posacenere, dove il fumo si sollevò denso nel fascio di luce che trapelava dalle tendine di pizzo del bar.

– C'era una cosa che mia madre ripeteva spesso, – disse Aila giocherellando con il manico della tazza. – Che i soldati di Hitler erano strafatti di metanfetamine.

Suor Emma si sporse verso di lei e strinse gli occhi. – Metanfetamine?

Nel frattempo Giacomo, dopo aver pulito il tavolo accanto al loro, si avvicinò. – Posso portarvi ancora qualcosa?

– Sí, grazie. Io prenderei un punch bollente, per favore.

– Per lei, signora?

– Io sono a posto, grazie, – poi Aila tornò a voltarsi verso suor Emma.

– Metanfetamine, sí.

54
Consigli

Dopo la guerra, di colpo era tornata la vita soffocante del paese: sorrisi posticci, lettere anonime, il tormento del disaccordo. Una caterva di parole rubate, rielaborate, origliate, e giudizi, giudizi a iosa.

Come se la guerra non fosse mai esistita, nel '48, quando lo scudo crociato della Democrazia Cristiana aveva iniziato a tappezzare i muri delle città piú insistentemente di quanto già non fosse successo prima, la cara vecchia vita di paese era tornata e non se n'era piú andata. Teresa la sentiva entrare dagli infissi come l'umidità. Le aveva tenuto la bocca cucita e continuava a farlo. Lei che non aveva mai smesso di sperare in una pace veloce per poter tornare nella sua Torino, si era ritrovata a rinunciare, e anzi, a insistere affinché rimanessero lí. Perché? Per il posto di lavoro di suo marito che faceva presagire una promozione, perché la casa che avevano in affitto in via Vanchiglia era stata rasa al suolo dai bombardamenti, perché pensava che fosse il modo migliore per tenere segreto ciò che Domenico l'aveva costretta a sobbarcarsi, perché voleva stare il piú lontano possibile da tutto ciò che aveva a che fare con quel segreto. Almeno era cosí che lei amava raccontarsela.

Domenico dunque, che si era trovato inaspettatamente bene nell'assenza di complessità del paese, aveva continuato a prestare servizio a Chivasso fino a quando, subito dopo le elezioni, era arrivata l'alluvione e il fiume, che era fuoriuscito a divorare i tralicci, aveva divelto chilometri di ferrovia portandosi appresso un bel pezzo della stazione. Una disgrazia, quello era l'unico nome che Teresa fosse disposta ad attribuirgli.

– L'alluvione, Teresa, è un castigo, – diceva Domenico. – Una punizione per quelli come te, che hanno dato il loro voto alla DC.

– E tu? Sentiamo un po', a chi l'hai dato il tuo voto? – rispondeva lei.

– Il voto è segreto, ma sta' tranquilla che non l'abbiamo messo nello stesso posto.

E qui, di solito, la discussione terminava. Il punto, però, era che la stazione sarebbe rimasta inagibile per chissà quanto tempo, e cosí lui era finito a lavorare per Cillario.

Che fosse una punizione o meno, adesso Domenico si alzava di buon'ora e camminava quaranta minuti per arrivare al mulino. Prima di cominciare la giornata, le sette scarse, lui e Cillario si sedevano al caffè. Macinare il grano non era piú una faccenda clandestina e lui poteva starsene tutto il giorno nei campi di frumento, all'aria aperta e in bella vista. Cillario poi di quei tempi aveva un gran bisogno di aiuto perché la figlia femmina, andata in sposa, aveva smesso di dargli una mano con la contabilità e lui, che ormai stava prevalentemente alla macina, per i campi non aveva piú tempo. Anzi, stava meditando di venderli, cosí aveva accettato di buon grado la mano d'opera risoluta e fidata di Domenico Sellaci.

I due non parlavano mai dell'attività clandestina durante la guerra. A dire il vero non parlavano quasi mai di nulla. Erano entrambi uomini riservati, fatti di gesti concreti, duro lavoro, pagnotte, cacciagione, e, di tanto in tanto, un fiasco di vino.

Un anno piú tardi, nel '49, quando i tralicci erano stati rimessi in piedi e i treni avevano ripreso a transitare pigri su binari nuovi di zecca, Domenico non si era presentato a riprendere il posto di capostazione. Decisione, questa, che aveva profondamente amareggiato Teresa. D'altra parte non aveva di certo sposato un contadino, lei, cosí quando aveva visto la stazione rimessa in funzione aveva alzato la voce. Domenico le aveva risposto, pacato, che stava bene dov'era e che Cillario gli aveva parlato di cedergli una parte dell'azienda, di lasciargli coltivare i campi e allora Teresa, su tutte le furie, aveva preteso delle spiegazioni. Lui, impassibile, non ne aveva fornita alcuna.

– È per quel fatto che non vuoi tornare in stazione? – aveva chiesto lei a un certo punto.

Quel fatto. Era evidente dalla smorfia che gli increspava l'angolo sinistro delle labbra che Domenico non sopportasse il modo in cui sua moglie si ostinava a riferirsi all'accaduto. Si era limitato a dire che stava bene dove stava. Dopodiché era uscito ed era tornato a casa tardi.

Da quel momento in avanti non ne avevano piú parlato del *fatto*, di Cillario e di tutto il resto. Erano successe molte cose e nessuna. Lei era rimasta incinta, i bambini erano cresciuti, Fulvio si era sposato con Agnese, era arrivato un nipote, Domenico si era ammalato ed era morto, e Gilberto dietro di lui, quasi che il cordone ombelicale che lo legava a questo mondo fosse l'uomo che aveva smesso di fare il ferroviere nell'estate del '48. E in parte sicuramente era vero.

Tant'è che ora che se n'erano andati entrambi, Teresa sentiva che il pudore, anni di remore e false cortesie, si stava lentamente trasformando in qualcos'altro, qualcosa che sembrava avere il retrogusto della vergogna. Una vergogna ambigua, colpevole, ma sopra ogni altra cosa esausta. E da quella stanchezza emergeva sfocata la sensazione di non aver potuto fare diversamente, di essere stata debole e sciocca; debole nell'aver ceduto, sciocca per aver pensato di poterlo nascondere. E adesso, sprofondata nella sua poltrona, davanti alla stufa accesa, pensava che la vita doveva essere una grande presa in giro da parte di qualcuno che si diverte a osservarci mentre costruiamo delicati castelli di carte in mezzo alla tempesta.

Pensò a questo e a cosa avrebbe fatto lui, Domenico, in quella situazione, e si sentí ridicola nel pensarci perché mai lo avrebbe fatto se lui fosse stato lí con lei; mai, in vita, gli avrebbe chiesto «Dimmi un po', cosa faresti tu, Domenico?» Aveva sempre e solo opposto o piegato la sua volontà a quella di lui. Chiedere consiglio, questo le aveva insegnato suo padre, era faccenda da lasciare ai deboli, e lei di certo non aveva avuto tempo per la debolezza, figurarsi per i consigli. Se lo aveva amato? Questo era fuor di dubbio. E teneramente, anche. Di una tenerezza furtiva e coriacea, del tutto dissimile da quella mansueta e grossolana di lui. Una tenerezza titubante, forse, ma autentica.

Polenta, il pelo congelato dall'inverno, le si accoccolò in braccio, gli occhi semichiusi in direzione del fuoco che si agitava contro lo sportello di ghisa. Teresa, pensando, la accarezzò: sentí i muscoli dell'animale che si rilassavano distribuendo il peso sulle sue cosce smunte. Schiuse le labbra secche.

Ma che te lo chiedo a fare, Domenico. Tu di certo andresti dalla suora e da quell'altra a dire: è me che cercate?

55
Sabato sera

Suor Emma, seduta sulla poltrona, teneva in grembo un grosso gomitolo di lana scarlatta. I ferri si muovevano veloci negli anelli creati dal lavorio delle dita, e mentre la porzione di sciarpa compiuta si allungava su un lato del bracciolo disse: – Facciamo che questa è per la tua amica.

Finita la cena, erano rimaste in salotto a godersi il silenzio della sera, Aila assaporando la quiete che si estendeva per chilometri, tangibile oltre le mura della casa: i prati lasciati incolti sul retro e i campi arati verso ovest. Suor Emma, invece, era insolitamente taciturna. Aila non ci fece subito caso, perché entrambe nascondevano, dietro quel silenzio prolungato, il vago senso di spaesamento che segue i momenti di confidenza piú intima. C'era una discrezione nuova in quella calma, qualcosa che faceva sí che la sciarpa, un ferro dopo l'altro, avesse lo sfuggente sapore del commiato.

Suor Emma l'avrebbe incartata, e Aila l'avrebbe sistemata sotto l'albero, in pochi giorni sarebbe arrivato il Natale, e lei lo avrebbe trascorso con la famiglia di Giulia in Val di Susa, perché di parenti ad Aila ne rimanevano ben pochi. Poi sarebbe scoccato l'ennesimo nuovo anno, il Duemila, e – nell'ipotesi in cui si fosse scampata l'apocalisse pronosticata da molti – sarebbe arrivata la Befana a riempire le calze con cubetti di carbone rigorosamente neri. Tutto sarebbe tornato come prima; solo, i motivi per tornare a Laietto sarebbero finiti. Portata, letta e ripresa la relazione di suor Giuseppina, incrociate tutte le informazioni di cui disponevano, ecco cosa stava per accadere, ed entrambe, per motivi diversi, ne avevano timore.

Aila si guardò attorno alla ricerca di dettagli, spunti di conversazione. Le pareti erano spoglie: tre o quattro chiodi solitari, privati delle loro cornici, spiccavano a testimonianza del rimosso. Tutta la casa, in effetti, per quello che aveva potuto vedere, era singolarmente vuota rispetto alle sue dimensioni; in alcuni punti il suono rimbombava, si aveva l'impressione che diversi mobili fossero stati tolti. Le superfici erano funzionali, molto diverse dalle cataste di foto e ninnoli che ci si sarebbe aspettati da una donna di quell'età: giusto un paio di scatti in contesti religiosi, uno da sola, l'altro in compagnia delle consorelle, un ritratto della madre, l'espressione seria ma gli occhi sorridenti. In un angolo, lontano dalle altre fotografie, un uomo giovane, i lineamenti severi e i baffi ben curati dentro una piccola cornice d'argento.

– È tuo padre? – chiese.

Suor Emma ebbe un sussulto. – Come?

– Quello nella foto, è tuo padre?

Lei lanciò un'occhiata sfuggente alla parete e annuí.

– Non mi hai mai detto molto della tua famiglia.

– Non c'è molto da sapere.

– Non ti ho mai chiesto niente.

– Eravamo una famiglia borghese come le altre.

– Sei figlia unica?

– Sí.

Suor Emma sbagliò un punto, poi un altro, disfò l'intera fila e piantò gli occhi nei suoi: – Ti fa piacere una tisana?

– Sí, grazie.

I movimenti goffi con cui la suora sistemò il gomitolo e i ferri nel tentativo di non ingarbugliare il lavoro tradirono l'età che Aila non era solita riconoscerle. Con le gambe anchilosate e le braccia larghe a mantenere l'equilibrio raggiunse i fornelli. Aspettò che i semi di finocchio colorassero l'acqua e portò le tazze in soggiorno.

– Speriamo che alla tua amica piaccia, – disse indicando la sciarpa abbandonata sulla poltrona.

56
Lambretta

Verso la fine degli anni Cinquanta avevano comprato una Lambretta, e con la Lambretta ci andavano e venivano dal mare, tutti e quattro piú le valigie. Domenico guidava, Gilberto in mezzo tra lui e Teresa, e Fulvio giú, tra le gambe del padre, attento a non sbilanciare il peso della comitiva, i bagagli legati al portapacchi. Era un viaggio eterno che richiedeva necessariamente basse velocità e numerose tappe per l'espletamento dei bisogni fisiologici piú disparati.

Un giorno di agosto, di ritorno dal mare, faceva molto caldo e loro avevano finito le scorte d'acqua. Cosí Domenico aveva deciso di fermarsi nei pressi di un cascinale dove una donna con intorno al capo un foulard da contadina, seduta su una sedia di legno, era impegnata a sventagliarsi.

Avevano appoggiato la Lambretta sul cavalletto e si erano avvicinati, *cerea*, a chiederle dell'acqua. La donna, accaldata ma premurosa, era scomparsa dietro una tenda a fili per tornare dopo pochi minuti con una brocca d'acqua e una cesta di fichi. Nel breve tempo di attesa, però, Domenico aveva rivolto lo sguardo verso quello che una volta doveva essere il soffitto del pagliaio e su una mensola, in un angolo, non propriamente esposto ma nemmeno occultato, lo aveva visto. La mascella pronunciata in quell'espressione imbronciata e impettita che avrebbe dovuto conferirgli una virilità autorevole. Il busto di Benito Mussolini. Quando la donna era uscita dalla cucina, mentre le perline di legno della tenda continuavano a sbattere una contro l'altra in un fruscio familiare, Domenico aveva perso le capacità di interagire con chiunque abitasse quella casa. Era scattato qualcosa in lui che non era mai scattato prima, nemmeno durante la guerra. Aveva guardato la sua famiglia, raggruppata all'ingresso, timida e impacciata, e quel busto lasciato in bella vista, la signora che si avvicinava con l'acqua e i fichi. Aveva fatto roteare lo sguardo da una all'altra, aveva voltato le spalle ed era uscito.

– Non si sente bene? – aveva chiesto la signora a Teresa, indicando Domenico che ad ampi passi si allontanava in direzione della strada.

– Oh, non è niente, – aveva risposto Teresa, – sarà un colpo di calore.

Gilberto, un fico morsicato a metà nella mano sinistra, si era offerto di portare un bicchiere d'acqua a suo padre. Lo aveva trovato là fuori, irrequieto, a strappare fili d'erba. Poi il bambino era tornato indietro con il bicchiere ancora pieno.

A quel punto sua madre gli aveva tolto malamente il bicchiere di mano e aveva ripercorso il tragitto fino alla Lambretta. – L'ho visto anche io. Bevi, – gli aveva detto.

– Non accetto nulla da gente come lei, non davanti a mio figlio.

– Tuo figlio, tuo figlio, tu di figli ne hai due caro mio, ricordatelo –. Teresa aveva rovesciato il bicchiere ai suoi piedi e, girati i tacchi, era tornata dalla signora dei fichi.

La sera, arrivati a Montevicino, i bambini erano andati a dormire di corsa dopo una cena frettolosa a base di pane e latte.

Teresa si era infilata nel letto e, rivolta verso l'armadio, sebbene si morisse di caldo aveva tirato le lenzuola fin sopra le guance fingendosi addormentata. Da quando erano ripartiti dal cascinale, il silenzio di Domenico le aveva tolto il fiato e ingenuamente sperava che il sonno potesse cancellare la tensione di quell'incontro. Ma l'ingenuità di quella speranza era diventata palese nel momento stesso in cui Domenico aveva fatto il suo ingresso nella camera da letto.

Se prima, durante l'ascesa del Duce e per tutta la guerra, si era dispensata dall'avere un'opinione, dedicandosi a testa china al compito della sopravvivenza, negli anni successivi alla Liberazione, quando era sembrato necessario prendere una posizione per potersi guardare allo specchio, Teresa aveva trovato un motivo tutto suo per disprezzare Benito Mussolini. Un motivo che non c'entrava nulla con la politica, le leggi razziali, *il fatto* o la fame, sebbene quella l'avesse patita anche lei. Un motivo semplice, di natura morale, che risolvesse ogni controversia sul nascere. Quel motivo aveva un nome e un cognome: Claretta Petacci, l'amante del Duce, quella che i figli dei collaboratori piú intimi chiamavano «zia». Lei, Claretta Petacci, rendeva Benito Mussolini un uomo immorale, indegno di fiducia. Cosí, la questione era risolta anche per lei.

Da quando era accaduto *il fatto*, invece, Domenico di fascisti non poteva sentir parlare. Perdeva la calma che fino a prima della guerra aveva caratterizzato ogni aspetto della sua esistenza, e che, grazie al cielo, continuava a mostrare fuori da quelle ristrette parentesi stagne della sua vita piú intima, perché Dio solo sa l'imbarazzo di dover giustificare simili prese di posizione davanti a chicchessia in paese.

– Con che coraggio? – aveva preso a dire quella sera Domenico. – Nostalgici? Gliela do io la nostalgia.

Che venissero a dirglielo in faccia, aveva proseguito, cosí dopo avergli spiegato due cose, li avrebbe presi a calci nel culo, i nostalgici, la signora dei fichi e tutto il suo pagliaio. Le piaceva la dittatura? Che se ne andasse in Spagna, allora.

– Stai zitto, che ci sono i bambini di là, – aveva detto lei, senza muoversi dal suo bozzolo di lenzuola. – E poi cosa gli vuoi raccontare a quelli? Lasciali in pace, ne abbiamo avuto tutti abbastanza della guerra. Non ne voglio piú sentir parlare. Anzi, ti dirò di piú: non voglio mai piú pensarci. Hai capito?

Allora lui l'aveva guardata come fosse matta, come se si fosse dimenticata di cos'era successo; che in parte, certo, era quello che lei cercava di fare.

57
Moira Orfei

Prima di tirare su la cornetta Agnese aveva guardato l'ora. Era tardi per ricevere una telefonata.

– Ciao sono io. State guardando il circo?

La voce di Gilberto le era sembrata tremula.

– Sí, tutto ok?

– L'avete visto il funambolo? – aveva chiesto lui, la linea crepitante e il sonoro della televisione tenuto alto in sottofondo.

– Sí, era bravo.

– Pensavo non avesse la corda di sicurezza, poi ho guardo meglio e ho visto che aveva la rete, allora ho pensato: sono un cretino, sono proprio cretino.

– Gil, di cosa stai parlando?

– Chi è al telefono? – aveva chiesto Fulvio dal divano.

– Tuo fratello.

– È per il pranzo di domani? Digli che se non viene mia madre lo uccide.

– No, vuole solo...

– Devi andare? – aveva chiesto Gilberto. – Ho fatto il passo piú lungo della gamba.

Agnese aveva preso una sedia. – Perché non cerchi di spiegarmi?

– Sono stato un idiota.

– Gil.

– Io ci credevo, sai? Sul serio. Mi ero illuso di potercela fare. Scegli tu, le ho detto, posso sopportare qualsiasi cosa. Un deficiente, ecco cosa sono. Pensavo di essere piú forte, invece sono un cretino. Ho parlato solo per quella parte di me che sapeva cos'era giusto fare dimenticandomi, Cristo santo, dimenticandomi di quell'altra parte, no? Quella che mi fa piú schifo guardare.

– Pensavo aveste deciso insieme.

– *Lei* ha deciso.

– Ne avevamo parlato con Fulvio. Era la cosa giusta da fare.

– Sí?

– Sí, Gil.

Silenzio. Non ne era sicura ma dall'altra parte della cornetta ad Agnese era sembrato di sentire un singhiozzo. Dopo il funerale si era trovata a pensare a quella telefonata un paio di volte.

– Non potevi imporle una decisione, lo sai.

– Pensavo di poter reggere il peso, sai? Sí o no. Sembra facile, ma non è cosí… Mi è venuto in mente guardando quel cazzo di funambolo. Puoi permetterti, ho pensato, puoi permetterti di camminare sul filo solo se hai una rete, perché se hai una rete e cadi che te ne frega, hai una rete, no?

– Gil, non capisco dove vuoi arrivare. Perché non…

– Io la rete non ce l'avevo, – aveva alzato la voce. – E sai che ti dico?

– Ascolta, perché non vieni qua a berti qualcosa di caldo?

– No.

– Perché no?

– Non ha importanza. Sono un idiota.

– Sí che ne ha. Vieni. Ci sediamo attorno un tavolo e ne parliamo con calma. Devi stare tranquillo. Andrà tutto bene.

– Sí?

– Vedrai. Ora hai solo bisogno di riposare.

– Non ci riesco. Non riesco a togliermi dalla testa…

– Allora vieni qui, sul serio.

– È tardi.
– Il bambino è già a letto, puoi venire quando vuoi.
– Si può sapere cosa succede? – aveva chiesto Fulvio.
– Digli che sto arrivando, – aveva detto Gilberto prima di attaccare.

Quando Agnese aveva visto i fari girare sul vialetto era uscita, lui aveva spento la moto ed era rimasto lí.
– Vieni dentro, coraggio.
Ma Gilberto non si era mosso e Agnese, nel buio, lo aveva sentito piangere.

58
Cosa sto facendo?

Erano due giorni che quella stava di nuovo in paese: due giorni che Teresa non dormiva.

Addossata al muro della cucina ripensò al timido spaesamento con cui aveva invaso il bar del paese chiedendo indicazioni per la frazione di Laietto, allo stupore che le aveva allargato gli occhi, al sospetto che subito dopo li aveva obbligati a stringersi. Chi cerca?, le avevano chiesto.

Adesso, era ora di cena, Teresa aveva la pelle e la gola secche, gli angoli degli occhi arrossati e un bruciore diffuso tra le crepe delle labbra. Eppure non si sentiva affaticata. Sarà stata l'adrenalina. Sarà stato l'astio – l'astio d'altronde, almeno finché durava, aveva sempre avuto un effetto corroborante su di lei. Sarà stato che, anche questa volta, non poteva permettersela, la fatica.

Si sedettero a tavola e fu lí che, di colpo, Giacomo se ne venne fuori con quella storia delle metanfetamine. Cosí, come se niente fosse. A sedici anni, a tavola e davanti ai genitori, per di piú.

– I soldati tedeschi nella Seconda guerra mondiale si drogavano.

– In che senso? – chiese Agnese.

Fulvio stava mettendo nel piatto di Teresa una fetta di vitello tonnato.

– Te l'hanno spiegato a scuola?

– No, l'ho sentito dire dalla signora che viene a trovare suor Emma. Erano al bar stamattina.

A Teresa un cappero si spezzò sotto la dentiera, piú amaro del solito.

– Diceva che si drogavano con delle pastiglie che tenevano nell'elmetto, le infilavano sotto la lingua e venti minuti dopo averle mandate giú smettevano di avere sonno e fame, – Giacomo appoggiò i gomiti sulla tavola e si sporse in avanti. – Di Auschwitz e Dachau ce ne avevano già parlato a scuola durante il Giorno della Memoria, ma non ci avevano mai detto che i medici in quei posti facevano camminare gruppi di prigionieri ebrei in cerchio, per giorni interi, senza mai fermarsi. Erano divisi in due gruppi, – spostò una mano a destra e una a sinistra. – C'erano quelli a cui avevano somministrato metanfetamina, e altri a cui avevano dato un'altra roba, la cocaina mi sembra, per capire quale funzionasse meglio. La signora ha detto che alcuni studiosi sostengono che l'attacco lampo dei tedeschi in Francia non sarebbe stato possibile senza l'uso delle metanfetamine.

Teresa aveva continuato a masticare ma mentre Giacomo parlava le era montato uno strano senso di nausea. Improvvisamente non poté piú mandare giú il boccone e la bocca si riempí di una saliva densa.

Cosa volevano saperne tutti loro? Il prete, la signora del pagliaio, Arturo Ascarelli del piano di sotto, quel codardo di Rubatto, la moglie del geometra in coda al mercato e adesso pure suo nipote... Cocaina, metanfetamina, parlavano piú di quanto potessero capire, loro. Come quella *bagassa* con i capelli da cinese che doveva arrivare proprio ora a tormentarla con la sua curiosità e dire a suo nipote della droga e dei soldati tedeschi. Lei, con quella faccia liscia come il *cul dle masnà*, che ancora non aveva capito di doversi tenere alla larga dalla sua famiglia, dalla sua fatica.

Fulvio aveva preso a darle dei colpetti in mezzo alle scapole. – Mamma, ti senti bene?

– Forse le è andato qualcosa di traverso, – disse Agnese.

– Non capisco, non risponde.

– Nonna? Nonna?

D'un tratto Teresa appoggiò le mani sul tavolo e: – Non voglio sentir parlare di guerra in questa casa, – disse. – Quando sarò morta potrete fare quello che volete, ma fino ad allora niente tedeschi, niente droga, niente di niente.

Si raddrizzò e allontanò la sedia. Attraversò il salotto e, senza degnare nulla di uno sguardo, superò la boccia dei pesci, le piante e le statuette di legno. Chiusa la porta della sua camera, ruotò la chiave di ottone infilata nell'armadio e la stanza si impregnò di un intenso odore di naftalina. Si sedette sul bordo del letto e restò a guardarci dentro. Sul comodino teneva una brocca con sopra un piattino da caffè. Si versò un bicchiere d'acqua, lo vuotò e si avvicinò all'armadio. Scorse tutti i vestiti appesi, protetti da fodere di plastica sottile. Ne cercava uno. Scostò le grucce attigue e lo lasciò lí, in disparte, di modo che fosse facilmente riconoscibile. Controllò di aver ripulito per bene le scarpe della domenica, quelle che una volta adoperava per andare in chiesa, e che ora l'accompagnavano un po' piú in là, fino alla stazione, e tornò a sedersi sul bordo del letto, questa volta, però, davanti alla finestra.

La luce irradiata attraverso il paralume le impediva di guardare nel buio. Il rettangolo che si affacciava sul retro della casa restituiva un angolo del copriletto e i suoi occhi spaventati. Cosa sto facendo?, si chiese. Richiuse l'armadio e ripose le scarpe.

59
Agiutme!

Sognò sogni contorti, Teresa.

Dapprima i bombardamenti. Lei e Domenico giovani, le braccia inspiegabilmente piene di rughe, la pelle molle che sbatacchiava mentre correvano lungo le vie grigie della città soffocata dal fumo che si sollevava dalle macerie. Sapeva che dovevano raggiungere la stazione di Porta Nuova, con le sue ampie arcate che si vedevano da lontano grazie alla nuova via Roma, aperta a forza dalla volontà del Duce.

Sfollavano, quindi, con le bombe che cadevano dietro di loro, sempre piú vicino. Sfollavano di corsa, occupando la carreggiata riservata ai mezzi su ruote in una Torino fantasma, abitata esclusivamente da esplosioni sempre piú vicine, sempre piú roboanti. E il suo fiato sempre piú corto, annaspante, il volto di Domenico deformato, le orbite che si allargavano sotto gli occhi e i frammenti di un ordigno piovuto dal cielo che le si conficcavano nella schiena. Cosí era il sogno, doloroso. Un'esplosione piú forte delle altre e di colpo la distesa di un cielo alabastrino sopra un campo, gli spuntoni di granoturco piantati nelle reni mentre un capannello di uomini in uniforme la prendeva a calci in faccia. Il gelo dell'inverno e il sapore del sangue in gola. Il terrore animale di ciò che accadrà dopo e il viso di Maria, la vicina, che prende fuoco ai lembi, manco fosse una maschera di cartapesta. Il fumo di una locomotiva a vapore lanciata a tutta velocità su un binario di cui lei sente le travi cedere sotto i suoi piedi: il rombo le spacca i timpani, il rumore di ferraglia ad alta velocità, l'odore della caldaia e dei meccanismi surriscaldati, il sapore del ferro rovente. La locomotiva fischia e lei spera di sprofondare, che il legno si spezzi prima dell'impatto. Ma quella arriva veloce, divora chilometri, metri, centimetri, è passata su un ponte di quelli che si vedono nei film di azione alla tv, lunghi e sospesi tra le montagne, ci è passata per arrivare lí, dove lei ha le gambe di legno, un tutt'uno con le assi marcite. Chiude gli occhi e nell'oscurità violacea dell'impatto improvvisamente invasa dal silenzio sente la voce di Domenico. Lei gli chiede di parlare piú forte, grida, lo implora, rimani, *dame na man*, *agiutme!*, ma la voce è sempre piú lontana, come disturbata da un'interferenza. E in quella livida disperazione, appare lei, la ragazza. Questa volta da sola, in mezzo alla provinciale incorniciata dalla nebbia spessa che da sempre la spinge a pregare che nessuno esca in macchina, che Gilberto non prenda la moto, che i cacciatori non arrivino dai boschi. Lei la guarda sorridendo con dolcezza, i capelli corti e neri divisi in ciocche sulla fronte. Molto vicino, da qualche parte nella caligine, esplode un colpo di fucile e, dal cielo, la rosa di un proiettile tintinna fredda contro l'asfalto che non si vede. La ragazza solleva una mano aperta a mezz'aria e la agita lentamente nella sua direzione, prima di voltare le spalle e lasciare che i suoi contorni scompaiano mentre Teresa rimane lí, incapace di seguirla. Il cielo divora le coordinate e lei prova a gridare qualcosa, ma i muscoli della gola sono ingessati, le gambe immobili. Il baricentro improvvisamente maldestro. Un ammasso di bruma prepotente le si fa incontro. Le entra nei polmoni, la sente insinuarsi nelle cavità degli occhi, sotto le unghie. Densa e compatta le riempie le narici e la bocca. Tende le mani nel vuoto che ha davanti, perde l'equilibrio, sente le ossa frantumarsi e di nuovo quella disperazione atavica, profonda, famigliare, sí; perché la riconosce quella roba lí, quell'epicentro interno che le spalanca gli occhi contro il buio della camera da letto. La camicia da notte attaccata al corpo sudato. La vescica piena.

A fatica si disfa del peso delle coperte e fa ruotare le esili gambe sul bordo del materasso. Le vene bluastre rifulgono gonfie sotto la luce violenta della lampadina del bagno che, priva di paralume, pende nuda dal soffitto.

60
Conserva

Alle sette e quarantacinque di mattina Agnese entrò in cucina e trovò Teresa seduta davanti a una piramide di barattoli di conserva. Su un lato del tavolo, in disparte, erano allineate tre *burníe*, due grandi e una piccola. Fuori la neve ghiacciata artigliava i rami degli alberi e ispessiva i parabrezza delle macchine, il buio della mattina invernale aveva appena cominciato a sbiadirsi lasciando un alone bluastro sui contorni scuri del mondo.

– Buongiorno, – salutò Agnese sorpresa. Accese la luce, svuotò il filtro e mise la caffettiera sul fuoco. Sbadigliò. Il rumore della fiammella era insolitamente forte. Osservò Teresa appoggiare un dito su uno dei coperchi riempiendo la cucina di un sonoro *clac* metallico.

– Ci sono tre barattoli da buttare, – disse.

Agnese infilò il pane nella griglia elettrica. – Non riuscivi a dormire?

– Tre. Senza sottovuoto, – mormorò Teresa.

Agnese si girò a guardarla. – Capita sempre che qualcuno non regga, non ti preoccupare.

L'idea che la suocera avesse passato la notte a contare e impilare i barattoli di conserva iniziava a renderla inquieta. Pensò che forse Fulvio aveva ragione.

– Non è possibile, ho fatto molta attenzione.

Clac.

– Mi dispiace, – disse Agnese. – La prossima volta vedrai che andrà meglio.

Tolse le fette di pane dalla griglia e si mise in punta di piedi per raggiungere il ripiano piú alto della cucina.

– Li ho fatti bollire, li ho controllati.

La caffettiera iniziò a borbottare e l'odore del caffè la rilassò. Prese due tazzine, il latte e si sedette di fronte a Teresa. – Tieni.

Lei scosse la testa.

Agnese si guardò intorno. – Lo hai già preso?

Teresa sollevò gli occhi dai barattoli per guardare l'ora.

– Va tutto bene?

61
Un passaggio

Le lancette. Il numero, il peso e la forma degli anni in cui si era illusa di poterlo fare. Di portarlo con sé senza dire una parola, senza mai tradirsi o, a seconda dei punti di vista, continuando a farlo. Se andava tutto bene? Sua nuora lo chiedeva a lei, Teresa Sellaci, l'anziana signora che aveva resistito per tutto quel tempo, spendendo gran parte delle energie che le era dato di spendere ad allontanare i giudizi da quel silenzio, riuscendoci, sempre, giorno dopo giorno, mentre *il fatto* cresceva e imparava a camminare. No, non andava tutto bene. Qualcosa era sfuggito ai suoi calcoli, qualcosa che improvvisamente aveva smesso di tenere insieme l'immagine di sé che lo specchio le restituiva. Cosí, seduta al tavolo della cucina, l'anziana signora, vestita di tutto punto, prendeva atto dello sgretolarsi dell'alleanza con la sua muta risoluzione, del suo non essere – al contrario di quello che aveva sempre pensato – un tutt'uno con colei che, suo malgrado, non aveva potuto far a meno di essere: la donna che aveva detto a Domenico di andare a parlarne con Marcellino della fonderia, di non volerne sapere del ragazzo con la motocicletta e delle baggianate di Rubatto, la donna che si ostinava a parlare di ciò che Domenico aveva fatto accadere – e, bada bene, non di ciò che era accaduto – come *il fatto*.

Era tutta colpa di quella donna arrivata dalla città, degli occhi verdi con cui era venuta a domandare. Teresa ce l'aveva quasi fatta, ma ci sono limiti oltre i quali la tensione a cui un oggetto è sottoposto implica la sua deformazione. Glielo aveva spiegato Gilberto indicandole gli zanzaroni che pattinavano sull'acqua nella *bialera*: quando le forze che tengono insieme le molecole sono minori di quelle che le allontanano i legami si rompono, le corde si spezzano, il cemento si crepa. Dunque dovevano essere le leggi della fisica a far sí che seduta a quel tavolo non ci fosse lei bensí un insieme di innumerevoli frammenti che, disperatamente, tentavano di ricordarsi come avessero fatto a tenersi insieme. E dato che ogni singolo pezzo, invano, se lo domandava, Teresa non poteva non chiederselo: perché aveva pensato che il silenzio fosse l'unico modo di sopravvivere? Erano le domande, ora, a tenerla insieme.

Agnese si era avvicinata a posarle una mano sulla spalla: – Teresa, ti senti bene? Posso fare qualcosa?

Nel sogno della notte prima si era fatta largo una risata che le aveva strappato le lenzuola di dosso: «Davvero pensavi che sarebbe andata a finire cosí, che la donna che non nomina mai le cose potesse vincere? Ingenua». Quella constatazione aveva aperto una voragine dalla quale aveva preso a uscire un corposo fiotto d'acqua. Ingenua. Diga. Risata. Ingenua. Acqua. Le era sembrato di affogare. Si era vestita ed era andata in dispensa.

Poi, mentre contava i barattoli di conserva, le cose avevano iniziato a mutare.

Cosí, priva di energia e volontà, Teresa si limitò ad alzare lo sguardo verso Agnese, e annuí. – Avrei bisogno di un passaggio, – disse.

62
Prospettive

La prima volta che lo sentí cantare erano le otto. E fu strano, perché di solito, intorno alle cinque e mezza, il primo *chicchiricchí* s'intrufolava nel sonno per ricordarle che fuori dalle finestre iniziava a stiracchiarsi la mattina dei contadini. Non che Aila si svegliasse; quel canto era solo un vago segno della coscienza dopo il quale il sonno riprendeva pacifico e profondo. O almeno, cosí erano andate le cose fino ad allora.

Quella domenica mattina, invece, fu l'odore del caffè ad aprirle gli occhi.

Senza togliersi il pigiama si presentò sbadigliando sulla soglia della cucina. La tavola era già apparecchiata per la colazione.

Suor Emma sorrise: – Ben svegliata. Accomodati.

Lei, in vista della messa delle undici, era scesa in cucina indossando il saio, lo aveva coperto con il grembiule e si era messa a preparare la colazione. Per Aila aveva tirato fuori dal frigo un uovo, un barattolo di marmellata di *ramassin* fatta in casa dalla moglie del signor Giraudo, il ferramenta, e un cartoccio di latte. Aveva aperto un pacco di biscotti e tagliato il pane del giorno prima, pigiato il caffè nel filtro e acceso i fornelli.

Da quando era iniziato il gorgoglio della caffettiera aveva contato sulle dita tre secondi prima di spegnere il fuoco, dopodiché aveva spaccato il guscio dell'uovo sul bordo della padella e si erano sedute a tavola.

63
Fermati qui

– Fermati qui.

Agnese accostò a bordo strada, poco dopo il vialetto di ingresso. I tergicristalli allontanavano dal parabrezza minuscoli frammenti di ghiaccio che cadevano leggeri dal cielo.

Grazie a Dio durante il tragitto sua nuora si era limitata a guidare senza fare domande. Teresa era rimasta in silenzio, ai piedi le scarpe della domenica e lo sguardo fisso. Controllò ancora una volta che le calze, sotto la gonna, non fossero bucate.

Fece scattare la maniglia. – Grazie.

Agnese si girò a guardare il viottolo, la cassetta delle lettere, tre gradini che portavano alla veranda: sapeva di chi era quella casa. – Sei sicura che da qui passi la corriera?

– Non ha importanza –. Teresa si strinse nel cappotto. – Non aspettarmi –. Chiuse lo sportello con forza e attraversò la strada deserta.

Agnese rimase immobile, il motore acceso, lo scarico che vibrava sputacchiando una coda di fumo bianco. Allora Teresa si premurò di fare un gesto secco in direzione della macchina e solo a quel punto sua nuora, non senza titubanza, diede gas per raggiungere un piccolo spiazzo e fare inversione. Passandole accanto accennò un saluto dal finestrino.

Teresa rimase sul ciglio della strada con le spalle rivolte al vialetto. Ascoltò. Sentí la solitudine dell'inverno premerle secca contro la pelle del viso. La nenia del traffico che si affaccendava lontano, i campi arati a destra e l'incolto a sinistra, davanti, il bosco. Una volta l'autostrada non passava da lí. Una volta l'autostrada manco esisteva.

Dall'altra parte rispetto a quel riporto di terra su cui avevano costruito la Torino-Milano, si stagliavano le Alpi innevate dietro i tralicci dell'elettricità. Le nuvole basse sulle cime e una striscia di roccia livida all'orizzonte.

Chiuse gli occhi e inspirò fino a quando l'aria ghiacciata non le pizzicò il cervello. Poi, le mani infilate nelle tasche, si voltò a fronteggiare la casa.

Il vialetto era sterrato, l'erba congelata in posizioni innaturali, il terreno gibboso – senza un uomo in casa doveva essere molti anni che nessuno lo ribatteva. Camminando in direzione del porticato incontrò qualche sassolino, rallentò, si fermò, riprese il passo. Si aggrappò al mancorrente e si ritrovò davanti alla porta.

Il campanello se ne stava lí, una circonferenza concava in ottone con al centro un bottone tondo.

La responsabilità, in fondo, si cela dietro al piú piccolo gesto, il piú banale movimento dell'epiglottide: articolare una frase comune, allungare il dito per pigiare un bottone.

Teresa, dunque, aspettò lí davanti; come se la suora, avendo sentito lo scricchiolio delle assi, potesse decidere di venire a controllare da sé chi si era presentato alla porta. Aspettò, ma nessuno venne. Sbirciò dietro le tendine di pizzo e vide, in salotto, il divano-letto disfatto. Con uno scatto si allontanò dalla finestra.

Si vergognava di aver agito nell'ombra pensando di poter scappare da se stessa, certa di farla franca. Si vergognava non tanto di quello che aveva fatto, quanto di non essere stata abbastanza forte. Era arrabbiata per questo, terribilmente arrabbiata. Aver sbagliato nel valutarsi, essere costretta ad ammettere che stava perdendo, la riempiva di una collera nuova, meno appuntita, ma piú profonda. A sporcare quella rabbia c'era poi un sentimento a cui lei non era abituata a dare un nome, un sentimento che i piú avrebbero chiamato tristezza.

Teresa avrebbe voluto che le strade che parlavano di quello che era successo potessero essere sradicate come l'alluvione aveva fatto con le traversine della stazione, l'Alzheimer con le sinapsi di suo marito. Ma lei non aveva mai dimenticato, non dimenticava mai, e forse era stata questa, in tutti quegli anni, la base della sua ridotta socialità: l'incapacità di dimenticare da sempre – da quando suo padre era andato a comprare le sigarette – aveva segnato la cifra della sua inadeguatezza al perdono. Teresa Frola vedova Sellaci non aveva mai perdonato nessuno. Meno di tutti, se stessa.

Il freddo penetrava prepotente attraverso i guanti. Sollevò lo sguardo. Dal bordo della grondaia pendevano lunghe stalattiti sottili. Un animale lanciò il suo richiamo. Lontano, il rombo dei tir che passavano sull'autostrada.

Se fosse tornata indietro.

Se fosse tornata indietro, tutto sarebbe morto con lei. Era ciò che aveva sempre pensato di desiderare.

Tirò fuori la mano dalla tasca. Allungò il dito.

64
Un tentativo

Ora.

Fa scivolare il neonato in fasce e la pezza imbevuta di vino nel carrello della biancheria sporca. Non una parola. Solo, nello sguardo, l'eloquenza di chi non crede al caso, né agli errori.

Esce dalla cella e si dirige nella direzione opposta a quella della giovane suora. Si ferma in fondo al corridoio, nell'ombra, ad ascoltare lo sferragliare delle ruote sbilenche sul terreno, lo schiudersi e il dischiudersi dei cancelli. Respira. Attende.

La lavanderia non è affare dei tedeschi. Inanimati, il piú delle volte i carelli e le carriole entrano ed escono dalle mura del carcere senza essere frugati. Sono le faccende che riguardano le donne, in quel luogo, i ferri su cui s'intessono le maglie della speranza; negli angoli, tra le pieghe, là dove si consuma e tiene accesa la resistenza. E suor Giuseppina lo sa fin da piccola, quando la terra di Lanusei l'ha vista venire al mondo, sottomessa per dovere e mai per indole. Scrivendo note a margine, sfonda la storia e riforma il concetto di carità. Se proprio devo morire, morirò qui; questo pensa, seduta nell'ombra, aspettando. Non un fiato in quel buio braccio femminile. Non un fiato, da fuori.

Prega, suor Giuseppina, per la forza della giovane suora, affinché non la tradisca un tremore nella voce, un incespicare del passo. Affinché indossi sempre la fierezza, gli occhi di chi non ha nulla da nascondere, non la morte da temere.

È un tentativo, quello del cesto della biancheria sporca, l'ennesimo. E per l'ennesima volta c'è da trattenere il fiato. Affacciarsi al baratro dell'imponderabile e avere fiducia, figliole. Non saprebbe dire quanto tempo stia passando, non sono questioni misurabili con gli orologi.

Quello che a un certo punto viene a sapere è che ha funzionato.

Il carrello rientra vuoto.

Suor Emma passa oltre, un invisibile cenno d'intesa. Allora suor Giuseppina ripercorre il corridoio, le caviglie gonfie e scure sotto il saio.

Si ferma davanti alla cella della madre. – Ce l'abbiamo fatta.

65
Trinità

Suor Emma non si scompose. Fece entrare Teresa e lasciò fuori la foschia che, ostinata, si aggrappava alle betulle nella riva.

– Madama Sellaci, che sorpresa. Venga, che tira un'*aria frèida là fòra*. Vuole darmi il cappotto?

– Grazie, lo tengo.

– Allora entri, non faccia complimenti. Le faccio strada in cucina. Ho un'ospite in questi giorni, forse lo sa. Ma non si preoccupi.

L'ospite, ancora in pigiama, la bocca mezza piena, si alzò a tendere una mano. – Buongiorno, Aila Trabotti.

Teresa non disse una parola, rimase sull'ingresso della cucina, asserragliata nel suo cappotto. Le bruciavano gli occhi.

La ragazza ritrasse la mano, ma disse ugualmente: – Molto piacere.

– Le metto su un caffè, – si affrettò a dire suor Emma. E mentre avvitava la caffettiera non mancò di fare osservazioni sul tempo e sulle compere per Natale, Giacomo che si era fatto un ometto e che meraviglia vederlo affaccendarsi dietro al bancone, non crede anche lei, madama Sellaci?

Teresa non ascoltava.

Aila non ricordava di avere mai visto occhi cosí grigi e pungenti. La donna – quanti anni poteva avere? ottanta? – era bassa e minuta, eppure le aveva lanciato uno sguardo inquisitore, che dopo averla sbattuta al muro era fuggito rapido per non incrociarla piú. Uno sguardo che Aila avrebbe potuto definire colpevole.

Le rughe del volto, come solchi dentro la terra, sembravano una stratificazione di soli inverni. Una volta che si fu seduta al tavolo, con la luce calda che irradiava dal soffitto, Aila notò che il colore delle iridi era del tutto simile a quello delle acque dell'Orco che aveva visto scorrere sotto il ponte della statale.

– Al bar ho mangiato le crostatine fatte con la sua marmellata. Molto buone.

Fu l'unica cosa che riuscí a dirle. Per il resto, mentre suor Emma badava alla conversazione, Aila guardò a lungo per terra, profondamente a disagio nel trovarsi davanti a una sconosciuta che dava la sensazione di sapere di lei piú di quanto non avrebbe dovuto.

Teresa il caffè non lo voleva, ma aveva bisogno di prendere tempo: sedersi e avere qualcosa da aspettare oltre se stessa. Cosí non si era opposta all'offerta della suora, e adesso, la tazza fumante tra le mani, le chiese del latte. Lo versò lentamente. Portò il bordo della ceramica alle labbra e da lí tornò a osservare la ragazza. Era lei, proprio lei, con quei capelli da cinese, la pelle liscia di chi non ne ha ancora viste abbastanza e, invece di una veste da notte, quella sottospecie di pigiama pinzato da un paio di calzettoni di lana a righe. Aveva unghie corte e smangiucchiate, senza smalto. Gli occhi erano verdi, ma lei li evitava accuratamente. Entrambe aspettavano che a parlare fosse qualcun altro.

– Aila è qui per delle ricerche, – disse suor Emma.

E dopo quelle parole la cucina si riempí di un silenzio spesso, duro. Ad Aila sembrò che quella donna arrivata dal gelo di un dicembre troppo freddo per nevicare – ancora intabarrata nel suo lungo cappotto invernale, due esili polpacci e le scarpe della domenica – possedesse la facoltà di inghiottire ogni singolo rumore del mondo.

Teresa alzò lo sguardo e disse soltanto: – Lo so.

Sapeva di aver sempre lavorato duro, di essersi strappata la vita coi denti, di aver, con quelle mani callose, rammendato calzini e confezionato cappelli per le signore. Sapeva di non essere mai piú tornata in città, sapeva delle voci, della paura, dei bombardamenti e dei rifugi antiaerei, dei carretti che correvano lungo corso Regina e dei binari.

E loro? Loro cosa sapevano?

Suor Emma tastò con delicatezza la scomodità di quel silenzio. – Va tutto bene, madama Sellaci? Posso fare qualcosa per lei?

Per lei? Oh, era troppo tardi ormai. Qualunque cosa ci fosse da fare, chiunque l'avesse dovuta fare, avrebbe dovuto farla molto tempo prima, quando Teresa rammendava gli strappi della Storia e i sacchi logori con cui Domenico e gli altri, di notte, portavano il grano al mulino. Lo facevano di nascosto, sessanta chili in tutto, per sfuggire all'ammasso e avere il pane da mangiare. La macina di Cillario.

Scommetto che lei non sa cos'è la fame, cara la mia signorina. Ma quella non era la Storia, giusto? La Storia erano le date e i nomi, l'otto settembre e Dongo. La Storia l'aveva sentita alla radio e di certo non le apparteneva – avevano viaggiato su binari paralleli, lei e la Storia – di questo era sempre stata convinta. E ora proprio lei, la Storia, le piombava in casa, la guardava in faccia e le chiedeva spiegazioni. Ma lei non aveva fatto niente di male. E se il male compiuto da altri era ricaduto su di lei, di certo non era colpa sua. Aveva fatto il meglio di cui era stata capace, lavorando sodo, senza fiatare.

Lo voleva proprio sapere quella ragazzina in pigiama, cosa succedeva nella sua amata Storia? Oh, ma Teresa glielo avrebbe raccontato, senz'altro, e senza tanti peli sulla lingua.

Succedeva che si aveva paura di tutto, succedevano le bombe. Succedeva che lei aveva venticinque anni ed era la moglie di un vicecapostazione che non dormiva la notte. Succedeva che erano iniziate le liti, lui una sera aveva gridato che lei non poteva capire cos'era il mondo là fuori, che anche se non voleva vederlo questo non significava che non esistesse. Che il bene e il male sono un dato di fatto, che non è tutto uguale, e se lei voleva rimanere nel grigio be', lui non ci stava piú. E non importa cosa sarebbe successo, era sempre meglio che stare a guardare e non poter piú dormire la notte. Che se lei, invece, la notte ci dormiva, non sapeva proprio cosa dirle. Erano andati avanti cosí per venti minuti di voce grossa intervallati da «shhh, che ti sentono tutti». Succedeva che lei non aveva studiato e faceva quello che poteva. Succedeva che dalle carceri arrivavano i bambini, sí, dei neonati, e nessuno sapeva cosa farne; perché avrebbe dovuto saperlo lei? Succedeva che morivano in tanti, un neonato in piú o uno in meno, che differenza fa? Quando bussa alla tua porta. Dove lo metti. Non puoi scappare e allora, allora come la nascondi la guerra? Che differenza fa.

– Io, – disse soltanto. – L'ho preso io il bambino.

Era quello che volevano? Non lo sapeva, ma era quello che lei aveva da dire.

Le mani di Aila erano fredde e sudate. Si voltò a cercare lo sguardo di suor Emma, ma lei, impassibile, chiese: – In che senso, madama Sellaci?

– Ho cresciuto un bambino che non era mio, – ripeté Teresa. – Un bambino che veniva dal carcere.

Sí, perché Rubatto alla fine glielo aveva portato in stazione. Proprio lí, a Chivasso, tutto infagottato dentro una borsa di tela, come fosse del pane. E poi aveva seguito Domenico fino alle porte del paese, dove lui era corso a chiamarla.

Rubatto aveva tanto insistito, dicendo che il medico a cui gli avevano detto di portarlo non lo voleva e lui era rimasto con questo bambino tra capo e collo dove non conosceva nessuno, cosí diceva, ma lei gli aveva detto di no, a Domenico, che se lo levasse dalla testa. E quel bastardo di Rubatto – vai tu a immaginare fosse stato invischiato in certi traffici – a insistere che Domenico in fondo gli doveva un favore. E a quel punto cosa si poteva fare?

Il medico, il *dotor*. Ecco cos'era successo quando suo padre non aveva aperto la porta.

A lungo suor Emma lo aveva immaginato rifiutare il bambino alternativamente con astio o ridendo, e non era ancora riuscita a capire quale delle due versioni le apparisse piú crudele. Un medico. *Il* medico. Non erano molti i medici a cui Teresa poteva aver pensato.

Se Teresa avesse continuato ad opporsi, Rubatto di certo lo avrebbe lasciato lí, tra la gramigna, allora Domenico lo avrebbe portato a casa facendolo piangere cosí forte da svegliare tutto il paese. Come dice il proverbio? Se non si può fare come si vuole, *as fà com as peul.*

Lo aveva preso in braccio. Con una certa avversione, certo, perché chissà di chi è figlio questo. Era stata lei a infilare il bambino nella borsa, e poi di corsa, sí, di corsa, tagliando per i campi, l'aveva portato a casa. E solo lí, al sicuro, dietro le finestre chiuse, lo aveva notato, il bigliettino appeso al polso con uno spago.

Lei e Domenico si erano gridati addosso. Di quel nome da anarchico Teresa non ne voleva sapere. All'inizio si era limitata a tenerlo nascosto, sperando che passasse come passano le malattie, e nel mentre suo marito era andato spargendo la voce che, se non la vedevano piú, era perché aspettava un bambino. Se n'erano accorti tardi. Che nessuno si avvicinasse perché soffriva di terribili emicranie. Le commesse per i lavori di sartoria gliele lasciavano dal panettiere, e lui andava a prendergliele una volta al giorno. Ecco com'erano andate le cose. E nessuno era mai venuto a chiederle niente.

Suor Emma si avvicinò al mobiletto in legno e tirò fuori tre bicchierini da amaro. Fece tutto con estrema lentezza, cercando di mascherare il tremore delle mani.

– Madama Sellaci, – chiese, – è tutto quello che sa?

Teresa la fissò negli occhi, lei distolse lo sguardo. – Non ho altro da aggiungere, – disse.

Suor Emma sentí un sollievo amaro, colpevole, contorcerle le budella. – Quando, – chiese ancora versandosi del Fernet, – quando è successo?

– Era il primo settembre del 1944, – rispose Teresa.

Aila si raddrizzò sulla sedia. – Mio fratello doveva avere circa nove mesi.

Teresa si agitò, come a volersi levare un ragno di dosso. – Suo fratello?

– La madre della signorina è stata in carcere.

– Io pensavo che lei fosse una ricercatrice. Una che si occupa di Storia.

Al lato opposto del tavolo, con ancora indosso il cappotto, Teresa sembrava accusarla di una qualche forma di tradimento.

Aila, suo malgrado, si sentí mortificata. Siamo qui per lo stesso motivo, avrebbe voluto dirle, ma non ne ebbe il coraggio. Si limitò ad asciugarsi i palmi delle mani sui pantaloni. – Che ne è stato del bambino? – chiese.

Emma improvvisamente provò una gran pena: un conto era confessarsi con un prete, un altro scoprire che dall'altra parte della griglia c'era il diretto interessato della tua confessione, e lei di certe faccende aveva imparato a intendersene.

Teresa taceva, ma Aila non si diede per vinta: – È possibile vederlo? – chiese, e suor Emma notò che a quella domanda gli occhi di madama Sellaci tornarono a perdersi in un punto lontano alle sue spalle.

Fu guardando dentro quegli occhi appannati, che seppe.

Aila spostò lo sguardo da una all'altra, strinse forte il bicchiere tra le mani fredde, sudate.

– Cosa sta succedendo? Madama Sellaci? Suor Emma? Che qualcuno le rispondesse, per Dio.

– Io credo che la persona di cui madama Sellaci sta parlando, mi dica lei se sbaglio, – ma Teresa sembrava aver improvvisamente perso l'udito, cosí suor Emma proseguí: – Ecco, io credo che non sia possibile vederla. Non è cosí?

Teresa sentí la voce di suor Emma arrivare come attraverso uno spesso muro d'acqua. Rimase impassibile.

Aila sentí il battito accelerare. – Come sarebbe a dire?

Suor Emma tornò a guardare Teresa. – A ottobre c'è stato un incidente. Il figlio maggiore di madama Sellaci, – e questo lo disse senza distoglierle gli occhi di dosso, – in moto.

Un bambino che veniva dal carcere.

Aila avvertí un forte dolore alle tempie e un sapore acre le riempí la bocca. La mareggiata sembrò sommergerla. Per mantenere una parvenza di controllo serrò con forza la mandibola. Si aggrappò ai contorni di madama Sellaci, ma lei continuava a fissare un punto al di là della sua portata. Al di là di quel discorso, al di là di quelle mura, al di là di quella sofferenza cristallina che Aila ormai sentiva di non poter piú arginare.

– Signora? – le parole le si strozzarono in gola. – Signora, mi scusi.

Nessuna risposta. Aila cercò un appiglio in suor Emma. Lei le fece appena un cenno del capo.

– Signora, mi scusi. Come si chiamava suo figlio?

A quel punto Teresa sentí qualcosa che non sentiva da molto tempo. Gli occhi chiari le si contornarono di rosso, le labbra sottili si strinsero. Chiuse le palpebre e quando le riaprí, lo sguardo umido le cadde in quello verde della ragazza. E poi, nel tentativo di sfuggirgli, finí in quello di suor Emma, e fu in quel momento che li vide. Per la prima volta. Nitidi e scheggiati. Se ne stavano lí, sul fondo degli occhi di quelle due donne, una in pigiama e l'altra in abiti religiosi, i frammenti della sua storia. Quelli mancati, quelli dispersi, quelli devastati dal tempo.

Quando, tornata a casa dopo essere corsa attraverso il paese, aveva tirato fuori il bambino, lí, sul tavolo di legno della cucina, aveva sentito qualcosa dentro torcersi come metallo fuso e poi rimanere plasmato per sempre. Sí, aveva avuto paura, terrore, di fronte a quella maternità imposta da Domenico, da una storia che sua non poteva essere, che sua non voleva che fosse. Accogliere quel bambino, ma anche darlo via, lasciarlo morire assiderato, qualsiasi gesto avrebbe significato prendere una posizione e smentirne un'altra, farsi toccare, sporcare dagli eventi, come Maria e il suo maledetto ponte. Se però c'era una cosa di cui era stata sicura fin dall'inizio – mentre Gilberto metteva su prima i denti, poi i peli, e quando erano arrivati i muscoli sottili – era che no, lei una posizione non l'aveva presa. Si era limitata a sobbarcarsi le conseguenze delle azioni altrui, del *fatto*, conseguenze che erano cresciute, maturate sotto i suoi occhi. E piú di una volta, sentendo quelle conseguenze piangere, sdraiata nel letto, aveva pensato che i neonati, lo sa chiunque – non serve essere madre – se lasciati al freddo muoiono. Che il fiume, anche a settembre, di notte era gelido. E nemmeno quando si era sorpresa a cercare pezze piú morbide di quei panni usurati dal tempo di guerra con cui tergere e asciugare la pelle fragile aveva dubitato, o forse proprio dopo averlo dubitato lo aveva taciuto, il germe di dolcezza che, come una nota stonata, risuonava alla radice dell'esasperazione. A volte accarezzava il bambino lentamente, e lo annusava anche, come a saggiarne il perimetro e conquistarsi la tenerezza con gesti impacciati che sempre aveva compiuto sola, lontana dagli occhi di Domenico, davanti ai quali imperitura aveva voluto riscuotere la colpa.

Solo in quel momento, seduta al tavolo di suor Emma, mentre lacrime piccole e sottili le rigavano le guance, Teresa sentí il dubbio risalire in superficie e sibilarle dentro, come un fiotto di lava densa.

Mai, in tutti quegli anni, aveva sospettato che crescerlo, ubriacarlo per farlo star zitto la notte, pulirlo, tenerlo nell'incavo del braccio per dargli il latte di capra che Domenico si affannava a trovare in quel magro tempo di guerra, fossero azioni che facevano parte del gioco. Mai aveva sospettato di aver fallito. Mai aveva sospettato che anno dopo anno, giorno dopo giorno, lei, in fondo, avesse scelto.

Di prenderlo dalle mani di Rubatto, di sentirne il respiro morbido gonfiare il corpicino esile. Di fare attenzione che non si facesse del male. Di nutrirlo, di accarezzarlo, di consolarlo, di tenergli la mano piccola e asciutta mentre si reggeva sulle gambe incerte, di controllare dalla porta, senza farsi vedere, che Domenico lo cambiasse con riguardo, di vestirlo, di pulirlo, di scostare le tende per spiarlo mentre Domenico gli insegnava ad andare in bicicletta, di disinfettare le ginocchia sbucciate, di cucinare, di non far rumore la notte del 24 dicembre con un pacco tra le mani, di lasciarsi chiamare «mamma».

Mai se n'era accorta, eppure sempre aveva scelto.

Alzò lo sguardo. Due nomi, contemporaneamente, le

affiorarono alle labbra, cosí che non poté dirne nessuno. Solo continuò a piangere.

Come non molto tempo prima suor Emma aveva fatto con lei, Aila allungò una mano a coprire quella grinzosa di madama Sellaci, che non la ritrasse.

Dopo un lungo silenzio Teresa tirò fuori un fazzoletto di stoffa, si asciugò le guance:

– Gilberto, – disse infine. – Gilberto Sellaci.

Ecco come si chiamava suo figlio.

Quel nome si impigliò nello spazio sopra le loro teste. E rimase lí a lungo.

Aila era confusa.

Madama Sellaci si soffiò il naso e finalmente risollevò lo sguardo su di lei. – E suo fratello? – chiese. – Come si chiamava?

– Libero, – rispose la ragazza, – si chiamava Libero.

Teresa allora tirò fuori dalla borsa una busta logora, la carta sottile. Dentro c'era un bigliettino legato a un pezzo di spago.

La verità è che, anche se non era stato facile, Teresa gli aveva voluto bene.

Aila si allungò in avanti sul tavolo. Lesse il nome scritto a mano sul pezzo di carta e sentí un battito fuggirle dal petto.

– C'è qualcuno che lo sa? – chiese suor Emma.

Teresa scosse la testa. – Io non saprei come dirlo. Ci sono Fulvio e tutti gli altri, il bambino. Io… Non avrebbe senso. Ho ottant'anni ormai. Sono stanca.

– Andrà bene anche cosí.

– È stato tutto sbagliato.

– È stato quello che poteva essere.

66
A lungo

Quando uscí, Teresa vide il Defender accostato a bordo strada. Evidentemente Agnese aveva mandato Fulvio ad aspettarla.

Si arrampicò sul posto del passeggero. Lui non le chiese nulla, nemmeno la guardò.

– Devo parlarti di una cosa, – disse lei a un certo punto. – A lungo io e la rabbia abbiamo camminato insieme.

67
Un girasole

Avevano scampato l'apocalisse. O perlomeno, quel primo gennaio del nuovo millennio nessun Armageddon aveva toccato la Val di Susa. Era scoppiato qualche petardo, i vicini avevano allestito un arsenale di fuochi d'artificio e loro avevano acceso giusto qualche stellina – di quelle che girano in un vortice di scintille. Il nipote di Giulia aveva riso, poi, qualche minuto dopo la mezzanotte, sua madre lo aveva messo a letto.

Avevano fatto la tradizionale sciata del primo dell'anno, ed erano rimaste ancora qualche giorno in valle. Aila aveva insegnato al piccolo a usare il microscopio che gli aveva regalato Babbo Natale; nella confezione, oltre ai vetrini, erano inclusi bisturi e pipette con i quali avevano prelevato dei campioni di muschio dalle rocce e qualche goccia di acqua putrida da una pozzanghera.

Prima di tornare a Torino, lei e Giulia avevano deciso di fare una deviazione.

– Sei sicura? – le aveva chiesto Aila.

– Mi fa piacere.

Erano uscite dall'autostrada a Chivasso e avevano proseguito lungo la statale. Il cancello del cimitero era alto. Avevano parcheggiato sulla destra, lontano dai tigli. Superata la rastrelliera da cui pendevano i flaconi di detersivo vuoti, Giulia l'aveva seguita tra i vialetti ricoperti di ghiaia.

Erano state convinte di essere sole fino a quando, in

lontananza, dritta davanti a loro, non si era profilata una figura tozza, la testa coperta da un berretto di lana.

Si erano avvicinate caute. L'uomo era immobile, in piedi di fronte alla lapide, le mani intrecciate davanti al corpo. L'aria era familiare, ma cosí, nel cappotto gonfio, Aila lo riconobbe solo quando furono a pochi passi di distanza. Allora tirò la mano di Giulia. Si fermarono.

Fulvio si girò verso di loro con l'espressione di chi è stato svegliato bruscamente. Le guardò.

Sulla lapide, illuminato dal sole di mezzogiorno, c'era un girasole.

Epilogo
Torino, luglio 2003

Aila guarda apprensiva il divano-letto aperto in soggiorno. Passa una mano a stirare le lenzuola fresche di bucato.

– Secondo te ci sta? – chiede.

Giulia scoppia a ridere: – Non è mica Michael Jordan.

– Di quanti cuscini avrà bisogno?

– Direi che due sono piú che sufficienti.

Aila infila portafoglio e cellulare in tasca. – Andiamo?

In stazione il treno ha qualche minuto di ritardo. Aila sposta il peso da una gamba all'altra.

Giacomo esce da una carrozza di seconda classe, i capelli scompigliati dal vento, lo zaino che pende dalla spalla e la cartellina da disegno in mano. Ha da poco finito il liceo ed è qui, dopo aver convinto entrambi i genitori, per conoscere la città e sostenere una prova di ammissione. I test iniziano domani.

– Vuoi passare da casa a lasciare la roba? – chiede Aila. Lui scuote le spalle.

Dalla stazione il carcere è a meno di mezz'ora a piedi. Si incamminano parlando del piú e del meno, fanno il biglietto per la visita e aspettano che il gruppo sia al completo.

L'uomo che fa da guida ha un paio di occhi tondi che pianta a turno in quelli dei partecipanti per raccogliere, alternativamente, ora smarrimento – dopo aver posto una domanda –, ora stupore – dopo aver risposto.

Aila, Giulia e Giacomo si tengono in disparte, ad appena

un passo di distanza dal gruppo, combattuti tra l'interesse vorace per le informazioni che l'uomo snocciola lungo il percorso e la diffidenza verso le sue maniere vagamente paternalistiche.

È una bella giornata. Fa caldo e loro, legati da un sottile imbarazzo, si tengono vicini, emozionati e inquieti per la sensazione di essere e non essere famiglia. È strano trovarsi lí, per la prima volta, insieme.

Aila si rende conto che le mura che separano dal mondo i trentasettemila metri quadrati del carcere non sembrano alte da fuori, ma la sensazione cambia standoci a ridosso. Sono spesse, rossicce, tirate su tra il 1862 e il 1870 dagli stessi condannati che poi vi sarebbero stati rinchiusi.

Il carcere è rimasto in funzione fino a pochi mesi fa, dice la guida. La struttura in cemento armato – con le finestre schermate da lastre arrugginite che possono vedere alla loro sinistra, diversa dai mattoni pieni con cui è costruito tutto il resto dell'edificio – è stata costruita negli anni Settanta per rinchiudere le donne accusate di terrorismo.

I volti di tutti si girano all'unisono.

Ai quattro angoli delle mura sorgono tozze torrette di guardia collegate da un camminamento alto che si affaccia su un corridoio vuoto, racchiuso tra la cinta principale e un secondo muro in mattoni sormontato da diversi giri di filo spinato.

– Qui non doveva esserci nessuno, mai, – la guida indica dei siluri verdi ancorati a terra. – Questi erano sonar, se si attivavano voleva dire che c'era qualcosa che non andava, che qualcuno era riuscito a uscire. Prima dei sonar c'erano i cani da presa, avevano la cuccia lí, – segnala un vano scuro sotto le torrette di guardia.

Qualcuno rabbrividisce.

– Avete domande?

Tutti distolgono lo sguardo.

– Allora seguitemi, e l'ultimo chiuda la porta, per favore.

Il gruppo si sfalda, i singoli elementi che lo compongono si muovono titubanti a passi inceppati, come se non si fossero preparati a sufficienza all'impatto di ciò che li aspettava e solo adesso riuscissero finalmente a capire dove sono, dove hanno deciso di entrare, cos'hanno scelto di sapere in un afoso pomeriggio estivo.

Il gruppo entra nell'edificio in silenzio. Nel frammento di corridoio in cui si trovano Aila si sofferma su una cartina del carcere e due fotografie delle ruote in cui i detenuti trascorrevano l'ora d'aria. Sono cerchi divisi a spicchi che si dipartono da un'unica torretta centrale di guardia. Aila ripensa alle parole di suor Emma, qualche anno prima. *Panopticon. Redenzione.*

– Ogni detenuto aveva una porzione separata da alte mura, lo vedete? – dice la guida. – E anche qui vigeva l'obbligo del silenzio. La meditazione sui propri errori non prevedeva pausa alcuna. Molti si sono suicidati sbattendo la testa, allora dopo il '47 si è deciso che di tre spicchi se ne sarebbe fatto uno, cosí i detenuti potevano finalmente incontrarsi almeno nell'ora d'aria.

La guida mostra sulla foto i tacconi che indicano i punti in cui sono state abbattute le divisioni.

– Da qui in avanti, per entrare nel carcere (perché fino ad ora siamo stati solo in zone di passaggio) seguiremo lo stesso percorso che facevano le donne, – dice.

A quella parola Aila sente come un vuoto nello stomaco, lascia scorrere gli altri.

Il gruppo viene incanalato in un lungo passaggio ai lati del quale sono appese foto di incisioni e scritte ritrovate nelle celle. Il disegno di una guardia carceraria e una grafia femminile che recita *Qui si fa strage solo di sogni*. Al fondo del corridoio due porte, poi le sbarre.

– Stiamo per entrare nel carcere, – dice la guida. Apre il cancello. Lo spazio è desolato, triste. Vuoto. La temperatura è incredibilmente bassa e molti di loro iniziano a coprirsi. Da una parte si trova l'ufficio matricole, dove i condannati venivano spogliati, perquisiti e registrati, privati del nome a favore di un numero. Dirimpetto si apre lo studio di suor Giuseppina.

Quando la guida pronuncia quel nome loro tre hanno un sussulto. Giulia guarda prima Aila, poi Giacomo. Dentro c'è la sua scrivania e la foto della camera ardente che lei ha voluto venisse allestita proprio lí, nel 1965, con il carcere ancora in funzione. – Sapeva di essere malata e voleva tornare a casa, – dice la guida. Poi richiude lo studio e infila in un'altra toppa una delle innumerevoli chiavi che porta legate in vita. La porta cigola pesante sui cardini. – Benvenuti in carcere, – dice, e rimane lí mentre loro, guardinghi, entrano uno alla volta.

Il braccio femminile non è lungo, si sviluppa compatto in altezza; le celle sono sovrastate da altri due piani di porte massicce su camminamenti sopraelevati, protetti da balaustre e fitte reti metalliche installate in tempi piú recenti per impedire alle detenute di buttarsi di sotto. È un dettaglio che mette a disagio la maggior parte del gruppo.

Aila si ferma all'ingresso. Giulia mantiene il rispettoso distacco di chi è consapevole della propria posizione e va avanti senza scostarsi dal capannello di visitatori, mentre Giacomo, rabbrividendo in una felpa abbondante, si inoltra lento e silenzioso, volgendo uno sguardo morbido e penetrante ai dettagli, come a volerli inglobare.

Nel frattempo una donna tira fuori dalla borsa la macchina fotografica e mentre avvicina l'occhio al mirino la guida la rimprovera con voce stentorea: – Per rispetto al dolore di chi ha attraversato questi luoghi, in tutto il carcere è proibito scattare fotografie.

La signora si affretta a riporre le prove della sua sconvenienza. Hanno cinque minuti per osservare ciò che vogliono, li informa la guida. Aila è ancora all'ingresso. Le balaustre, l'altezza, il reticolato, le porte metalliche, le grate aperte sui vani delle celle; l'architettura del braccio improvvisamente le si riversa dentro. Si sente soffocare, le gira la testa.

Giacomo fa scorrere le dita sul muro, entra in una cella e quando esce la vede, lí, immobile. Si è lasciata scivolare contro il muro e ora se ne sta seduta per terra con le ginocchia piegate verso il petto, il viso terreo e le braccia strette attorno alle gambe. Lui la raggiunge e le si siede accanto, incrocia le gambe. Non dice niente, solo tira fuori dalle larghe tasche dei jeans un taccuino e una matita. Inizia a muovere in fretta la punta sulla pagina.

Aila guarda la cella che si apre alla sua sinistra, ripensa al buio, alle cimici. Sente lo sguardo offuscarsi. Allora si concentra sulle lunghe linee prospettiche che creano profondità sul foglio piatto, catturano lo spazio in un bianco e nero crudele, rivelatore, animato da personaggi che Giacomo tratteggia sottili lungo il corridoio. E mano a mano che il disegno prende forma, lei sente il respiro farsi piú regolare, percepisce il sangue tornarle alle mani, le si asciuga il sudore sulla pelle. Il contatto con la spalla del ragazzo, punto caldo contro l'umidità fredda delle pareti, la stabilizza. Volge lo sguardo dal taccuino alla solidità strutturale che li sovrasta, si sofferma sulle porte cieche, sorde, metalliche. Pensa ai loculi freddi e bui dei sotterranei dove Alfio deve aver letto le parole di sua madre, al cesto della biancheria. Agli spari del Martinetto.

La guida fa cenno di proseguire. Apre la porta che collega il braccio femminile al famigerato primo braccio tedesco. Il corridoio è stretto e costellato di cancelli.

– Li vedete questi? Per essere sicura che nessun soldato tedesco, di notte, si introducesse nel braccio per disporre a suo piacimento delle detenute, suor Giuseppina, oltre a dormire qui, aveva fatto installare questi cancelli, di cui solo lei aveva le chiavi. Per entrare, i tedeschi dovevano fare il giro che abbiamo fatto noi, passare da fuori.

Aila ascolta il silenzio denso delle mura e del ferro, accoglie il freddo umido che nonostante la stagione le penetra a fondo nelle ossa. Chiude gli occhi. *Mio adorato Alfio*. Li riapre. Giacomo sta finendo il disegno. Domani farà i test per l'Accademia di Belle Arti. *Sono io, la tua Elda*. Stasera dormirà sul divano-letto che lei e Giulia hanno preparato per lui. Chissà se le lenzuola, in quel carrello, erano davvero sporche. *Ti chiedo di pensare al nostro Libero ed essere felice.* Chissà quanta paura hanno avuto. Tutti. Passando di qua. *Viva la libertà.* Ricordatelo, Giacomo, pensa. Lui si alza e le tende una mano.

Sempre.

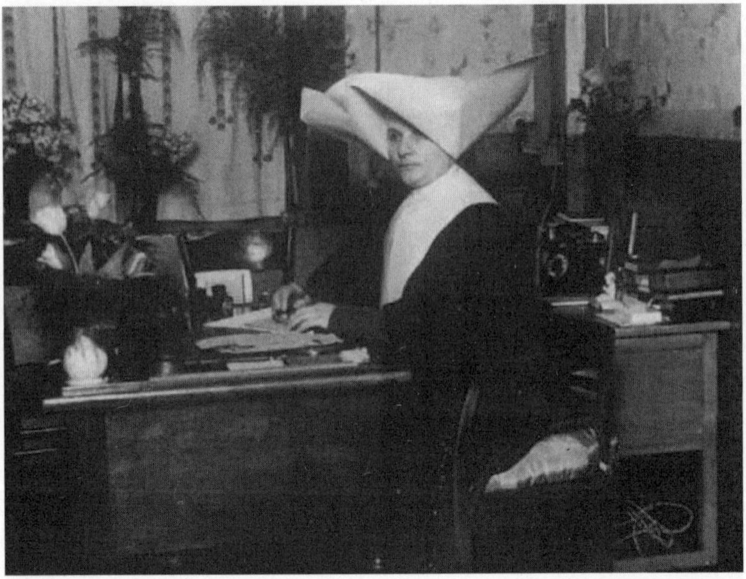

Suor Giuseppina De Muro nel suo studio, presso il carcere Le Nuove di Torino.

Fonti e fondamenta

Silenzio. Chi piú in profondo tacque,
attinge le radici del parlare.
Poi un giorno ogni sillaba matura
sarà la sua vittoria:

su ciò che nel silenzio non tace,
sugli scherni del male;
perché il male si sciolga senza traccia,
gli fu mostrata la parola.

RAINER MARIA RILKE,
Per la signora Fanette Clavel

Nell'ottobre del 1995 José Saramago durante una conferenza dal titolo *Raccontare la vita di tutti e di ciascuno*, a proposito del rapporto che intercorre tra storia e narrativa, delineò due atteggiamenti possibili per il romanziere che scelga «in modo esclusivo oppure occasionale, le vie della Storia». Il primo consiste «nel riprodurre, di pari passo, i fatti storici conosciuti», il secondo, invece, «porterà l'autore a intrecciare in un tessuto narrativo che si manterrà predominante i fatti storici che gli serviranno da supporto». Prosegue poi precisando che la compresenza di materia storica e materia narrativa, in entrambi i casi, «non solo non significa disorganizzazione dell'una e dell'altra, ma aspira anche a essere una riorganizzazione di entrambe [...], una costante interrogazione – citando lo storico Fernand Braudel – dei tempi passati, in nome dei problemi, delle curiosità, e anche delle inquietudini e angosce con cui ci circonda e ci assedia il tempo presente».

Quando ho letto *Quaderni di Lanzarote* ero alla seconda stesura di questo romanzo, non sapevo ancora se avrebbe trovato un editore e, nonostante questo, già da parecchio tempo viaggiavo portandomi appresso i suoi personaggi. Avevo l'impressione di sentirli discutere, preoccuparsi e litigare tra loro. Ad accompagnarmi, però, erano sempre quelli di mia invenzione, non gli altri.

Ecco, quindi, che le parole di José Saramago mi venivano in aiuto per precisare che nonostante i personaggi qui descritti siano in gran parte frutto della mia fantasia, interagiscono con contesti autentici, fatti storici accaduti e donne e uomini realmente esistiti.

Al principio di invenzione fanno eccezione suor Giuseppina De Muro (Lanusei, 1903 - Torino, 1965), padre Ruggero Cipolla (Torino, 1911-2006) e Ada Buffulini (Trieste, 1921 - Milano, 1992), ma sono molti i documenti reali entrati a far parte del «tessuto» in cui loro si muovono e credo sia doveroso, oltre che giusto, rendere conto al lettore dell'abbondante frazione di realtà che sta alla base di questo romanzo. Si può dire che *Ciò che nel silenzio non tace* sia nato il

23 novembre del 2015, al centro del braccio femminile del carcere Le Nuove, durante una visita guidata. La Storia, invece, volendo usare la maiuscola di Saramago, ha inizio molto prima.

Partiamo da Libero. Il personaggio è completamente inventato, cosí come la sua storia. Tuttavia esiste un fatto storico, la cui forza simbolica e materiale ha generato in me l'idea del romanzo. Il salvataggio di un neonato come ho descritto nel libro è infatti testimoniato da una lettera di Elena Recanati, madre di Massimo Foa, i cui stralci sono stati pubblicati da «la Repubblica» in un articolo del 23 marzo 2003 – l'originale è conservato presso l'Associazione «Nessun Uomo è un'isola ONLUS». Esistono numerose altre fonti che ricostruiscono questo episodio, al punto che la stessa Elena Recanati ne offre almeno due versioni. In una lettera inviata alle sorelle Ida e Germana il 30 ottobre del 1945 scrive: «Dalle carceri sono riuscita, non so per quale miracolo, a salvare mio figlio che venne fatto uscire da una suora come un fagotto tra le lenzuola sporche dopo otto giorni di reclusione». Questa è anche la versione che mi è stata raccontata durante la visita guidata al museo, sebbene successivamente Elena, in una testimonianza rilasciata il 30 marzo 1982 a Laura Matteucci nell'ambito di un'ampia indagine per la realizzazione dell'Archivio della deportazione piemontese, parli di un cedimento dell'interprete tedesco che, su insistenza di suor Giuseppina, avrebbe accettato che il bambino uscisse dal carcere per essere dato in adozione, senza specificare le modalità. L'intervista è consultabile sia nella versione audio che in quella cartacea sul sito dell'Istituto Piemontese per la Storia della Resistenza e della Società Contemporanea di Torino (ISTORETO) e in originale con la segnatura D ADP 31 fascicolo 174 doc 1 e 2, Scaffale XVI, terzo piano.

Ciò che è certo è che Massimo Foa uscí dal carcere nell'estate del 1944, all'età di nove mesi, e venne accudito e protetto da Tilde Boggio (Clotilde Roda Boggio), Giusta tra le nazioni, che successivamente permise alla famiglia di ritrovarlo. Suo padre, Guido Foa, arrestato ad Asti il 12 dicembre del 1943, morí in luogo non noto dopo il 22 gennaio 1945, mentre Elena Recanati fu deportata da Auschwitz a Bergen Belsen, poi a Braunschweig e infine a Ravensbrück. Sopravvissuta, tornò e si ricongiunse al figlio.

Massimo Foa muore a Torino il 3 febbraio del 2014, dopo aver a lungo testimoniato la propria storia alle scolaresche in visita al Museo dell'ex carcere Le Nuove. Dal 2003, infatti, parte del complesso carcerario è aperto al pubblico grazie ai preziosi interventi di Padre Ruggero e alla già citata Associazione «Nessun Uomo è un'isola ONLUS». Il resto del carcere è oggi sede degli Uffici del Centro Intercettazioni

Telefoniche e del Giudice di Pace, motivo per cui il percorso dei visitatori non consente piú l'accesso dall'ingresso principale, bensí da un cancello su via Paolo Borsellino, dove avveniva lo scarico della spazzatura. Conscia dell'imprecisione di proporre nel 2003 un percorso con ingresso laterale invece che principale come effettivamente era, ho tuttavia preferito descrivere l'esperienza da me condotta, piuttosto che inventare un percorso che non avevo compiuto.

La relazione stilata per il cardinale Fossati, che Aila consegna a suor Emma, è un documento redatto a macchina da suor Giuseppina nel 1946, consultabile presso l'Archivio Arcivescovile della Diocesi di Torino nel fondo del Centro Studio «Giorgio Catti», faldone 20, testimonianze raccolte: B9, 9/1.9 doc 220 sc 9/1-c.9, che ringrazio. Nel libro non è riportata integralmente, ma ciò che è trascritto è fedele all'originale in tutto tranne che nella formattazione e gli errori ortografici che, dopo una prima indecisione, ho deciso di correggere. Per quanto riguarda il cognome di suor Giuseppina mi sono imbattuta in diverse grafie. Sebbene in fonti diverse si trovi citata alternativamente come Demuru, Demuro e De Muro – e il fascicolo Studi Ogliastrini n.13/2017 riporti la desinenza in «u» come l'unica corretta – ho deciso di utilizzare la firma da lei apportata alla relazione, consapevole del suo essere un'italianizzazione del cognome sardo originale.

Il personaggio di Elda Trabotti pur essendo del tutto inventato è costruito, solo per quanto riguarda la parte storica compresa tra il '43 e il '45, intrecciando le biografie di tre donne che hanno vissuto e lasciato traccia della loro esperienza di prigionia e deportazione: Elena Recanati, Lidia Beccaria Rolfi e Liliana Segre. A loro, e alla loro forza, devo molto, poiché mai avrei potuto inventare là dove loro hanno vissuto.

Le fonti a cui ho attinto sono: la già citata trascrizione dell'intervista a Elena Recanati nel fondo Archivio della deportazione piemontese (IT C00 FD867); il libro *L'esile filo della memoria* di Lidia Beccaria Rolfi edito da Einaudi nel 1996; l'intervista di Sara Caputo a Massimo Foa, riportata sul sito di Ha Keillah, organo del gruppo di studi ebraici di Torino; l'articolo *Suor Giuseppina che salvò un bambino alle Nuove*, di Sara Strippoli, pubblicato su «la Repubblica» il 23 marzo 2002; il video *#Razza Umana – Liliana Segre intervistata da Enrico Mentana*, andato in onda il 27 gennaio del 2018 su La7 e visionabile sullo stesso sito della rete televisiva; la rubrica «Detto fra noi» a firma Clara Grifoni de «La Stampa Sera» di domenica 24 ottobre 1965, anch'essa parzialmente riportata nel capitolo *Neanch'io sono tornata*.

Il numero di matricola di Elda, A-30001, non esiste. Per evitare di assegnare numeri troppo alti, a metà maggio del 1944, le autorità tedesche introdussero nuove serie numeriche da 1 a 20000 precedute dalla lettera A. Una volta raggiunto il 20000 veniva introdotta una nuova serie preceduta dalla lettera B. Per ragioni sconosciute la serie «A» delle donne non si fermò a 20000, ma continuò fino a 30000 (www.ushmm.org). Elena Recanati fu immatricolata ad Auschwitz con il numero A-26692. Dato che mai avrei attribuito un numero di matricola realmente esistito a un personaggio fittizio, Elda è la prima matricola dopo il 30000.

La lettera di Alfio Treves, cosí come il suo personaggio, sono frutto della mia fantasia. Tuttavia, lo scritto che Alfio consegna a Elda è stato costruito rifacendomi formalmente ai modelli contenuti in *Lettere di condannati a morte della Resistenza europea*, edito da Einaudi, e allo stesso modo è stata impostata la biografia di Elda Trabotti riportata nel capitolo *Un pezzo di cartone*. Dallo stesso volume è tratta la lettera di Paolo Braccini, riportata nella sua versione originale nel capitolo *Roma*. È sempre da questa raccolta che prendo spunto per immaginare il libro del tutto simile, ma mai esistito, che Aila trova a casa di sua madre.

Per quanto riguarda il capitolo *Troppo da dire*, gli estratti citati provengono, come già accennato nel testo, da *Le donne di Ravensbrück – Testimonianze di deportate politiche italiane* (Einaudi 1978) e scritto a quattro mani da Lidia Beccaria Rolfi e Anna Maria Bruzzone.

La storia di Benedetto Occelli riportata nel capitolo *Verderame* è la rielaborazione di una sbobinatura di alcune domande che ho personalmente rivolto a Benedetto Durando, doglianese, classe 1926.

I termini sartoriali e le informazioni inerenti al mondo delle sartine torinesi e alle commesse delle sfollate sono il risultato di una fusione tra i ricordi della mia nonna paterna, Emma Massaglia, il saggio di Vanessa Maher, *Tenere le fila – Sarte, sartine e cambiamento sociale 1860-1960* edito da Rosenberg & Sellier nel 2007 e *Aghi e cuori. Sartine e patronesse nella Torino d'inizio secolo* edito dal Centro Studi Piemontesi nel 2000.

Per le descrizioni della Torino degli anni Quaranta ho largamente attinto al volume *Carlo Chevallard, Diario 1942-1945, Cronache del tempo di guerra* edito da Blu Edizioni e curato da Riccardo Marchis nel 2005, provvidenzialmente regalatomi dall'ISTORETO.

Le informazioni relative al consumo di droga dei soldati tedeschi durante la Seconda guerra mondiale provengono da *Tossici. L'arma segreta del Reich. La droga nella Germania nazista* di Norman Ohler, pubblicato da Rizzoli nel 2018.

Di grande ispirazione mi è stata la lettura di *Uomini in grigio. Storie di gente comune nell'Italia della guerra civile* di Carlo Greppi.

Le citazioni presenti nel romanzo sono tratte da: José Saramago, *Quaderni di Lanzarote*, traduzione di Rita Desti, Feltrinelli, Milano 2017; Michael Ende, *La storia infinita*, traduzione di Amina Pandolfi, Longanesi, Milano 2018; Rainer Maria Rilke, *Poesie 1907-1926*, traduzioni di Giacomo Cacciapaglia, Anna Lucia Giavotto Künkler, Andreina Lavagetto, Einaudi, Torino 2000.

Per quanto riguarda i riferimenti geografici, Montevicino è l'unico luogo da me inventato.

Ringraziamenti

Desidero ulteriormente ringraziare chi, dopo aver vissuto il dolore della storia, ha deciso di raccontarlo: suor Giuseppina De Muro, Don Ruggero Cipolla, Elena Recanati, Massimo Foa, Liliana Segre, Lidia Beccaria Rolfi, Benedetto Durando e l'Associazione «Nessun Uomo è un'isola ONLUS» che, con il suo instancabile lavoro, dal 2003, rende accessibile il complesso museale del carcere Le Nuove. Grazie anche a Carlo Chevallard, per la meticolosa ossessività con cui riportò i giorni di guerra. E a Elena Loewenthal, per l'affettuosa disponibilità.

Per non essersi limitata a svelarmi l'arte dell'alfabeto, ma per avermici accompagnata, vorrei ringraziare Milena Balliano; per aver creduto in me in un'estate sconquassata, Monica Giannone; per aver raddrizzato la barra ed essere stata capace di darmi fiducia quando piú ne avevo bisogno, Deborah Rocchietti, l'insegnante migliore che abbia avuto la fortuna di incontrare.

Grazie ai miei genitori di essere stati tali, ma soprattutto di aver deciso, in corner, di appoggiare senza remore la scommessa in cui, a un certo punto, ho trovato il coraggio di credere: a mia mamma per il sostegno e l'amore, sempre, e mio papà per la passione che in silenzio è trapelata. A mio nonno, Vincenzo Modica Petralia, per avermi insegnato il coraggio del dissenso e non aver mai smesso di parlarmi, da lassú. Grazie ai miei nonni Pinin, Nuccia e Giulia, grazie a mia sorella Camilla, a mio nipote Adam, ai miei zii Elda, Rita, Roberto e Gemma. Grazie ai miei cugini Francesco Merletti e Milena Marin per aver letto con passione, da lontano, prima in due e poi in tre. A Maria Durando per essere una delle migliori critiche letterarie che abbia mai incontrato – e non saperlo –, e a Max, per essere scivolato in silenzio tra queste pagine.

Grazie a Claudio Brasso per essermi stato accanto, da quando ti conosco, sempre, per le osservazioni impeccabili sul montaggio e per tutti i tuoi «perché». Grazie a Sara Micello e Daniela Moramarco, mia intelligenza collettiva, senza la cui amorevole dedizione questo libro semplicemente non sarebbe quello che è. E ancora, Dani, per essere stata genitore uno (o due?) di Teresa e Domenico, per l'attenzione e la pazienza delle revisioni, per essere stata la migliore compagna di viaggio che potessi sperare di incontrare.

Grazie a Carlo Greppi, di tutto, e di cuore – lo sai. A Marco Meotto per la commozione, la stima, la fiducia e il tempo dedicato alla revisione storica. Grazie a Sonia Doronzo e Laura Greppi per l'affetto.

Grazie a Tommaso De Rai per essere stato una delle scoperte piú importanti di questi anni controversi: per i confronti, le risate e, da quando sei lontano, le telefonate.

Grazie a Giulia Musso, Roberto Origliasso, Maria Costanza, Silvia Landi, Valentina Casetta, Serafina di Gioia, Ernaldo Data, Giacomo Guarene, Simone Nanni, Greta Winkler, Simone Gallo, Andrea Favazzo, Giovanna Giordano, Serena Vinci, Maurizio Ciotola, Simone Peyronel, Léon Durando e Martina Gisario per l'amicizia, l'affetto e il sostegno – e a te, Sera, la gratitudine per essere stata capace di starmi accanto nel momento piú buio. Grazie a Barbara Bologna per quella telefonata in piazzetta IV Marzo. A Lorenzo Giubergia per i post-it viola. A Giulia Ferri per i giorni della quarantena.

Grazie ai luoghi, tutti, ma in particolare: i treni, la Luna's Torta, L'Ibrida Bottega, la Biblioteca civica «Alberto Geisser», il Salone del Libro e l'Aula 3.

Grazie a Silvia Meucci per l'entusiasmo e per avermi fatto sentire protetta sempre; per aver creduto nella storia quando ancora era ingarbugliata, per le telefonate e i viaggi in macchina, per aver reso Milano un posto in cui tornare.

Grazie a Paola Gallo e Marco Peano per questa finestra sul mondo, per la professionalità e il rispetto con cui mi insegnate a educare la scrittura; a crescere.

Grazie ai professionisti che, prima di Silvia, Marco e Paola sono stati accanto alle mie parole: a Melania Mazzucco e agli altri giurati del Premio Calvino XXV edizione per l'incoraggiamento; ad Andrea Tarabbia per le letture e per avermi accompagnata mentre questa storia imparava a camminare; a Emiliano Poddi e Eleonora Sottili per gli insegnamenti e i consigli; a Marta Pastorino per le lacrime, i sorrisi e le canzoni.

Grazie al Centro Studi Piemontesi e in particolare alla disponibilità amichevole di Albina Malerba e Massimo Bonato per la vigile revisione del dialetto, e all'Archivio Museo «Carceri Le Nuove» di Torino per la gentile concessione della foto di suor Giuseppina De Muro, Archivio Figlie della Carità, Torino.

E, infine, grazie a tutte le scrittrici e gli scrittori, le poetesse e i poeti che mi hanno nutrita e accompagnata, costruita, fino a qui.

A Rainer Maria Rilke, per il titolo e la compagnia.

Indice

Stampato per conto della Casa editrice Einaudi
presso ELCOGRAF S.p.A. - Stabilimento di Cles (Tn)
nel mese di febbraio 2021

C.L. 24707

Ristampa							Anno			
0	1	2	3	4	5	6	2021	2022	2023	2024